仕切られた女

ウラジオストク花暦

高城 高

目次

ウラジオストク市街図（1906年前後）

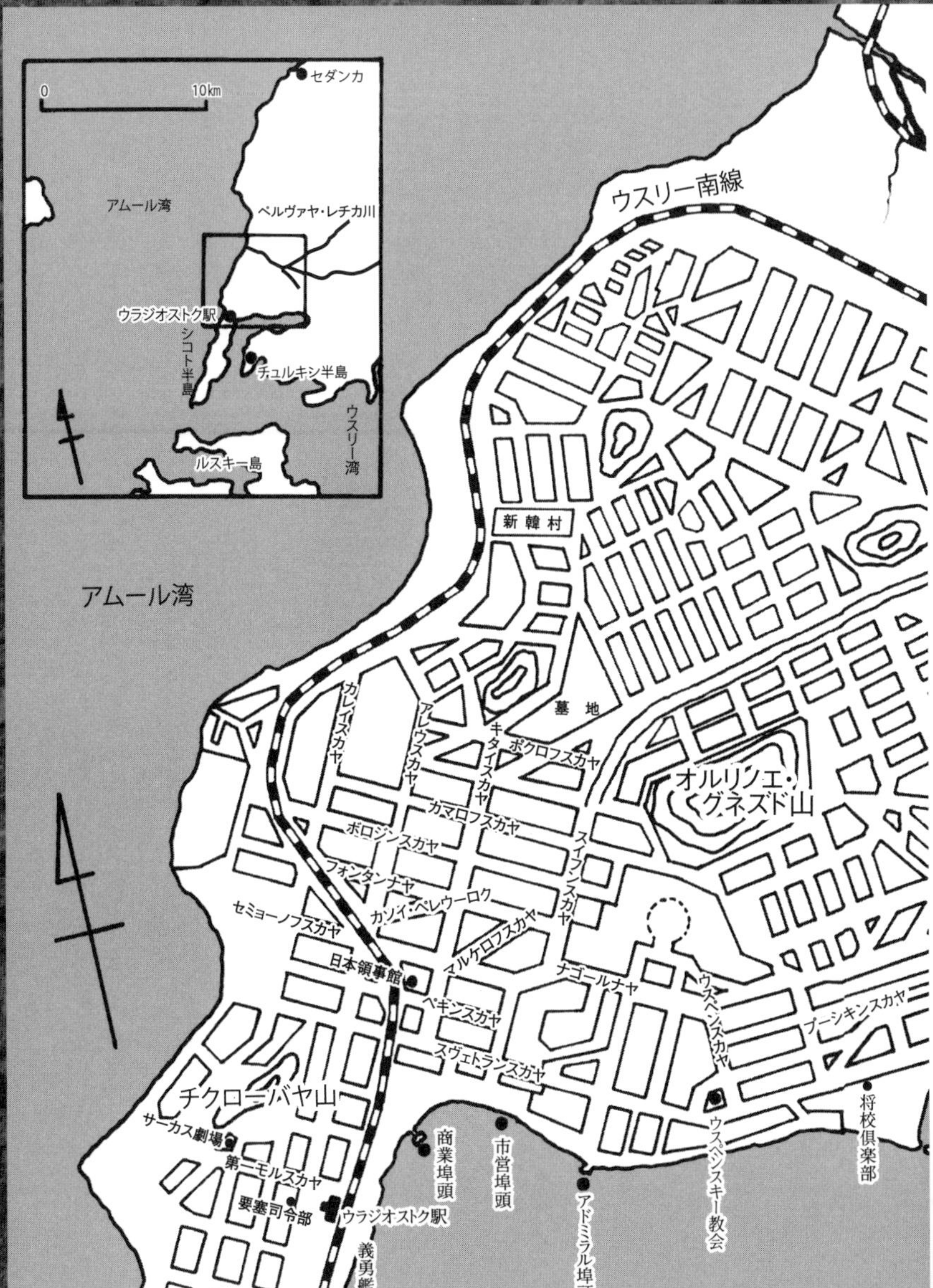
セダンカ
0
10km
アムール湾
ペルヴァヤ・レチカ川
ウラジオストク駅
シコト半島
チュルキシ半島
ウスリー湾
ルスキー島
ウスリー南線
新韓村
アムール湾
墓地
カレイスカヤ
アレウスカヤ
キタイスカヤ
ポクロフスカヤ
オルリノエ・グネズド山
カマロフスカヤ
ボロジンスカヤ
スイフンスカヤ
フォンタンナヤ
カソイ・ペレウーロク
セミョーノフスカヤ
マルケロフスカヤ
日本領事館
ナゴールナヤ
ウスペンスカヤ
ペキンスカヤ
プーシキンスカヤ
スヴェトランスカヤ
チクローバヤ山
サーカス劇場
第一モルスカヤ
要塞司令部
ウラジオストク駅
義勇艦隊埠頭
商業埠頭
市営埠頭
アドミラル埠頭
ウスペンスキー教会
将校倶楽部

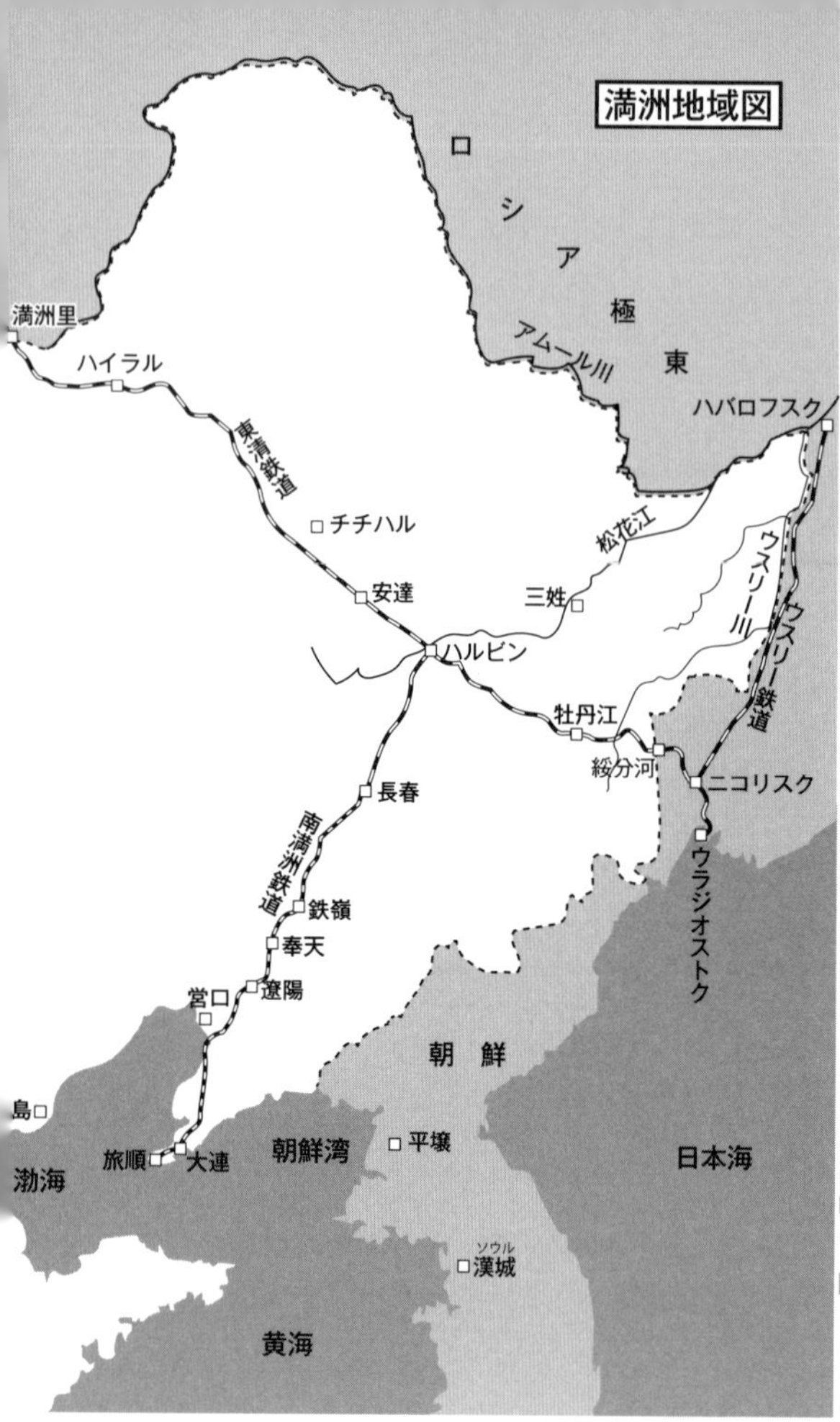

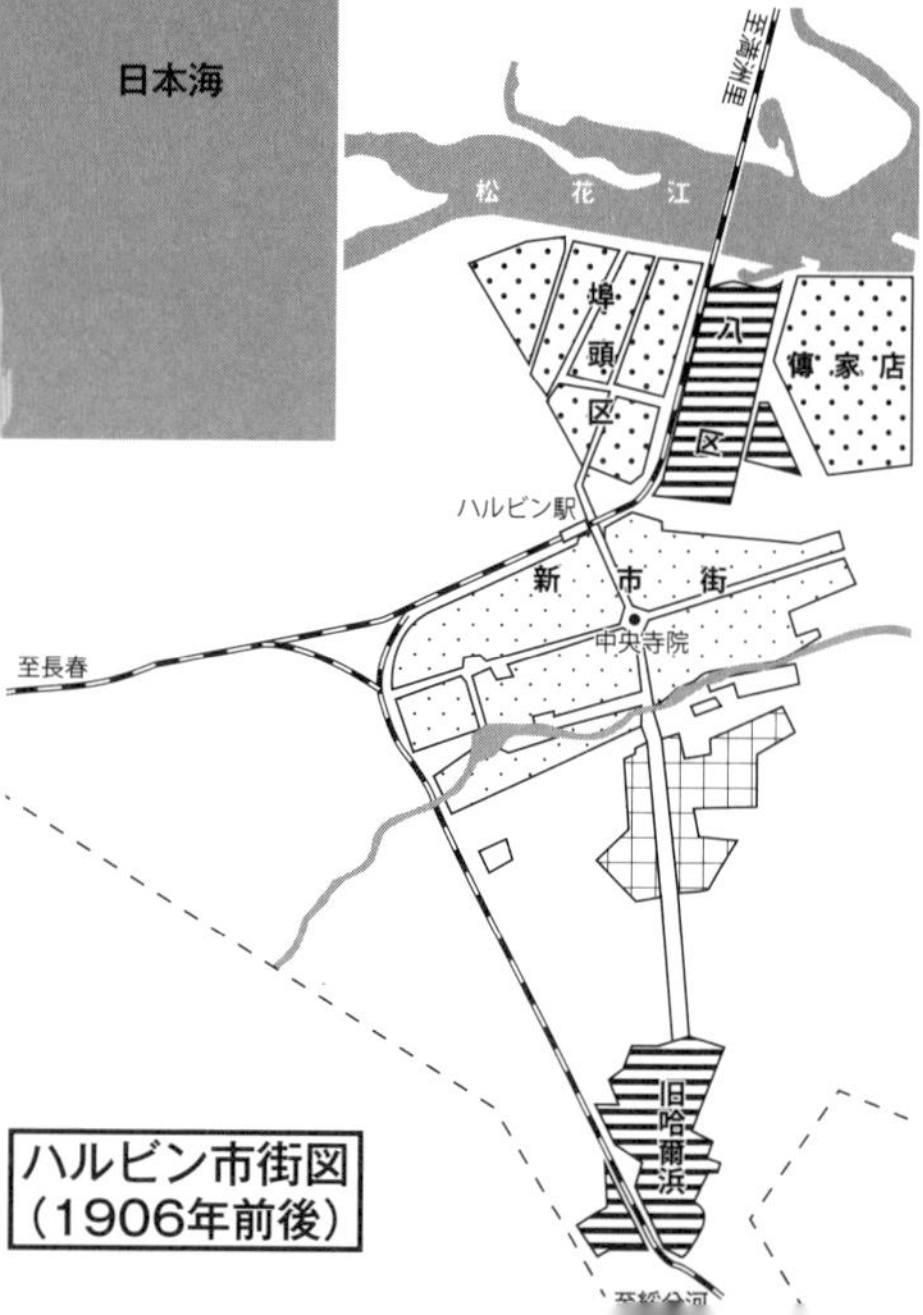

ハルビン市街図
（1906年前後）

第一章

ルルという女

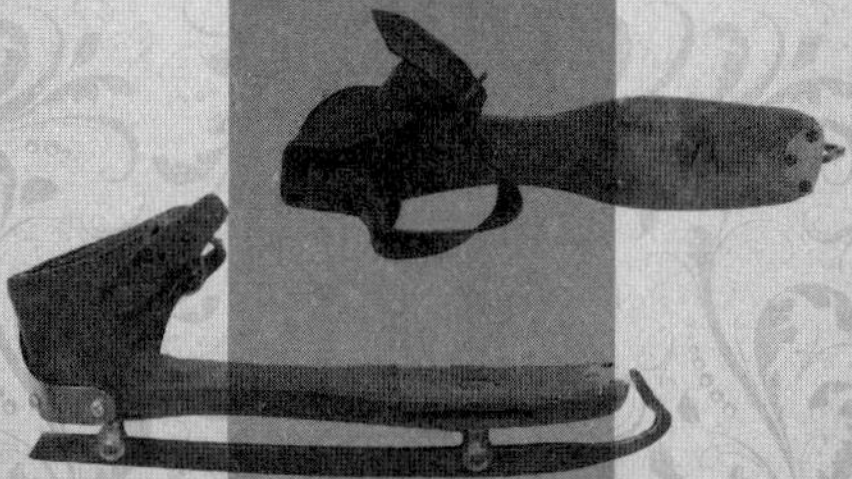

I

ロシア帝国の極東の玄関口、ウラジオストク市は坂の町だ。ゾロトイ・ローグ湾と呼ばれる海にほぼ南南西に向いた緩い斜面には、ほとんど隙間なく家が張り付き、低い山の際まで坂道が延びている。もともと緑が少なく街路樹もない街並みだから、二月のこの時期は融け切らぬ雪の間に外壁を白やクリーム色に塗り、緑や赤い色が交じる屋根の建物のかたちがすっきり見える。

海岸にいちばん近いこの町の目抜き通り、スヴェトランスカヤ通には百貨店や市内の有力者たちの会社と一体になった私邸が、煉瓦造りの三階建てを連ねて、その東のはずれには正教会のウスペンスキー教会が薄緑色のクーポルを載せた尖塔を並べていた。

スヴェトランスカヤ通から海岸に下りてくると、ウイーンナ・ワルツの調べが風に乗って聞こえてきた。その先のアドミラル埠頭のわきの海氷を砕氷せずに残して例年、半エーカー(約六一三坪)ほどの広さのスケート場を設けていた。氷上では臨時のカフェーが熱い飲み物を供し、海に向いた楽士小屋で七、八人のブラス・バンドがワルツ、ポルカと限られた曲目を繰り返す。岸辺には、ドーナツに似た揚げ菓子バランカやピロシキを売る露店が見物客をあて込んでいた。

　そのスケートリンクへ、在留の邦人社会ではお吟さんの名で知られたエリサヴェータ・ギン・ペトロヴァがやってきた。スケート靴と仕込杖を持った召使の中田由松《なかたよしまつ》を従え、低い土手に臨時に付けた階段から氷上に下りる。お吟は空いているベンチに腰掛け、焦げ茶色のオーバーコートに隠れたハイヒールのブーツを脱いだ。すかさず由松が膝をついてスケートを付けた黒いブーツを履かせにかかった。

　一九〇三年のこの時代、スケートとブーツを一体に作ったスケート靴はまだなかった。スケートは靴底の形の厚板の下に英語ではランナーと呼ばれるスチールのエッジを付け、ベルトなどでふだん履いているブーツに固定するものだ。普通はスケート場に来てから履いていた靴にスケートを付けるのだが、お吟は踵の低いブーツで歩くのを嫌って、初めからスケートを固定したものを由松に持たせてきていた。

　防水ズックの半コート姿の由松は自分のブーツにスケートを手早く付けると「それじゃ、お嬢さん、お気をつけて。今日は人が込んでいますからね」と言うと、自分はさっさとリンクの中央に滑って行った。身長が一三〇センチあるかなしの由松はこの数年、氷上に図形《ずけい》を描いたり、回転したりする米国発祥のゲームに凝っている。

　お吟は山羊皮のミトンをはめた手で毛皮の縁なし帽を整え、リンクの周囲を回ってゆくスケーターの間に入ろうと見まわした。白人ばかりの中では肩に垂れた黒髪、大きな黒い瞳が目立つ。肌の滑らかさが三十六歳という年齢には見えない。かつてこの町の妓楼《ぎろう》〈日出楼《ひのでろう》〉で浦潮《うらじお》お吟《ぎん》と呼ばれていた彼女は一六年前、ペトロフ商会を経営するグリゴーリイ・ペトロフの娘として引き取られた。由松はグリゴーリイの捕鯨帆船、イリーナ号に乗り組んでいた一八七一(明治四)年、寄港した函館で大火に出遭い、両親を失って火事場をさ迷っている四歳のお吟を助け、ウラジオストクに連れ帰った。それがロシア国籍を取るまでになるお吟の人生の幕開けとなった。

グリゴーリイは六年前に亡くなり、商会はグリゴーリイの長男のアレクセイ、次男で樺太島《サハリン》駐在のセルゲイ、グリゴーリイが最初の妻イリーナを亡くした後、後妻に迎えた長崎出身の日本人商店の娘、つねを中心にアレクセイの妻、ミシェルとお吟も加わって経営している。

日曜のリンクはいつもより若い男女のスケーターが目立つ。シュトラウスの『ウイーンかたぎ』が軽快にスケーティングを助けて、青空の下に笑い声が絶えない。お吟はリンクを回ってゆくスケーターの外側の空いたスペースを、片足ずつ浅い弧を描くツヴィーレン、英語でダッチ・ロールと呼ぶオランダ生まれの滑走法でゆっくり流していた。五分も滑らないうちに、いきなり行く手をふさぐように女のスケーターが飛び出してきて、お吟はエッジをそろえて急停止した。女はお吟より少し背が高いだけだが、見下ろすような態度でお吟の目の前に立っている。狐の毛皮コート、同じ毛皮の帽子に黒い髪をなびかせている。目の色もお吟と同じ色だ。

「私が誰か分かる?」と甲高いフランス語だった。

ピンときたお吟が何か言う前に「私はルイーゼ・ヤーコヴナ・レーピナよ……」とフルネームで

言ったうえに「ロベルト・レーピンの妻よ」と誇らしげにつけ加えた。

「ああ、あなたなの。初めて会ったわね」とお吟もフランス語で返した。

ロベルトはもう十年ほど前、お吟とはた目には恋人同士に見える付き合いをしたレーピン商会の三男坊だ。ルイーゼはドイツ系のランゲリーチェ商会の支配人、ヤーコブ・トーレスの娘だという。ヤーコブがウラジオストクに来る前に横浜で日本人女性に産ませた娘で昨年春、父親をたずねてやってきたが、秋には縁あってかロベルトと結婚したことまではお吟も聞いていた。

「ペトロフ商会のお嬢様だといわれているそうだけど……」と、今度は歯切れのよい日本語だ。

「あなた、もともとはウラジオの貸座敷で名うての女郎だったそうね。ペトロフという家族も女郎を娘に迎えるなんて、品の悪いこと」

お吟はじっと相手を見すえた。お吟より若い肌は白く、整った目鼻立ちは美人といってよいが、高い鼻が傲慢な感じを与える。お吟は、

「あら、あなたはレーピン一家のことをロベルトから聞いていないの？　ロベルトの父親のゲルマン・イワノヴィチはロシヤ帝国刑法では重罪にあたる十四歳未満の処女を犯した罪で三年間、城塞懲役に服して四年前に出所したのよ。貸座敷に売られてきたばかりの生娘をいち早くいただくなんて、どんな趣味の男なのか。あなたも結構な家に嫁いでおめでたいこと……」と決めつけると「ちょっと、邪魔だわよ」とわきをすり抜けて滑って行った。

何曲か続くワルツのリズムに誘われるように、お吟は湾の向こうのチュルキン半島や雪の斜

面に並ぶなじみの建物に目を遊ばせながら滑っていた。このリンクで、ロベルトと手をつないでツヴィーレンの弧を描きながら滑っていたのは一八九三年の春のことだった。

しばらく滑ったお吟は、スケーターの輪の内側の邪魔にならないところに止まってひと息ついていた。すると、後ろから「失礼《パルドン》……」という女の声とともに力任せに背中を突き飛ばされ、氷上では踏ん張ることもできず前のめりに倒れた。顔を上げて体を起こしてみると、前をルイーゼが滑ってゆく。振り返り、倒れたお吟を見て笑い声をあげたようだ。が、その哄笑はすぐ悲鳴に変わった。一部始終を見ていたらしい由松が、前を過ぎてゆくルイーゼの足元に横から太い仕込杖を滑らすように投げたのだ。ルイーゼは脚の間に絡まった杖に引っかけられて宙を飛ぶように転倒した。

「スケートをやっている連中に訊いてみたんですがね、お嬢さん……」と、由松がスケートリンクの方をちょっと振り返りながら言う。「気色が悪いったらありゃしない。カフェーにお茶を飲みに行くよ、由松」とお吟が言い出し、二人はスケート靴を脱いでスヴェトランスカヤ通への緩い坂道を上がってきたところだ。リンクから聞こえるワルツの調べが遠ざかってゆく。

「なにしろウラジオに来てから一年とたっていないものですから、あまりあの女のことは知られていないんです。去年秋、結婚する前はクンスト・イ・アリベルス商会の店で働いていたそうですよ」

二人はスヴェトランスカヤの広い通りを横切って向かい側に渡った。まだ雪があまり積もっていないので、馬車が行き交っている。煉瓦造り二階建ての〈カフェ・スヴェトラーナ〉に入ると、お吟はオーバーコートを脱いでクロークに預け、スチームのムッとした熱気に包まれたホールに入った。由松は入口そばのテーブルに陣取り、お吟はウエイターに案内されて細長いホールの奥の方へ行く。白いブラウスをのぞかせた長いスカートの灰色のスーツに腰鎖《シャトレーン》を付け、メタルビーズのシャトレーン・バッグを下げたお吟は、顔見知りの常連客に軽く挨拶したり頭を下げたりして、奥の壁際のテーブルを前に腰を落ち着けた。

注文した紅茶を待ちながら、お吟はホール内を見渡した。どんな天候でもこの町いちばんの通りの散歩を欠かさぬ夫婦連れが幾組かくつろぎ、男四人が声高に議論しているテーブルがある。濃紺の制服姿の海軍士官が夫人らしい女性を前に、太い口ひげの威厳に似合わぬ小さなソルベのカップを抱えていた。紅茶を運んできたウエイターといっしょにこの店のマダム、スヴェトラーナ・ユーリエヴナが現れた。スヴェトラーナはお吟に勧められる前にそばの椅子に座ると「スケートに行ってきたのね、エリス」と笑顔を見せた。丸顔のふっくらした顔はしわが目立つが、体は十年前と変わらず二人分の重量があり、ブラウスの太い腕をテーブルに載せて両手を組んだ。お吟はジャム入れのジャムをスプーンですくって口に含み、英国製のカップから紅茶をひと口飲んで「ルイーゼという女に初めて会った」と独り言のように言う。

「ボブもいっしょだった?」

「いえ、彼女一人だった」

「あなたが気を悪くすると思って言わなかったけど、よく夫婦でここに来るのよ」

「ロベルトのことなんか忘れたわ。でも、あのルイーゼだけど、ランゲリーチェのところのトーレス支配人が横浜にいたころ、日本人の妻との間に生まれたそうね。クンスト・イ・アリベルスの店で働いていたんだって?」

「ドイツのハンブルグ出身のランゲリーチェは、横浜にいた同郷のトーレスをウラジオストクに呼び寄せた。そしてトーレスに手伝わせて商会を設立したのよ。一八七五年あたりのことだそう。ルイーゼ、みんなルルと呼んでいるけど、彼女は若いうちからドイツに行っていたとかで、母親に聞いていたこの町へはるばるシベリアを越えて父を訪ねてきた。トーレスは夫人の手前もあって家に入れるわけにいかず、支配人仲間で親しいクンスト・イ・アリベルスのアドルフ・ダッタンに預けたの。ルルはドイツ語、フランス語をしゃべるし、ロシア語も相当理解するわ。もちろん日本語も。それで店でも接客に頼りにされていた。ロベルトの母親のカテリーネはドイツ系だから、ルルに目をとめて気立てのいい娘がいるとボブに紹介した。それで二人の間に恋が芽生えたのだといわれている」

「私は気立てがいいとは思わなかったわよ、スヴェトラーンカ」

「よしよし……《ボン・ボン・サヴァ》」とスヴェトラーナは笑いながらフランス語で相槌を打って「たしかに今はルルがボブを引きずり回している感じだわ。ボブはね、あなたと同じ黒い髪、黒い瞳、それだけでルルと結婚したのよ。十年もたつけど、ボブはまだあなたを忘れていない、と私は見ている」

「それはどうでしょうか。ところで、ゲルマンはこの頃いろんな公の場面に出てきているらしいわ。図々しいやつね」

「エリス、あなただから率直に言ってしまうけど、破廉恥な罪を犯したといっても、相手は東洋の女だ、しかもどうせ妓楼でこれから働く娘だから構わないじゃないかと、この町のおおかたの男たちは考えているのよ」

2

スヴェトランスカヤ通からドイツ寺院を左に見ながら、お吟と由松はプーシキンスカヤ通の坂道を上ってゆく。この通りも沿道に研究所や女学校などが並び、緑の濃いお屋敷町のたたずまいは失われてきている。庭に低い鉄柵を回し、鉄格子を付けた門のあるのがペトロフ家の屋敷だ。目印となる太い幹のハルニレが枝を広げ、シベリヤトウヒなど冬でも葉を落とさない常緑樹がそこここに配置されてこの季節の殺風景さを救っていた。その先に漆喰を塗らず煉瓦むき出しのままの二階建ての大きな邸宅が建っている。

「お嬢さん、お帰りなさいまし」と庭師の小寺弥助《こでらやすけ》が門を開けて二人を迎え入れた。つねがこの家に嫁いだ時に実家から連れてきた弥助は庭仕事だけでなく、馬方のヴァシリーを手伝って馭者としても働いている。由松は家の裏手に回り、お吟は弥助がドアを開けてくれた玄関から中に入った。居間をのぞいてみたが誰もいないので、そのまま二階に上がる。表に面したお吟の部屋は亡くなったイリーナが使っていた部屋で、飾られた写真や置時計などをそのまま残していた。

お吟はスーツを脱いで、胸の上部と肩をレースの襟肩《ヨーク》で覆った化粧着《ラッパー》に着替えて居間に下りてきた。同じような化粧着を着たアレクセイの妻、ミシェルも居間に下りてきていて、「スケートはどうだったの、エリス」とフランス語で声をかけた。

「面白いことがあったのよ、ミシェル……」とお吟は向かい合って座る。

お吟より四歳年上のミシェルはもともとフランス生まれで、アレクセイとはお互いにロンドンに留学していて出会い、結婚したのだ。亜麻色の髪をコンパクトに頭上にまとめた髪型で、ソファにくつろいで脚を組んで座っている。二人が話すのはいつもフランス語だ。それはお吟がこの家に引き取られた一八八七年からレッスンとして始まったのだ。

「スケートリンクでロベルト・レーピンと結婚したルイーゼに会ったのよ……」と言って、この日の出来事を披露した。ミシェルは今日やっと楽しいことに出会えた、みたいな笑い方をする。

「ミシェル、あなたは以前、ルイーゼのことをあまり話してくれなかった。私の気分を損ねないように気を遣ってくれたと分かっていたし、私も興味なかったから訊きもしなかったわ。でも彼女はいったい何者なの？」

「私が聞いたのはすべてお茶会でのカテリーネの話よ……」

ミシェルのいうお茶会は、アドルフ・ダッタンの妻、マリーが音頭を取って一八九〇年ごろか始めたドイツ語で〈カフェークラッチ〉と呼ぶ上流夫人たちの親睦の集まりのことだ。

ウラジオストクの発展に貢献したのは、一九世紀中ごろに軍の哨所があるだけのこの港に成功を夢見てやってきたドイツ、スイスや北欧にルーツを持つ若者たちだった。彼らは司令官に交渉して、まず日当たりと眺めのよい斜面に地所を確保し、事業に乗り出した。ドイツ系のグスタヴ・クンスト、アルフレッド・アリベルスやヨハン・ランゲリーチェは家具や重機、建設資材を輸入して扱い、デパートを経営した。そして海岸沿いのスヴェトランスカヤ通に、入港する船からは城のように見える三階建ての店や邸宅を次々に構えた。スイス系のユーリイ・ブリネルは鉱山経営から海運にも乗り出し、今や港の仕事を一手に握ろうとしている。

一方、フィンランド系のスウェーデン人、オットー・リンドルムは森林、金鉱開発で財を成し、沿海州各地に製粉工場を経営、さらにゾロトイ・ローグ湾に乾ドックを建設、軍港区域に壮大な邸宅と専用の船着場を構えていた。ヨーロッパ・ロシアからはシベリアを横断して電信線がウラジオストクに達していたが、これが海底電線で一八七一年に長崎まで敷設され、さらに上海、香港へ伸びていった。これを敷設、保守管理しているのがデンマークに本社を持つダートスコーゴ・テレグラファという電信会社だ。市内の西側にあるチグローバヤ山、英語ではタイガー・ヒルのふもとに会社と社宅を構え、その幹部たちが町では名士として存在感を示している。

肝心のロシア人は何よりも港務局など役所関係の幹部が勢力を持つ。それに軍港だから、ウラジオストク艦隊の提督、艦長ら海軍将校は華やかな制服で街では目立つ存在だ。陸軍は日露間の風雲が急となって要塞補強のための兵士が増強され、要塞の幹部も社交界に出入りしていた。

こうした裕福な商人や権威を持った名士の夫人たちがマリー・ダッタンの主宰するティー・パーティのメンバーだった。会員の邸宅に集まって軽食《ティフィン》をとったりしておしゃべりを楽しみ、ハイキング、ゴルフ、テニスに興じ、さらに慈善事業にも精を出していた。お互いにファーストネームで呼ばず、姓に〝夫人〟という敬称をつけて呼ぶのが会員の決まりで、会話にはロシア語、ドイツ語が使われ、参加メンバーによって英語、フランス語で話すこともあった。

「カテリーネはマリーからトーレスの娘の話を聞いて興味を持ったらしく、アリベルスの店に見に行った。何度か行ったそうだけど、そこでルルの働きぶり、お客への応対にすっかりほれ込んでしまった。カテリーネはドイツ語になじんだバルト海沿岸の出身だから話が合う。そこで自宅の午後のお茶に彼女を招待した。すると気難しいゲルマンも気に入った。カテリーネはロベルトが父親の一件でお前を失い、それ以来女性には臆病になっているのではないかと心配していた。今やロベルトもルルも愛し合っていてカテリーネはひと安心だそうよ」

「それでそのルルとやらはドイツで何をしていたの？」

「それがカテリーネもよく分かっていないようだわ。あのようにドイツ語、フランス語を立派に話すのだから、大学で勉強したのだろうと信じている」

「東洋から来た娘がヨーロッパで簡単に大学に入れるかしら。ミシェル、あなたは私へのフランス語のレッスンのなかで教えてくれた。女性の地位が低いフランスを嫌ってロンドンに渡ったけど、ヴィクトリア朝時代の英国ではやっと女性を受け入れるカレッジが出てきた程度。本格的な大学などへは入れなかった。図書館で勉強しようとしても、歓迎されなかったと……」

図書館の閲覧室は紳士の世界だった。女性が入ってくると、衣擦れの音がうるさい、化粧の匂いで気が散る、うっかりペンを床に振ろうものならスカートを汚しかねない。というわけで、男たちの舌打ちの対象になった挙句、慇懃に退室を促されることすらあった。ミシェルもそんな場面に遭い、助けてくれたのが居合わせたアレクセイだった。アレクセイ自身も英国では「ロシア人など野蛮人だ」と言われていて、共通の疎外感が二人を結びつけた。

かつてのレッスンを思い出して、この話を繰り返すとミシェルが、

「うん、よくできたね、エリス。発音も話し方の要領も進歩したものだわ」とほめた。

「おや、お吟ちゃん、帰っておったのかね」という日本語で、つねが入ってきた。

つねは一八八六年、五年前に前妻を亡くしたグリゴーリイに見染められ三十三歳で結婚した。ロシアに帰化した正式の名前はマリア・ツネ・ペトロヴァで、マルケロフスカヤ横丁にある実家の水島《みずしま》商店で算盤を弾いていたころ、グリゴーリイに計数に明るいと見込まれただけあってペトロフ商会の経理をすべて引き受け、今では財務担当重役《フィンディレクトル》として重きをなしている。地味な銘仙を着て、髪はこのころの日本人女性に流行していた束髪に結っていた。美人とはいえないが、若い時分からの理知的な風貌に変わりはない。

「お前、お昼はまだやったろ。何か用意させるけん、食堂に来んかい」と言ったが、お吟は首を横に振って「カフェーでお茶を飲んでクッキーをつまんだから心配いらないよ、おっかさん」

3

ペトロフ家では商会の経営についての会議は夕食をとりながらやっていた。グリゴーリイが生きていた時は朝食後にグリゴーリイを中心に長男のアレクセイ、三男のアントン、そしてつねら女三人がグリゴーリイを船長《カピタン》の敬称で呼ぶなど事務的な会議を開いていたが、グリゴーリイ、アントンなき今は夕食をとりながら自由に話し合っている。

かつてグリゴーリイが座っていた食堂の縦長のテーブルの奥の端は、グリゴーリイの使っていたグラスなどを置いて空けてある。アレクセイとつね、ミシェル、お吟の女性三人がテーブルをはさんで向き合い、アレクセイの側には十六歳になる長女のアリーサが別格のように控えている。長男のフランツは二年前に英国に留学しており、アリーサもこの夏にはフランスへ行くことが決まっていた。アレクセイの斜め後ろには、髪も口ひげも白さを増した執事のマキシム・レオノヴィチが、腰が伸びた変わらぬ姿勢で立っていた。

アレクセイはかつてグリゴーリイとは正反対のタイプの英国紳士だった。が、今では太い口ひげと貫録を増した体格になって、性格も言葉遣いも父親似になってきたとお吟は感じている。「樺太島《サハリン》のセルゲイもイリーナ二世も冬が明けて仕事はこれからだな」と。コックのボリスが腕を振るった前菜《ザクスカ》を一通り味見したところで、アレクセイが始めた。アリーサも含めて一同の前にはワインのグラスが置かれているが、そのほかにアレクセイは小さなウォツカのグラスを手にしている。飲み干すとすぐ、マキシムが白い手袋の手にウォッカの瓶をとってグラスを満たした。

グリゴーリイの次男のセルゲイは若い時からサハリンに根をおろしていた。現地のアイノのソーフィヤと結婚して三人の子持ちだ。サハリン西岸に昆布と鮭の漁場を持ち、沿海州で獲れる鮭を塩蔵、加工して中国、日本へ送る仕事など商会の漁業関係を一手に引き受けている。

もともと米国東部の捕鯨の島、ナンタケット島出身のグリゴーリイは捕鯨船に乗り組んでいるうちにアラスカでイリーナに出会い、結婚して自分の船を持った。そしてウラジオストクを本拠地と定めて妻の故国に帰化したが、商会を設立して貿易やサハリン、沿海州での漁業に手を広げるうちに、昔ながらの捕鯨は道楽のようになってしまった。そこで近代的な捕鯨船を使ったノルウエー式への転換に踏み切ることになり、資金面での不足を補うため地元で鉱山、製材で成功していたドグラス・ノイマンとの共同経営に持ち込んだ。ノイマンはかつての捕鯨船仲間だったが、内陸の仕事に関心を持って、今のペトロフ商会の敷地をグリゴーリイに譲って資金を作ったのだった。捕鯨への郷愁でノイマンがグリゴーリイの提案に応じ、捕鯨船イリーナ二世を入手して操業を始めたのはグリゴーリイが亡くなった後の一八九八年のことだった。

日本海での捕鯨は、皇帝の則近、カイザーリンク伯爵の太平洋捕鯨漁労会社がナホトカ付近の湾に解体・加工場を設けてすでに軌道に乗せており、朝鮮半島東岸にも基地を確保していた。このためペトロフとノイマンの捕鯨船は北海道の西岸の天塩《てしお》、東岸の厚岸《あっけし》の捕鯨基地を借りて獲物を処理し、鯨肉をつねの実家のつながりで確保した長崎の業者に販売していた。

食堂に顔をのぞかせた家政婦のガリーナにつねが振り向いて「ボリスに言ってシシーを出しておくれ」と声をかけた。発酵キャベツを中心にいろいろな野菜を入れたロシア式スープのシシーはお客に出す正式なメニューではなく、それぞれの家庭の味があるが、ペトロフ家ではグリゴーリイが生きていた時からつねがコックのボリスに指示して味を維持していた。

「今日は満洲の大豆の輸出にどう取り組むかを、もっと詰めてみよう。満洲を横断する鉄道も昨年から運行を始めているから、早く決めないとな……」

水産物のほかにペトロフ商会が扱っているのは石炭だ。北部サハリンのドゥエ炭鉱の石炭、さらにナホトカに近い古くからある蘇城《スーチャン》の石炭を移入している。また、小樽から灰分が少なく質のよい幌内炭を輸入して貯炭場に常備し、これらは質によって沿岸航路、軍艦や外航汽船に使い分けて供給している。汽船は室蘭、函館に寄港しない限り、ウラジオストクで焚料炭《バンカー》を補給せざるを得ない。商会にとって利益の出る事業だ。しかし、もうイリーナ号で北極海の原住民から鯨肉と交換に毛皮、セイウチの牙を仕入れることもなくなり、新しい事業展開を迫られていた。

満洲の農作物は大豆、高粱《こうりゃん》、トウモロコシ、小麦などだが、大豆以外は住民の食料にされ、大豆はほとんど豆油、豆粕の原料として輸出にまわる。特に油坊《ヨウファン》と呼ぶ搾油工場が南満に比べて乏しい北満では、中国内と海外への輸出に活路を見出すしかない。

一方、シベリア鉄道の建設を急いでいるロシア帝国は、アムール川沿いのルートに手を焼いて、セルゲイ・ヴィッテ蔵相の方針で満洲里《マンズオーリ》から北満を横断しながらハルビンを経て中露国境の綏芬河《ボグラニーチナヤ》までの本線、そこからウラジオストクに達する東行路、ハルビンで分岐して一九〇五年に日本が大連と命名するダーリニーに出る支線の南行路の敷設権を清国から獲得した。この東清鉄道は時代によって呼び名が変わるが、当初は露清合弁の中国名で〈大清東省鉄路〉、のちの中国東方鉄道(中東鉄道)、ロシア語では〈キタイスカヤ・ヴォストチナヤ・ジェレズナヤ・ドローガ(中国東方鉄道会社)〉として一八九六年に設立された。二年後に着工してほとんど完成という一九〇〇年、列強の故国分割に憤激する義和団運動で大半が破壊された。ロシアは派遣軍隊を増強して復旧に全力を挙げ、前年の一九〇二年に開通にこぎつけた。

「ウラジオストク、ダーリニーどちらにも出せるハルビンに大豆を集荷する件だが、寧世傑《ニンシジェ》にはいずれ〈ミリオンカ〉まで出向いて話し合おうと思っているが、エリス、大丈夫なんだろうな」

アレウスカヤ街の西側をセミョーノフスカヤ通、ボロジンスカヤ通に挟まれた一帯は、はた目にはスラム街としか見えない入り組んだ中国人街で〈ミリオンカ〉と呼ばれるが、寧はそこを支配する中国語で老板《ラオバン》、つまり親分の一人だ。日出楼でお吟の先輩娼妓だった高田ハナを身請けし、麗花《レイホア》と名乗らせて妻にしていた。

「寧はもともと松花江右岸にある満族の村出身よ。今はバラバラに集荷され売りさばかれている北満一帯の大豆をペトロフ商会の扱いにさせてくれるわ。大豆は馬車と、松花江を船で運んでくるけど、寧は自分の息のかかった匪賊には話をつけると言っている。それから、前に話した大豆を詰める麻袋と麻糸を輸入する件は、安中《やすなか》組の安中清吉《せいきち》にいま調べてもらっている……」

北九州の沖仲仕の流れを組む安中組は、日本の汽船が多いこの港で雑貨などの荷卸し、積込み、汽船の焚料炭《バンカー》の荷役に信用を得ていたが、汽船が接岸できる岸壁の整備が進むにつれて、ここでも新事業の展開を模索していた。

「インド産麻袋は四〇〇枚をひと梱《こおり》で送って来るらしい。ウラジオストクかダーリニーで輸入してハルビンに送る運賃が当然の費用ね。ここの港の自由港制は二年前廃止されてしまったけど、逆にダーリニーが自由港になって輸入品に関税がかからない。しかし、通関手数料を取られるし荷繰料、倉敷料もある。安中によると、上海からの麻袋は安いけど質が悪いそう。日本では中国から落花生と米を麻袋で輸入している。その麻袋を香港に送り返す商売をしている業者が東京の浅草というところにある。それを香港でなくこちらに輸出できないか交渉してくれと頼んだわ。でも安中は、麻袋は二度使うと質が落ちて、当然値引きして売ることになる。わざわざ中古の麻袋を仕入れて使う利点がどのくらいあるか、気が進まないようだった」とお吟が説明した。

アレクセイは運ばれてきたシシーをスプーンで味見してうなずきながら「ハルビンでの諸掛りについてはどうかな、マーシャ」とつねに訊いた。

お吟たちはつねは母親だからマーマ、マーメニカと呼んでいるが、アレクセイはグリゴーリィのように名《イーミャ》のマリアの愛称で呼ぶようになっていた。

「ハルビンからウラジオストクへの東行路、ダーリニーへの南行路のそれぞれの運賃は分かるが、ハルビンでの諸掛りが不明ね。中でも苦力をいくらの日当でどのくらいの人数を確保できるか、現地で調べる必要がある。大豆の麻袋への詰め込み、麻糸で口を一度だけ縫うか。往復縫いなら倍の手間賃だわ。さらに貨車への並べての積み込み、みな苦力の仕事よ。うちの商会の扱いだと示すマークを刷り込む打印費、あそこは東清鉄道が支配しているので、自治費みたいなものも取られるらしい。港についてから輸出までの諸掛りは分かる。ダーリニーでは大豆、麻袋とも仕切ってくれる代理店が必要だけど、これは安中組にやらせるね、エリス。でも私は南満の大豆の集荷、沿線にある油坊（搾油所《マスロボーイニャ》）の状況も知りたい。雪が融けたら社員を調査に派遣するから、エリス、寧に案内、通訳のできる男を世話してもらってよ」

　グリゴーリイ亡き後、商会の仕事すべてに通じてきたつねは、会社の専門的なロシア語はお吟よりよく知っている。

「あとは両港に運んでＣＩＦ（運賃・保険料込み渡し）にするか、Ex-SHIP（着船渡し値段）で売るか、だわ。欧州への運賃は両港ほとんど同じよ。うちは欧州への輸出の経験がないけど、どうも横浜、神戸へは荷が船の欄干《ハンドレール》を越えたらこちらの責任がないＣＩＦですむけど、欧州はEx-SHIPでなきゃだめみたい。つまり到着港で、売買できる品質であると認められる荷を相手に渡すまでこちらの責任となる」

「その件はマーシャに任せよう。欧州は前世紀後半から人口増で慢性の食料不足だ。ジャガイモの病気が発生すると、大挙して米国に移民している。油をバターのように加工できるマーガリンの特許技術が実用化されているが、欧州にはない大豆の油が安く使えるはずだし、豆粕も優秀な飼料、肥料になる。大豆の輸出は日本の大手商会も注目しているから、競争になるだろうな」

4

　西暦の三月七日夜、お吟と由松はスケート場のアイス・カーニバルに来ていた。いつもこの時期に行われる行事で、いわばスケート・シーズンの終わりを告げるお祭りのようなものだった。

　遠くから見ても、その一角はまるでお伽の国のように見えた。リンクを囲んで張られたロープに色とりどりのランプが連なって輝いている。アドミラル埠頭の先の闇の中に艦隊の灯がちらついていた。前日に降った湿雪は苦力たちがきれいに取り除いて、リンクは硬く滑らかだ。陸側には揮発油《ナフサ》ランプで明るくした食べ物の露店が並ぶ。開け放した小屋に陣取る吹奏楽隊はとんがり帽子に道化服の衣装で、陽気なポルカやワルツを吹き鳴らしていた。しかし、家族連れも目立つスケーターはふだんの二倍もいて滑る空き間もなく、みんな飲み物や食べ物を手にしてはしゃいでいる。

　黒貂《セイブル》のロングコートを着て縁なしの毛皮帽を黒髪に載せたお吟がぼんやり立っていると、背中に横にしてあてた仕込杖に両肘を絡ませた由松が人込みから滑り出てきた。

「ルイーゼがいましたよ、お嬢さん」とお吟を見上げる。

「そりゃ今夜はみんな来ているからね」

「そばにいたロベルトがひょいと手を挙げて挨拶してくれましたが、ルイーゼは知らんふり。どうやら私は鬼門のようですね……」

「こんばんわ、エリス。楽しんでいる?」と声をかけてそばに滑り込んできたのは、電信郵便局の山側の小路にある〈ドム・スミス〉のエレノア・プレイだった。

〈ドム・スミス〉は、この町の外国商人の草分け、チャールズ・スミスが初めは銃砲店として設立した店だ。プーシキンスカヤ通のペトロフ邸の土地を同郷のよしみでグリゴーリイに世話してくれたチャールズは、グリゴーリイより早く一八九八年に亡くなった。エレノアはチャールズ夫人、サラの弟、テッド・プレイの妻で、サラに呼ばれて米国のニューイングランドから一八九四年に夫婦でやってきた。エレノアはすぐにこの町になじみ、財閥のリンドルム一家をはじめ町の名士に広く付き合いを広げて、当然のようにダッタン夫人のお茶会の常連になっている。

「あなたとは今年初めてじゃない、エリス。スケートでも会わないし、うちにも来てくれない」

「ご免なさい、ロキシィ……」と、一歳年下のエレノアの幼少名ロクサーナの愛称で呼んで「私はいま商会で仕事を持っているから、日曜しかスケートに来られないの。それに花の季節でないと〈ドム・スミス〉にも足が遠のいてしまって」

「何をおっしゃいますか、エリス。今のわが家のベランダ・ルームはパンジー、シクラメン、アネモネ、スイセンの花盛り。鉢植えのシュロの木が日陰を作る感じで快適よ。今度電話で誘うからおいでよ」

「電話は商会の方にお願いね」

「あら、家には電話がついていないの?」

「二年前に電話をつける時、アレクセイは家にもと考えたけど、商会の財布を握っているマーメニカがうんと言わなかったのよ。今年はそろそろつけないとね」

この町に電話が引かれたのは一八八四年だが、加入者は市長、消防署、地理学協会、リンドルム事務所など八軒に過ぎず、当時は加入者同士が話せるだけで、市外ともつながっていなかった。一九〇〇年代になって加入者は急速に増えたが、電話機自体が二〇ルーブル、さらにサーヴィス料が年間一・五ルーブルかかるので、まだ普通の家庭までには普及せずにいる。

「……ところであなた、ランゲリーチェのヤーコブ・トーレスとは親しいんでしょ？　ルイーゼの周辺について知っていることを教えてよ」とお吟が訊くと、

「ははあ、ボブと結婚したから気になるのね」とエレノアは納得の表情で「ヤーコブはここへ来る前、横浜で貿易の仕事をしていた。絹を作る虫、あの虫の卵を日本の紙に産み付けさせたものをフランスに輸出していたのよ。ずいぶん儲かったらしい。ところが高く売れることが分かると、日本の業者は粗悪な卵をくっつけたものを出すようになって信用を落としてしまった。もう潮時だと思って、ヤーコブはランゲリーチェの誘いに乗ってやってきたのよ」

「日本人の奥さんとは離婚してきたの？」

「あの頃の日本では男も女も外国人と結婚するには、政府に届け出て許可をもらう必要があったそう。ヤーコブは面倒なので正式には結婚しなかった。妻には相当の財産を残してきたらしい。ルルは横浜の山の手にある名門の女学校で学んだけど、母親が再婚して子供もできると、自分は父親の故郷のドイツを目指した」

「ドイツで何をしていたか、だれも知らないようね」

「それはヤーコブも知らないようだわ。欧州のあちこちにいたらしい。そして母親に聞いていたウラジオストクにやってきて、ヤーコブに古いパイプを見せたそう。それはヤーコブが横浜の家に残してきたものだった。ヤーコブは歯跡の刻まれたパイプをくわえ、ルルを抱きしめた……。ルルはダッタンに預けられて〈ドム・スミス〉のすぐ裏手にある商会の独身寮にいたのよ」

あたりがざわめいて、スケーターたちがリンクの中央を囲むように移動している。

「あら、カドリールが始まるわ、見に行きましょう、エリス」とエレノアが誘った。

カドリールはもともと四頭の馬による軍事パフォーマンスがダンスに受け継がれたもので、一九世紀初めにフランスから欧州各地に広まった。男女のペア四組が、次々に相手を変えながら踊る、のちのスクエア・ダンスの原型だ。これをスケートのまま優雅に踊るのはスケートの相当の技量が必要で、ダンスを披露するスケーターのメンバーはほぼ決まっていた。

男性はホワイト・タイに燕尾服、女性はスケートが隠れるほどのロングドレス姿でパートナーに向かい合い、音楽の演奏に合わせて踊り始めた。のちのフィギュア・スケートのようにつま先にギザギザのトゥピックがついていないので、ステップを踏むにも腰を折ってお辞儀をするにも絶妙なバランスを要する。

お吟はそれを見ながらエレノアに「私も踊れるようになりたいな」とささやいた。

「あら、エリス。あなた、ダンスは踊れないと言っていたでしょ」

「……ほんと、昔のこと、よく覚えているのね、ロキシィ」とお吟は苦笑した。かつて初めてエレノアに会った時、巡洋艦アドミラル・ナヒーモフでの舞踏会に誘われて、踊れないからと断ったのは、娼妓時代の客に出くわす可能性があったからだった。しかし、今はお吟の前歴が知られていても、当時の客はほとんどおらず会うことはないはずだ。で、エレノアに言う。

「あれからアレクセイとミシェルの夫婦に習って、今は踊れるわよ」

5

ペトロフ商会はキタイスカヤ街に煉瓦造り三階建ての社屋を構えている。漆喰でクリーム色に化粧した壁に、夏は西日がきつい縦長の窓が並ぶ。五月四日の昼過ぎ、高い襟のブラウスに黒のスーツ姿のお吟が会社にやってきた。

厚いドアの玄関を入るとそこは接客のための奥行きのある部屋で、応接用の重厚な長いテーブルが外窓に沿って据えられてある。壁際は幅広のカウンターで、その一部を仕切ってディスプレイ・ケースにしている。幌内炭の見本の大きな塊が黒いダイヤのように光っている。ケースの上に長さ二メートル近い真っ白なイッカクの角を飾っていた。歯クジラの一種、イッカクの雄の門歯の一本が伸びたもので、かつて欧州ではこれを想像上の動物、ユニコーンの角だと考えた。漢方の解毒剤なので中国商会の永和桟《ヨンフーザン》が以前から欲しがっているが、アレクセイはイリーナ号が北極海で活動した記念だとして手放す気はないようだ。

お吟は二階に上がって事務室の自分の席に腰を下ろした。寄ってきた日本人の社員に目の前の主のいないテーブルを顎で指して「ヨシはどうしたの？」と訊く。

「昼休みに出たきりまだ……」と言ってにやりとし「港で船を眺めているのではないですか。財務担当が先ほど捜しておられましたよ」と教えた。

お吟は奥の部屋のドアをノックして開け「おっかさん、なにかご用でもあったの？」と入った。デスクから顔を上げたつねが「ああ、訊くことがあった、ばってん、もうすんだからええわ。まあ、お茶でも飲んでゆっくりせんかい」

二人が運ばせたジャスミン茶を飲んで雑談をしていると、あわただしいノックとともに先ほどの社員が入ってきた。

「お嬢さん。市立病院から電話です。由松さんが怪我をして入院したそうです」

壁に取り付けられた電話機は、クランクハンドルを回して発電して交換手を呼び出す磁石式だ。お吟は筒形の受話器を耳に当て、送話口に「エリサヴェータ・ギンです」と吹き込むように応えた。電話してきたのは看護師のタマラ・イリイチナだった。

「ヨシがだれかに襲われて怪我をしたのよ。いえ、命にかかわるようなものではない。いま手術が終わったところ」

「分かった。ありがとう、タマーラ。今すぐ参ります」

つねに話すと、つねは「私も行く……。いまアレクセイは外出しとるけん、もどったら知らせておいてくれまっせ」と社員に指示し、ロッカーを開けて塵除けの紗の羽織を出して羽織った。

二人は商会の前でロシア人馭者の辻馬車を拾って、アレウスカヤ街の坂の上にある市立病院を目指した。馭者はキタイスカヤ街を上がるのを避けて、セメノフスカヤ通を西に横切り、勾配の少し緩いアレウスカヤ街を上ってゆく。

「今の時季、道が埃っぽくてかなわんわ」とつねが顔をしかめた。

「あら、私にはどこかの花の匂いがするわ。今や野原も山もいろいろな花が一斉に咲こうとしている時季よ。チュルキン半島ではチェリョームハも咲き始めているでしょう」

日本語ではエゾノウワミズザクラというこの白い花は、沿海州では春の到来を知らせる象徴として住民に愛されている。

市立病院の患者待合室へ入ると、事務室にいたアンソニー・ブラウンがうなずいて出てきて「ヨシは危ないところだったが軽傷だ。心配いらない」と言い、病室に案内してくれた。

一八九四年にコレラ対策のため英国から招かれたブラウンは、契約の三年が過ぎてもウスリー湾にあるアスコリド島での狩猟に魅力を感じてこの町に居ついてしまっている。日出楼でお吟をかわいがってくれた沢村《さわむら》チカが結核で入院すると、亡くなるまで親身に面倒みてくれた。いつもお吟を食事の話し相手に呼んでくれたし、お吟の好きな猟鳥の蝦夷雷鳥《リャーブチク》をコックのボリスに届けてくれたこともある。ロンドンの夫人が昨年、息子が公立学校の寮に入って手がかからなくなったのでとやってきて、お吟も紹介されて会っている。お吟はミシェルに知らせていた。

「奥さんの私を見る表情で、彼女が嫌いなはずのウラジオストクに来たわけが分かったわ」

「つまり、海を越えてお前の存在に気づいたということかい？　それはたいした女の勘だね。

それでドクトルとお前がいま以上の関係になることを防ごうとやってきた」

「そう。でも、そんな関係になることなどあり得ないけどね」

二人は病室の前でタマラと出会い、ブラウンは事務室にもどって行った。

「タマーラ、電話してくれてありがとう」とお吟とつねが礼を言った。

「外科のキーロフ先生はいま手が離せないのよ」というタマラについて病室に入ると、由松がベッドに仰向けになって笑みを浮かべながら両手をあげてみせた。額にガーゼを当てている。腹の上あたりと左の太腿に白い包帯を巻いていた。タマラがそばに立って説明する。

「ヨシはナイフのようなもので脇腹を刺され、額と太腿を切られている。さいわい、内臓に深く達していないけど、ひと月以上はかかるそう。太腿は歩くのに少し支障が出るかもしれないと先生は言っている」

「いったいどうしたん、由松？」とつねが訊いた。

昼休みになったので、由松は会社を出て坂を下りて行ったが、犯人はその時から由松をつけていたようだ。しかし、昼時のキタイスカヤ街は人通りも多く、たまたま巡査の姿も見えたので襲わなかったのだろう。由松はスヴェトランスカヤ通を横切って市営埠頭に近いマンザと俗称される中国人の市場の中を通ってゆく。いつも買うなじみのマンザから肉入りの饅頭を買い、それを口にしながら歩き始めた時だった。後ろからの人の気配に振り返ったところを、刃物を持った相手に襲われたのだという。お吟と一緒ではなかったので仕込杖は持っていなかった。

最初の一撃をかろうじてかわしたが、額を切られた。由松はバック転《バックフリップ》で次の攻撃を避けた。

今年五十七歳になったが、日本の軽業一座にいた若い時の芸はいまでも練習を怠らない。次々に宙返りして逃れる由松を体の大きい相手は捕まえきれず、刃物を振り回して追うだけだ。しかし、それも限界に来て由松は脚を切られ、倒れたところで腹を刺された。が、この時、飛んできた石ころが男の頬に当たった。石つぶてはなおも男を襲った。市場のマンザたちが投げていたのだが、それは正確に男の頭や顔をとらえてくる。男は頭を隠して逃げていった。

「どんげん男だったとね。お前の知っちょる顔かい？」

「歳のころは四十過ぎのロシア人だった。体の大きな男で、長いナイフみたいなものを持っていた。それから逃げる時、右の膝がよく曲がらないのか、足を引きずるようにしていたな」

お吟とつねは顔を見合わせた。

グリゴーリイが亡くなった一八九七年の暮れ、お吟とつねはゲルマン・レーピンが差し向けたならず者五人に危うくさらわれそうになった。それはペトロフ家とレーピン家の間で何年か繰り返された争闘と復讐の連鎖の結末だった。その前の年のコスモスの咲くころ、キタイスカヤ街の日本貿易事務館の前で由松はレーピン家の長男ヤコフにピストルで撃たれ、足を怪我しながらも仕込杖でヤコフの腹を刺し、傷害致死の罪で三年間服役した。

その前年の一八九五年、お吟の兄、ペトロフ家の三男アントンはレーピン家の次男フョードルがお吟を侮辱したことで決闘となった。ジャスミンの香るペルヴァヤ・レチカ(一番川)の岸辺で行われた決闘でアントンはフョードルを倒すが、その場にピストルを持ち込んでいたヤコフがアントンを射殺、それは警察、裁判所とつながったゲルマンの力で不問となっていたのだ。

グリゴーリイが亡くなり由松もいないあの年の十一月三十日夜、お吟とつねは在留邦人の有力者の妻たちの忘年会に出席し辻馬車で帰宅する途中、レーピン家の四輪箱馬車《ベルリーヌ》に乗った五人組に襲われた。グリゴーリイは亡くなる前のクリスマスに、由松がいない間、これで自分を守るようにと手提げバッグにも入るデリンジャーをプレゼントしていたが、お吟はそれで長い短剣を持った大男の右膝を撃って男たちを撃退した。今回、由松を襲ったのはその男に違いなかった。

「ゲルマンはあいつらをまだ使っていたのね」とお吟がつねに言うと「間違いなか。あん時の男や」とつねもうなずいた。お吟は苦笑して由松に言った。

「由松、ルイーゼにスケート場での仇をとられたね」

第二章

〈ミリオンカ〉の首領

I

ウラジオストクの中心部をほぼ南北に貫くアレウスカヤ街は、山側に行くほど両側に日本人の商店が並び、日本人町のようになるが、そこから西側に東西に走るペキンスカヤ通、セミョーノフスカヤ通には二〇世紀になって中国人の露店がますます増えてきた。二本の通りには三階建てのビルが間に空きを見せて向かい合う。湾のそばのスヴェトランスカヤ通のように漆喰で化粧塗りしたのは少なく、ほとんどが煉瓦むき出しのままだ。そのすき間を平屋や二階建ての店が埋めている。幅三〇メートル近い通りの両サイドに広い歩道が走り、中央は少し盛り上げた敷石の通路で、背中合わせに中国人の露店が並んでいた。商品をいっぱい積み上げた露店や布の日よけを付けた屋台のそばで、狭い板の上にわずかな品物を載せて売ろうとしているのは、町の景気をあて込んで山東半島の芝罘《チーフー》港から流れついたばかりの中国人のようだ。

この通りに来て、食料品から日常の生活雑貨までそろわないものはない。店番の女たちは行き交う客たちに「請靠《チンカオ》、請靠《チンカオ》（寄ってらっしゃい、寄ってらっしゃい）……」と盛んに声をかける。客は気が向けば露店の前にしゃがみ込み、台の端に盛られたヒマワリやカボチャの種の殻を吐き散らしながら値切り交渉に時間を費やしていた。そのそばを赤や青のロシア更紗のスカーフに髪を包んだロシア人の主婦が籠を抱え、抜け目ない物色の目を光らせて通り過ぎてゆく。

そのセミョーノフスカヤ通をお吟は、濃い無地の着物に薄物の羽織を重ねたつねとともに西に向かっていた。中田由松がナイフを持った男に襲われてからひと月余りの六月十日のことだ。いつもより足さばきのよいスカートに膨らんだ袖のブラウスを着て、ブーケを飾った帽子を被っている。この国では、外出にドレスハットを欠かさないお吟の周辺と、スカーフを常用する女たちとはいわば階級が違っているのだった。

お吟たちは露店の間をすり抜け、山側の歩道を横切って狭い路地に入り込んだ。急に露店通りの喧騒が消えてあたりはひんやりと薄暗く、そこにはもうマンザの縄張りの〈ミリオンカ〉の世界が広がっている。かつて満洲に移住してきた漢民族を指す蔑称『蛮子《マンズ》』から始まったマンザという中国人への呼称は、このころはロシア語、日本語だけでなくエレノアのような米国人が話す英語にも定着していた。

ほとんど窓のない煉瓦壁に挟まれた路地はタイル張りの屋根から落ちる雨水で乾く間もなく、じめじめして汚物の臭いがよどんでいる。しかし、看板も表札もない狭い戸口を入ると、そこには飲食店、娼館、賭場、故買屋が隠れており、居酒屋は壁に二段の棚をしつらえて夜は宿屋に早変わりする。かと思えば、二階に上がると本土並みの立派な料亭や旅館が姿を現すのだった。

お吟たちは西側にある三階建ての建物の中庭のような通路に入り込んだ。手摺りを回した二階のヴェランダが一階に七、八軒並ぶ店の軒先になっている。入口そばに油紙を張った格子窓の売春宿、隣の濁酒の密造所、奥の賭場などが十年前と変わらぬ営業を続けていた。突き当りの開くことのない扉を閉ざした煙館《ヤングアン》(阿片窟)に隣り合うような玄関が、〈ミリオンカ〉で老板《ラオバン》とか首領《シャオリン》、つまり親分と呼ばれる寧世傑《ニンシジェ》の住まいなのだ。

その玄関から顔をのぞかせた用心棒の汪進之《ワンシンズィ》が、入口全体をふさぐような巨体を現し笑顔でお吟を迎えた。長い口ひげが伸びる頬には傷跡以上にしわも目立つが、剥き出しの二の腕の筋肉は伐りだした丸太のようだ。「寧奥様《ニンタイタイ》がお待ちかねですよ……」と細い目をなお細めて顔に似合わぬ優しい声で言った。中に入って見上げると、入口上の内壁にはいつも通りの抜き身の青龍刀がすぐ手の届くように掛けてある。お吟は薄暗い奥の階段を上がったところのドアをノックして開けながら「入るわよ、姐さん……」と声をかけた。

吉祥模様のじゅうたんを敷きつめた奥行きのある広い部屋だ。花梨《かりん》や紫檀の家具が配置され、奥は一段と高い炕《カン》(オンドル)になっている。寧の妻、麗花《リーホア》は炕の前のクッションに膝を横に突き出して胡坐をかくように坐っていた。薄黄色の旗袍《チーパオ》は日本の狩衣《かりぎぬ》と同じ作りの盤領《まるえり》で、胸全体を覆った前身頃を右脇に紐ボタンで留めている。同じ色の細身のズボンのような袴子《クーズ》をはいていた。色白の丸顔がますます膨らんで体も小太りになってきた。頭に回した純銀の枠に絡めた髪を珊瑚や翡翠が彩り、いつも着飾っていてほしい寧の好みに応えている。

当時の外地にいる日本人は、中国人などに身請けされて妻や妾に囲われた娼妓を〈被仕切女《しきられおんな》〉

と呼んでおり、日出楼にいた高田ハナも一八八四年に満洲族の寧に仕切られ、麗花という名前を与えられた仕切られ女の一人だった。

部屋の入口そばに履物をそろえた二人は麗花に向かい合って坐った。いつもは円い背もたれを付けた圏椅《チュアンイー》を定位置と決めているお吟もじゅうたんに横坐りになり「姐さん、しばらくご無沙汰でした」と笑顔を見せる。

「うちん人はいま出とるけど、すぐもどってくるけん。ちぃと待ちんしゃい」と麗花がお吟に言い、つねに「おつねさん、わざわざ足ば運んでもろうてすいまっしぇん」と頭を下げた。

「なんの麗花姐さん、いまもくろんどる大豆の商売はうちの商会にとって大事やけん、お吟の頼みごとのお礼に挨拶にくるのは当たりまえやな」

「お吟ちゃんの頼みはアレクセイ社長の頼みだと寧は思うとる。堅苦しい挨拶などいらんとね」

つねは商会ではほとんどロシア語で、麗花の方は中国人に囲まれた生活だから、お互いにふだんは故郷の言葉をしゃべる機会がない。お愛想やら人の消息やらと、ここぞとばかり早口に飛び交う〝ばってん言葉〟をお吟は微笑しながら聞いていた。

入口の側の天井の隅あたりでチーンと鉦《かね》の音がして「おや、帰ってきた」と麗花が言う間もなく、寧が部屋に入ってきた。ゆるい長袍《チャンパオ》姿の寧は、お吟が慌ててハットピンを抜いて帽子をとり圏椅に座ろうとするのを「そのまま、そのまま……」と押しとどめ、麗花に並んで坐った。

満洲族の寧は背が高く、面長で鼻筋の通った顔立ちは漢族とは違っている。後頭部近くまで剃り上げた頭の恰好がよく、三本に編んだ辮髪の一本は肩に垂らしている。麗花が目の前の煙草盆に横たえた長い煙管を取り上げ、煙草を詰めて吸いつけると寧に手渡した。
お吟が中国語の苦手なつねのためにロシア語で「寧親分《グラヴァーリ》、本日はうちの商会の財務担当重役《フィンディレクトル》のつねを連れてまいりました。北満に商会の社員を派遣するのに案内人をご紹介いただきましたが、これからもこのつねが窓口でやっていくのでご挨拶したいのです」というと、寧は煙の陰でうなずいて「分かった。いいだろう。不安に思うことがあれば遠慮なく訊いてほしい」と言った。

老板とは知っていても、お吟は寧がどんな肩書で何をしているのか実際には知らない。妻の麗花も寧に使いを頼まれるのでその人脈を知っているだけで、その仕事の中身までは分からないらしい。それはだれよりもロシア当局が知りたいことなのだが、沿海州での中国人の裏社会の仕組みはほとんど表には出てこない。ウラジオストクだけでなく、各地の中国人の間には業種別あるいは地域別に組織化された会があるようだった。その証拠は時には地域に影響が大きい同盟罷業《ストライキ》が起こるのと、商品流通にかかわる価格協定があるらしいことで分かる。

当局から何らかの弾圧を受けたり、ロシア商人たちの理不尽な要求に対して、どこからの指令とも分からぬまま、市場の店が一斉に休んだり品物がなくなったりする。ウラジオストクでは、毎日の生鮮食料品はほとんど中国人の店に依存しているので、彼らにストを起こされては市民生活が麻痺しかねない。

また、中国人の仲買人が穀物や毛皮、薬用ニンジンなどを買い入れる値段、それを小売商に卸す値段ともに一定の金額が決められていて、それ以外の金額で売買するものはいなかった。

亡くなったグリゴーリイや〈ドム・スミス〉のチャールズの狩猟会では、アスコリド島で獲った鹿の角を決まった中国人の仲買人に売り渡していた。しかし、この仲買人が角の品質などにうるさいので、別の中国人に買ってもらおうとしたが、安い値をつけたのに買おうという中国人はついに現れなかった。

たまたまロシア当局がウラジオストクの北にある村の〈公益会《ゴンイーフウイ》〉という名前の会の規約を入手したことがあった。それによると、会長の下に数人の長老や裁判官がいて書記が記録をとっていた。規約には、価格協定だけでなく住民の生業、生活、道徳のすべてにかかわる項目が盛り込まれ、違反者には豚の没収、笞刑《ちけい》、追放、川流しが科せられた。彼らが使役する先住民のゴリド族もその会に組み込まれていた。中国人の農民たちは先住民の男を奴隷のように使役し、女たちを妻や妾にしており、反抗すれば鞭打ちの刑にし、時には見せしめの生き埋めにした。

密告があって生き埋めの土まんじゅうが掘り出されたことから、公益会の規約入手までにつながったものだが、州軍務知事はその地域の中国農民をすべて追放した。公益会のような存在が分かるとロシア当局は解散を命じ、代わりに居留民会を作らせたが、届けられた役員名簿が公益会のそれと重なる可能性は否定できず、中国人の管理にはお手上げといってよかった。

ウラジオストクでは、ペルヴァヤ・レチカ（一番川）付近の線路上に中国人の生首が置かれていたことがあり、何らかの見せしめの意があるのではと噂されたが、その後、ゾロトイ・ローグ湾に沈めた首なし死体の重しが外れて浮かび上がった。お吟は首と胴体を切り離したのは汪の持つ青龍刀だと信じこんでいたが、寧世傑がこの町のマンザ社会にどんな位置を占めているのかは分からず、とんでもない大物なのかもしれなかった。その威力がどうやら北満にも及んでいるらしいと麗花に聞いて、お吟はペトロフ商会の大豆の仕事に寧の力を借りようとしたのだ。

2

「うちの商会のダニイール・エルドマンは、ご紹介いただいた案内人と先月末に週に一度ハルビンに直行する列車で出発しました……」とつねが言い出した。「ハルビンで建設中の新市街《ノーヴィ・ゴロド》での大豆の受け入れと送り出しの段取り、それに何よりも現地の苦力をどのように確保するかを調べて、その後、鉄道支線沿いに南行路を現地の大豆の集荷、油を搾る油坊《マスロボーイニャ》の様子を調べながらダーリニーに出る予定でおります。ところで、案内人のほかにそちらから同行する人がいたようですが……」

「ああ、うちの関少奇《グァンシャオチィ》という満族の男もいっしょだ」

「え？　仲仕頭だった関が行ったんですか？」とお吟が訊いた。

「関は仲仕頭からシベリヤ鉄道工事の仕事もこなして今では信頼できる私の片腕だ。彼はハルビンから北満一帯の地主どもにペトロフ商会のためだけに大豆を出荷するように説得して回る」

「地主たちが言うことを聞いてくれますか」とつねが心配した。

「いまあの辺りで一番勢いのある紅鬍子《フンフーズ》（匪賊）の顧学良《グーシュエリィアン》の名前を出されたらウンと言わざるを得ない。奴は私と同じ松花江の右岸の村出身だ。関は今回、顧とも会って話をつめることになる。関は顧の所在を知らないが、私が顧に伝言してあるから顧は関をどこかで捉まえるだろう。大豆は輸出するとなると大量に効率よく集荷して運ばねばならん。大車《ダーチェ》という荷馬車に積み込み、山東商人の仲買業者、糧桟《リアンヂアン》に持ち込む。その場合、顧の出す通行手形を持っていればほかの匪賊から略奪されず通行料も払わずに済む。それは大手の糧桟にまた売られ、松花江を船でハルビンに着くまで有効だ。もっともそれには顧もそれなりの掛かりが要るわけだがね」

「その費用はどのようになるのでしょう？」

「心配はいらんよ。ペトロフ商会の取り分に変わりはない。顧が自分で稼ぐ、地主どもからな。地主も農家も安心して余分な大豆を輸出用に出荷できるなら文句はあるまい」

「大豆の作付けもどんどん増えますわね」とお吟が言うと、寧は笑った。

「喜ぶのは早いよ、エリス。お前たちの商売が始まるのは、たぶん三年後だな。私の見るところ、ロシヤと日本はこの一年以内に満洲で戦争を始める。大豆の輸出どころではない。それにハルビンはロシアが満洲を運営するための交通の結節点として設けたばかりの町だ。以前は〈スンガリーの町《ポーソロク・スンガリ》〉という仮の名前で呼んでいた。いま東清鉄道が都市づくりに躍起となっているが、埠頭区《プリスタン》と呼ぶ商業地には、いずれ輸出貨物を受け入れる倉庫のようなものが必要だ。それからだな」

「その戦争の話ですけど、あまりにも前から戦争だ、戦争になるぞと言われているものだから、在留邦人もロシヤ当局のお役人や商会の人たちも、慣れっこになってのんびりしているわ」

「それは彼らがバカだというだけのことだ。日本の貿易事務館の川上俊彦《かわかみとしつね》はもうそのつもりで動いている。要塞では戦争に備えての補強工事に使われている兵士たちが、あまりの酷使ぶりに耐えかねて、もしこのまま戦争がなかったら暴動を起こすだろう。帝国海軍も昨年あたりからバルト海からの巡洋艦隊がポルト・アルトゥール（旅順）に集結している。そのうちのどの艦をウラジオストクに配備するかが、ごく最近決まったようだ」

扉が開いて、召使が中国茶のセットを運んできた。麗花は私がやるからと召使を下がらせ、熱く蒸らされた焼き締めの急須から小さな茶碗に香り高い茶を注いだ。用心深く茶をすすりながら、

「今のウラジオストクへの艦隊の話は〈ドム・スミス〉のエレノアならきっと知っていると思う。彼女は海軍の偉い人たちと仲がよいから。帰りに寄ってみようかしら」とお吟が言って、すぐ日本語で「おっかさん、辻馬車でおっかさんを商会に降ろして、私は〈ドム・スミス〉に行ってみるわ。どんな花が咲いているか見せてもらって、エレノアにお世辞を言っておこう」

「お吟ちゃん、辻馬車は汪に呼ばせればよか。召使に頼ませなよ」と麗花が言う。

茶を飲んで落ち着くと、お吟は立ち上がって部屋の隅に下がっている編み込みの太い綱を引いた。どこかで鈍い鐘の音が響き、間もなく先ほどの召使が顔をのぞかせた。麗花が汪に辻馬車を裏の馬場に着けさせるように指示している。しばらくしてチーンという鉦の音が響き、二人は寧に挨拶して裏口から外へ出た。

そこは寧の家の馬場で、寧が遠出に使う四輪箱馬車などの馬車が置かれており、厩舎には麗花の乗馬の栗毛が首をのぞかせているのが見えた。麗花にとっては二代目の馬だが、初代と同じ〈金太郎〉という名前が付けられていた。待っていた辻馬車につねは汪の助けを借りで乗り込んだ。馬場を出たところがカレイスカヤ街で、アムール湾を望む低地はかつて〈セミョーノフの草刈場〉と呼ばれていたが、いまは市当局が運営するセミョーノフスキー・バザールが建っている。二階建ての横長の大きな建物で月額三五ルーブルの賃料だから、ここで商売する中国商人は露店から抜け出した成功者だ。日本人の店も二軒ほど入居している。

ペトロフ商会の前でつねを降ろしたお吟は辻馬車をソドム・レーンと呼ばれる〈ドム・スミス〉のある小路に入れて、細い鉄格子をはめた門の前に停めさせ馭者に運賃を払って帰した。

エレノアは二年ほど前、使っている苦力の宿舎を煉瓦造りに建て直したが、できた空きスペースを花壇にしたり、野菜畑に転用したりしている。殺風景な煉瓦壁はキンレンカの格子垣で飾られている。お吟の思った通り、その花壇のあたりにエレノアがいるのが見えた。お吟が店の裏手への石段を上ってそばにゆくと、エレノアは手に移植用の小さなシャベルを持って、花壇にかがみ込んだ苦力を指図していた。咲きかけたサクラソウやスイートピーが小さな角形の鉢に移し替えられている。

「おや、これはどうするの？」とお吟が訊くとエレノアは、

「花の色別に移し替えているのよ。その時の気分やお客様によって、食卓に飾る鉢を選べるでしょ」

「スイートピーは花の時期が長いので、そんな使い方ができるのね。いい考えだわ」

「エリス、あなたの家の庭はいまどんな花が咲いているの？」

「うちはいまシポーヴニク（ノイバラ）がまだすがすがしい香りを振りまいている。いつもならもう散っているのに季節が遅れているのね。きっとチェリョームホヴィエ・ホロダー（チェリョームハ冷え）が今年は長びいたからよ」

　チェリョームハ（エゾノウワミズザクラ）は、沿海州の住民にとって本格的な春の到来を象徴する花として愛されている。しかし、その花が咲く五月のポカポカ陽気の間に必ず冷え込む数日間があって、チェリョームハ冷えと呼ばれていた。

　エレノアは持っていたシャベルを捨てて、お吟を午後のお茶に誘った。

「ヨシの具合はどうなの、エリス。まだ入院しているの？」

「もう少しかかりそう。刺された脇腹が完全に治っていないようだわ」

「人はだれに恨みをかうか、分かったものじゃない。災難だわね」

　二人はテッドとエレノアの夫婦が応接間兼用の居間にしている一室に入った。籐の家具を配置し、部屋の一角を隠すように回された日本製の花鳥の四曲屏風が落ち着いた雰囲気を出すあまり広くない空間だ。

　籐の椅子に向かい合って腰を落ち着けたところに、三人いる日本人の阿媽《アマ》の一人、おツキさんが紅茶のセットを運んできた。おツキさんはやはり雇われている日本人のコックとは夫婦だった。お吟は砂糖入れからちょうどよい大きさの塊をトングでつまんでカップに入れると「実はね、いま〈ミリオンカ〉の寧世傑のところからの帰りなのよ」とスプーンでかき回しながら言う。

「寧のところで聞いた話だけど、ウラジオストクに配備される艦隊が決まったんですって？　ポート・アルトゥールに待機している軍艦がやってくるとか」

「あら、さすが。寧は早耳だわね。私も昨日聞いたばかりよ。でもこちらに来る巡洋艦の名前はまだ知らないわ。いま港にいる義勇艦隊のヘルソーンが補助巡洋艦として編入されるらしい。義勇艦隊の船はもともと有事には軍艦として使えるように艤装されているからね」

「そうか。組合《アルチェリ》のレオンならきっと詳しいことを知っているわね」

レオン・アキーモヴィチ・チェレンチェフはヤコフ・レーピンに殺されたお吟の兄、アントンの親友だった。今はモスコーフスカヤ組合《アルチェリ》ウラジオストク事務所長という肩書だ。モスコー商業会議所の認可を受けたこの組合は、在留邦人がモスコー組合とか単にアルチェリと呼んでいるが、税関のある全国二十数ヵ所に事務所を持っていて、税関の通関作業の実務、監督に権限を持ち税関倉庫の運営も請け負っている。ウラジオストク事務所はこのほか義勇艦隊の荷役を担当していて、安中組とは港で競争し時には協力する関係だ。レオンの父は義勇艦隊汽船会社の支店の草分けだが、自分の権限で息子をこの組合に送り込んだものだ。

「寧世傑はこの一年の間にロシヤと日本は戦争を始めるといっているけど、ロキシィ、あなたはどう思う？」

「私の周辺の人たちは小国の日本がロシア帝国に戦争を仕掛けることなどありえない、と言っているわ」と英米人の癖で国名をロシヤでなくロシアと英語の発音で言って「でも、ロシアが鉄道を通じて満洲を支配しつつあることで、日本は朝鮮に持つ権益が侵されるのではと心配している。一年以内はどうか知らないけど、海軍の人たちは戦争を避けられないと言っているわ。戦争になればあなたの立場はいろいろ微妙なのね、エリス」

「よくそう言われるけど、私はロシヤ市民よ。日本には赤ん坊の時にいただけでつながりが感じられない。つらいことも多かったけど、ロシヤというよりこのウラジオストクが私の故国で、私はこの町が好きなのよ」

「それは米国国籍の私も同じよ。戦争が始まっても、米国に帰ることなどないわ。新しく配備される艦隊がこの町を守ってくれることをお互いに祈りましょう」

3

ウラジオストク巡洋艦隊の構成は、旗艦のロシーヤとグラマボイ、リューリクの装甲巡洋艦三隻、防護巡洋艦のバガトィーリ、義勇艦隊のヘルソーンが改名した補助巡洋艦レナ、それに水雷艇十隻と決まった。その任務は、ウラジオストク港の防備、日本海での通商破壊作戦だが、その活動で日本艦隊を引きつけ、旅順の主力艦隊を結果的に守ることも期待されていた。

七月から八月にかけて、各艦が次々に入港し、周辺の水路を確認するためなのか出たり入ったりしている。いずれも艦体は白色、煙突は黄色という平時色に塗ってあり、みな帆走のための高いマストに旗をなびかせていた時代だから、普通の汽船に比べると華やかに見える。お吟は家の二階の窓から各艦を品定めするように眺めていた。

西暦の八月二日、お吟はエレノアとアドミラル埠頭に来ていた。たまたま〈ドム・スミス〉を訪れるとエレノアが「ちょうどよいところに来たわね、エリス。巡洋艦のリューリクが埠頭前に停泊しているのよ。リューリクはこの一週間ばかり、遠洋航海に向かない水雷艇をポルト・アルトゥールから次々に先導してきていて今日が最後だそう。これからウラジオストクに落ち着くところよ。トゥルソフ艦長と知り合ったので、あなたに紹介するわ」と言い出したので別に異議もなく、坂を下りて在留邦人たちが海軍波止場と呼んでいるこの埠頭にやってきたのだ。

お吟はグレーの密織り綿布《パーケイル》のスカートのうえは首にボウタイ型のリボンを付けた亜麻《リンネル》の白いブラウスを着て、小さなバッグを提げていた。結い上げた黒髪に斜めに被っているのは夏用の麦わら真田《レグホーン》ハットで、淡紅色のヒナゲシと緑の葉飾りをたっぷりのせて黒いヴェルヴェットのリボンを垂らしている。エレノアもお気に入りの色の薄黄色のワンピースドレスに黒いベルトを締め、薔薇花飾《ロウゼット》りを付けたターバン型ハットを被っていた。

リューリクは全長一二六メートル、一一九六〇トンの白塗りの艦体で、蒸気機関に故障があれば帆走もできる高い前檣《フォアマスト》と主檣《メインマスト》の間に二本の煙突が並んでいる。艦首にはロシアの国章の大きな双頭の鷲が金色に光っていた。マストにひるがえるのは白地に青の斜め十字《ソールタイア》、聖アンドレイ旗だ。左舷に二ヵ所、砲郭《ケースメイト》が大きな膨らみを見せて、大口径の主砲が砲身をのぞかせる。そのほかにも八ヵ所、副砲の小さな砲郭が等間隔で並んでいた。艦首に近い舷側からタラップが降ろされているのが見える。

埠頭は人であふれていた。乗組員、といってもほとんどが士官級の家族や友人だ。あちこちに小さな塊になって、夫や父を取り囲んでいる。納品に来たらしい中国人の馬車が行き来する。

「あら、あそこに艦長がいるわ」とエレノアが指さして二人は白い軍服の一人に近づいた。

エフゲニイ・トゥルソフ艦長は背の割に肩幅の広さが目立つ体格で、白いカバーをかけた軍帽を被り濃紺のズボンをはいている。金モールが光る肩章をつけているが帯剣はせず、くだけた恰好のようだ。次々に挨拶にくる乗組員の家族らしい男女と話していたが、その合間に軍帽を脱いで髪のほとんどない頭をハンカチで拭っているところに二人は近寄った。

艦長はすぐエレノアに気づいたらしく敬礼のように片手をあげて、

「おお、ミセズ・エレノア・プレイ……」と英語で言った後はロシア語で「先日はいろいろ町のお話を有難う。知識が広がりました」と笑顔になる。円い細縁の眼鏡をかけた顔は口ひげも頬から顎にかけてのひげも柔らかそうで、五十歳前後らしかった。

「今日で水雷艇の案内役は終わりましたね。ご苦労様でした」

「いや、ありがとう。今日からこの美しい港に腰を据えられます。もっとも演習で出たり入ったりの毎日ですが……」と言いながら、艦長はそばにいるお吟が気になるようだ。

「艦長、私の友人をご紹介しますわ。エリサヴェータ・ギンです。この町のペトロフ商会の娘さんです」

「私はエリサヴェータ・ギン・ペトロヴァです、艦長」とお吟は軽く片膝を曲げて挨拶した。

「やあ、艦長のエフゲニイ・トゥルソフ大佐です」とまた笑顔になった。

「艦長、エリサヴェータ・ギンは、幼い時からウラジオストクに住んでいた日本人で、ロシアに帰化された方なんですよ」

「それは驚きですな。お近づきになれて光栄です。どうですか、わが艦リューリクは。初めて間近でご覧になったでしょう」

「はい、とても美しい巡洋艦だと思います。私は艦隊の中であなた方のリューリクがいちばん気に入りました」とお吟はリューリクを眺めながら言った。

「うれしいことを言ってくれましたね。私も士官たちもこの艦へは今年初めて乗り組んで、バルト海からポルト・アルトゥールまでやってきたのですが、とても優秀な艦です」と言いながら、艦長はお吟から目を離せないでいる。巡洋艦クラスの軍艦では、艦長以下の士官たちは三年か四年でほとんど総入れ替えするのがロシア海軍の慣例だった。

しかし、また艦長と話したがっている家族連れが現れ、二人は挨拶して別れた。そこへエレノアの友人らしい男性が声をかけてきて、お吟はエレノアに自分は帰る、と軽く手を振る。

「あなた、会社にもどるの、エリス？」

「今日は日曜日よ、ロキシィ。このまま家に帰るわ」と言いながら、お吟は〈カフェ・スヴェトラーナ〉に寄るつもりでいる。埠頭の人込みを抜けて、スヴェトランスカヤ通へ抜ける緩い傾斜の広い道を上がってゆくと、だんだん人通りがなくなり、ニコライ門に近づくと全く通行人はいなくなった。

ニコライ門は一八九一年、いまの皇帝のニコライ二世が皇太子時代にアジアを歴訪して日本からこの港に帰国したのを歓迎するため建造されたものだ。太い四脚を持った煉瓦造りで、全体にさまざまな彩色と装飾を施しとんがり屋根を緑色に塗っている。姉のミシェルは子供の玩具だと笑い、ルルと結婚したロベルト・レーピンはお吟に醜悪な代物だと評して軽蔑していた。

お吟はその門を別に仰ぎ見ることもなく、四角な脚の間を潜り抜けてなおも歩いて行った。門から五メートル余り離れた時、うしろから「えいっ、何をする！」という大きな男の声が響き、お吟が振り返ると黒っぽい服の大きな男が何かを振りかざしながらお吟に迫っていた。あいつだ、と直感しながら逃げようとしたが、スカートを持ち上げずに大きく踏み出したため、裾を踏みつけて前のめりに倒れた。男はお吟に追いついたが「やめろっ、やめろ！」という男の声と足音が迫ってきたため、あきらめて倒れたお吟のわきを抜けて逃げて行った。

お吟は起き上がって膝をついたまま、バッグを探りながら「待てーっ」と叫び、七・六センチの短い銃身を上下に二本重ねたデリンジャーを取り出して両手に構え「止まれー、動くなっ、撃つよ」と叫んだが、止まることなど期待していないようにすぐ続けて二発、逃げてゆく男に発砲した。

右足を少し引きずりながら走ってゆく男は、ちょっとつまずいたようによろめいたが、止まることなく全力で逃げて行った。お吟がピストルを持った右手をついて立ち上がろうとすると、左わきに立った男がフランス語で「ここはなんという町なんだ。男が真っ昼間に女を襲う。襲われた女がピストルをぶっ放す。どうなってるんだ、いったい……」と言う。お吟もフランス

語で、

「これがウラジオストクよ、ムッシュー。こんな町なのよ……」と、目の隅に白い軍服をとらえながら応じた。

男はお吟の左の二の腕をつかんで立たせた。膝を痛めたのか、よろめいたお吟は相手の白い軍服の腕にすがりつきロシア語で「ごめんなさい。膝をぶつけてしまったわ」と言う。相手は「歩けますか、もし恥ずかしくなければ……」と、抱き上げるか背負うかのつもりなのに「大丈夫、腕を貸していただければ歩けますわ」とデリンジャーをバッグにしまった。

男は細身だが鍛えぬいてしまった体つきで、声が若々しい。肩章を見ると尉官クラスらしく、腰に柄頭と鐺《こじり》を金の金具で飾ったロシア海軍の短剣を提げている。

「あなたはこれからどちらに行かれるんです？」と訊かれて「ここを上がったところにあるカフェーに行くところだったんです」と答えると「じゃ、そこまで送りましょう。さっきの男がまだいるかもしれないから」とお吟を支えながら歩きだした。

「私は巡洋艦リューリクのニコライ・イサーコヴィチ、大尉です」と自己紹介するのに、「私はエリサヴェータ・ギンです」と、ちらりと見上げて言う。

ギンという父称に首をかしげるような表情で歩きながら「あなたはウラジオストク生まれなんですね？」と訊くので「いいえ、そうではありませんが、ここに住んでもう三十年ほどになりますからこの町には詳しいのですよ」と答えた。

その答えに男が戸惑った顔をしているのは、お吟を相当若い女性だと見ていたからだと分かる。スヴェトランスカヤ通に出て、向かい側にある〈カフェ・スヴェトラーナ〉を指してお吟は「あなたもコーヒーをいかがですか」と誘った。

ホール内のテーブルはほとんど埋まっている。ホールの中ほどのテーブルから立ち上がったスヴェトラーナがウエイターに指図して、二人は奥の隅のテーブルに案内された。向かい合ってお互いに初めて相手の顔をじっくり見ている。軍帽をとった相手を見て、お吟は三十歳、ひょっとするともっと若いかもと男の年齢に間違いない判断を下した。薄く優美な口ひげは日焼けした顔色のせいで目立たない。一方、大尉の方はお吟に見とれていた。艶のある黒髪に映える白い肌は若い時の苦労を感じさせないきめ細かさで、ふっくらとした鼻から唇への曲線が三十六歳という年齢と釣り合わない。帽子から垂れ下がる黒いループのリボンも子供っぽい効果をみせている。

「先ほどは助けていただいて有り難うございました」

「面白い門だな、と横から見上げていたらあなたが通り過ぎ、続いてきた男が目の前で刃物を抜きだしたのを見て、追いかけたのです。危ないところでしたが、あの男は知り合いなんですか」

「知り合いとはいえませんが、私に悪さをしようと狙っていたのですよ」

答えの意味を考える間もなく、そばにスヴェトラーナがやってきて肩章をのぞき見ながら、「よくおいでになりました。大尉殿ですね。エリスと以前からのお知り合いですの?」とお吟のそばに座った。

「いや、先ほど初めて見るニコライ門を眺めていたところで知り合ったばかりですよ。エリサヴェータとおっしゃる、とても活発なお嬢さんで……」

「エリサヴェータ・ギン・ペトロヴァ。エリスはペトロフ商会のお嬢さんですよ」

「私はニコライ・イサーコヴィチ・ゼニーロフ大尉、リューリクの士官です」

「先ほどニコライ門のそばでこの方に助けていただいたのよ、スヴェトラーンカ。危ないところでヨシと同じ目に合うところだったわ」と聞いてゼニーロフ大尉は、

「なにやら事情がありそうですね、エリサヴェータ・ギン。今日はあなたをお宅まで送らせてください」と、自分の役目を喜ぶかのように言った。

第二章

リューリクの祈り

I

「お前がついてくる必要などないよ、由松」とお吟が言った。二人はペトロフ商会の一階の商品見本のディスプレイも兼ねた応接室に立っていた。お吟は薄いサテンのブラウスに青いストリート・スカートを履いて、太い網目のチュール・レースのヴェールでかたちばかり顔を隠した白いターバン型ハットを被っていた。レース編みの小さなバッグを提げている。

「いや、何かお手伝いできることがあれば、と思っただけです」と、由松は手に持った仕込杖を軽く床に鳴らして言った。七月末に退院した由松は、額に切り傷の痕を残していた。左脚に少し支障があるように見えるが、本人は別に不自由はないと言っている。

八月三十日の昼近く、会社にいるお吟に自宅から執事のマキシムが電話をかけてきて、ニコライ・ゼニーロフという海軍士官が昼食をともにする約束を果たしにきた、と言っているが会社に迎えに行かせてもよいかと言う。八月二日に家まで送ってもらった時にそのような話が出たのを思い出し、馬車で向かっているというゼニーロフを待っているのだった。

商会のドアが開いて、ゼニーロフが入ってきた。左手に馬車用の長い鞭を持って、最初に会った時と同じ軍服姿だ。お吟の前に来て踵をそろえ敬礼して「お迎えに参りました、エリサヴェータ・ギン」と軍隊の口調で言う。

「有り難う。ニコライ・イサーコヴィチ。さあ、行きましょう」

会社の前に黒い幌を畳み込んだ軽二輪馬車《キャブリオレ》を停めている。ゼニーロフはお吟を支えて馬車に座らせると、自分も隣に乗り込んだ。後をついてきた由松はすることもなく見送っている。

「もっと早くお約束を果たしたかったのですが、朝鮮海峡に遠征したりして遅れてしまいました。私をお忘れになったのではと、心配して焦りましたよ」

「いえ、忘れてなどいるものですか。助けていただいたのに……」

「有り難う、安心いたしました。馬車を確保し、昼食の席を予約できてよかったです」

馬車はキタイスカヤ街の坂を軽い車輪の音を響かせながら下ってゆく。お吟はヴェールが顔に張りつくようなのが邪魔で、黒髪に右斜めに載せた大きな白いバラを飾る帽子の上にはね上げた。スヴェトランスカヤ通に出ると、東の方に速度を上げながら走って行った。日曜で家族連れの人通りも多く、通行人はみんなキャブリオレに乗った涼しげな服装の二人を見送っている。

「目立ってしまったわね、私たち。ニコライ・イサーコヴィチ、あなたはペトロフ商会の私の噂をどこかでお聞きになりませんでしたか？」

「ええ、聞きました。なにより私を驚かせたのは、あなたが私より年上だったことです、エリサヴェータ・ギン」

「あなたはお幾つですの、ニコライ・イサーコヴィチ？」

「もうすぐ二十九歳になります。十一月二十八日が私の誕生日ですから」

「私も十一月生まれですから、その時はまた歳の差は変わらないですよ」とお吟は笑った。

海軍将校倶楽部はプーシキンスカヤ通に上がる分岐を過ぎたところの海側にあり、在留邦人は水交社《すいこうしゃ》と呼んでいた。白く塗られた広い二階建てで、円柱を配した大きな玄関を持っている。ゼニーロフは馬車を車寄せにつなぎ、お吟の手を腕にからませるようにして玄関への石段を上がってゆく。ミシェルに倶楽部の様子は聞いていたが、お吟は初めて入る建物だった。

玄関ホールの正面に幅広の階段が二階ホールにつながり、階段の裏側がサロンとなっていた。ゆったりとしたソファやアームチェアが配され、制服姿の士官たちが煙草を吸いながら新聞を読んだりしてくつろいでいる。その奥の楕円形に広がった食堂はほぼ客で埋まっていた。夫人らしい女性を同伴した士官たち、五、六人がテーブルを囲んでいる席もある。

二人は海に向いた広い窓のそばの席に案内された。夏の霧の季節がそろそろ終わるころで、ゾロトイ・ローグ湾は向かいのチュルキン半島まで見通すことができた。四本の煙突が並ぶロシーヤ、グラマボイの手前に二本煙突のリューリクが控えめに停泊しているのが見える。

「ああ、あなたの巡洋艦、リューリクが見えるわ。私は艦隊の中でリューリクが最も美しく好きだとトゥルソフ艦長に申し上げたのですよ」

「えっ、艦長をご存知なのですか？」と顔に緊張が走るのを見て、

「あの日、友人に紹介されて、ふたことみこと話しただけ。それだけの知り合いです」

料理はすでにフランス料理のコースを注文してあるといい、二人はまずシャンペンを飲んだ。

「あなたは私のことをじゅうぶんご存知でしょうから、あなたのことを聞かせてください、ニコライ・イサーコヴィチ」

「もう他人行儀はやめて、私をニコーラと呼んでください、エリス」

「分かったわ、ニコーラ。あなたはどうして海軍に入ったの?」

「軍人になることは子供の時から決めていました。海にあこがれていたので当然海軍ですが、実は乗馬も好きなので馬と暮らす騎兵隊にも魅力を感じていたのです」

「あら、私も乗馬は好きですよ、ニコーラ」

「本当ですか、エリス。今度馬で遠出にお供します。町を案内してください」

「私はダームスコエ・スィエドロ(サイドサドル)ですのよ」

「女性なら当然でしょう」

「この町では、米国やドイツの婦人方は馬にまたがっています。ゴルフやテニス用の短いスカートをはいてね」

「米国はダームスコエ・スィエドロの伝統などないでしょうからね。ま、それで海軍に入って任官したのは一八九一年です。ずっと黒海艦隊にいました。昨年三月、巡洋艦ヴァリャークの乗り組みになり、リューリクとともに極東にやってきて、ポルト・アルトゥール(旅順)にも入港していました。しかし、すぐリューリクの上級水雷士官の任務に変わったわけです」

食事が終わった後、お吟が「あなたは煙草を吸わないのね」と訊いた。

「私は以前から煙草は吸っていませんでした」

「珍しいわね。私の死んだ兄のアントンも吸わなかったけど……」

その夜、前菜《ザクースカ》を前にしたつねが「今日はえらく男前の士官がお前を食事に誘いにきたね、エリス？」と話しかけた。

「あら、マミエーンカも会ったの？」

「午前中は家にいたから顔を見たよ。マキシム、お前はいろいろ話していたけどどう思うね？」

アレクセイにウォッカを注いでいた執事のマキシムが「はい、私も見とれるような立派な軍人でした。尉官級とお見受けしました」とうなずいた。

「立派といっても二十八歳よ。まだ少年のようなものよ」とお吟が微笑を浮かべた。

「年齢の差なんて関係ないよ、エリス」と隣のミシェルが言う。

しばしの沈黙の後、つねが始めた。

「みんな知っての通り、ダニイールがダールニーから帰ってきた。いっしょに行った寧の代理の関少奇《グアンシャオチ》がしばらく手伝ってくれたようです。いま詳しい報告書を書かせているけど、肝心のハルビンの状況を話しておくわ。あそこはいま新市街《ノーヴィ・ゴロド》と呼ばれる市の中心となる南崗《ナンガン》地区に銀行、ホテル、病院が次々に建てられている。その中心になるのは東清鉄道の守護神の聖ニコライ像をいただく中央寺院《サボール》よ。そこから松花江の方に下って鉄橋を渡る前の線路の西側にできた埠頭区《プリスタン》が商業地区で、線路を隔てて傅家店《フーチィヤティエン》と呼ぶマンザの町ができているけど、その間に挟まれた細長い湿地は、八站《パーヂァン》(八区)と呼ばれ、東清鉄道の建設工区の最期の八番目だった。日露戦争の際、軍が兵站物資の集積に適した場所がないのでここに引込み線を敷設して倉庫を置いた。これから物資の集積所として発展するでしょう。大豆の一時保管、積み替えは引込み線のあるこの場所しか考えられない。倉庫はいらないそうよ。蓆子《アンペラ》などで囲って、ばらの大豆を高く積み上げてゆく。最低七二〇〇プード(約一一八トン)も積み上げて、出荷が必要となればそこから麻袋に大豆を詰め替える……」

「ずいぶん手軽な貯蔵法だけど、屋根はどうするの?」とミシェルが訊いた。

「アンペラで傘型の屋根をかけているそうだけど、ハルビンではほとんど雨が降らないし、雪も積もらないからね」とつねが見てきたように保証した。

「問題は労働力だけど、一月に南行路の鉄道が開通したことで、山東省からの出稼ぎ人夫がこれまで以上に営口に上陸してやってきたけど、それでも東清鉄道の建設作業に人手が不足だという。しかも彼らは十月には帰ってしまう。大豆は九月末から十月に収穫するから、こちらはそれからが人手が必要なのにね。関は近辺から出荷してきた農民をそのままハルビンに置いて力仕事をやらせる案を出しているけど、数が知れているし麻袋の口を麻糸で縫い合わせる器用さは期待できない。安中組からその期間だけ慣れたマンザを集めるしかないね。来年の収穫期までに苦力確保の段取りをつける必要があるけど」と言ってちらりとお吟を見る。

「エリスはそのころはロシヤと日本は戦争をやっているだろうというのよ」

「その通りだ、マーシャ」とアレクセイが乗りだしてきて「義和団事変に乗じてロシヤは満洲に軍隊を送ったのだが、日本との交渉で段階的に引き揚げることを約束した。しかし、この四月に予定されていた第二次撤兵を果たさなかった。以来、満洲と朝鮮の権益をめぐってお互い妥協のないやり取りを繰り返している。それはいずれ限界が来るだろう。今度、極東総督府が設置されて対日強硬派のアレクセーエフが総督に就任した。極東をめぐる交渉の権限を握るという。穏健派のヴィッテ蔵相は失脚したようだ。エリスの言うように収穫期までもたないかもしれんな。ところで以前気にしていた日本の大手商会の動きはどうだな、マーシャ」

「手先らしいのが入り込んでいたようです。でも、収量の調査などの段階にとどまっているようで、ともかく集荷に走り出したうちの商会が先行しているでしょう」

2

「うん、似合うよ、エリス。女でもほれぼれするわね」とミシェルが居間の真ん中に立ったお吟の周りをひと回りしながら言う。九月十三日、お吟はニコーラに遠乗りに誘われていた。

丈の低い黒のカンカン帽を結い上げた髪に載せたお吟は、濃いワインカラーの巻きスカートをはいて同じ色のジャケットを着ている。つねの実家の弟の嫁である喜代《きよ》の父親、天野欣一郎《あまのきんいちろう》が以前に仕立てた乗馬用ジャケットは、お吟には少し窮屈になって胸と肩がはちきれそうだ。

「それじゃ行ってくるわね」とミシェルに言うとサイドサドル用の太い鞭を取り上げ、お吟は家の裏の厩舎に回った。しばらくして、チェーザレと名づけたいつもの馬に乗ったお吟が馬方の弥助を先導させて屋敷のわきを回って門のそばにやってくる。

門の外に馬をつないで待っていたニコーラが、お吟の容姿を感に堪えぬといった表情で見上げている。お吟が弥助の開けてくれた門をくぐって出ると、ニコーラも馬に乗って並んだ。

「お待たせしたわね、ニコーラ。もう六、七年前に仕立てたジャケットが窮屈で手間取ったわ。肥ったのかしら」とあけすけに言い「さあ、チュルキン半島のイタリア公園にご案内するわ」

二人はスヴェトランスカヤ通に下りる坂道を常歩《なみあし》で下りてゆく。通りに出ると、速度を速めて速歩《トロット》で駆けて行った。お吟の馬の左側に足を隠したスカートが広がって華やかな彩りを見せる。日曜日なので、ゾロトイ・ローグ湾に沿った道では将校村から水兵村に近づくにつれて水兵の姿が多くなった。水兵たちは士官のニコーラを認めると次々に直立の姿勢で敬礼した。ニコーラはそれに対して右手を挙げて応えながら通り過ぎる。お吟が声をかけた。

「面倒くさいのね、いちいち。お互い何とか省略できないの、ニコーラ」

「そうはいかないです。道で出会った士官に敬礼するのは水兵の厳しい義務さ。うっかり気づかず敬礼しなかったら、どんな目に遭っても文句は言えない。それをいいことに、水兵を殴るのを楽しみのようにしている士官がいるよ。リューリクにはいないけど、グラマボイや旗艦のロシーヤにはたくさんいる」と声を張り上げて答える。

「いやね、そんな奴って」

道はゾロトイ・ローグ湾の奥を南から西へと回って緩い坂道をチュルキン半島に上ってゆく。

右側の海に近く広がる草原は在留邦人が運動会に利用していた。邦人たちはそこから見上げる半島の尾根にある小さな山を〈浦潮富士〉と呼んでいるが、富士山そのものをよく知らないお吟には実感がわかない。疎林の間の道を並んで行きながらお吟が教えた。

「本当に木が少なくなった。町の人たちが勝手に伐るからよ。ここにはチェリョームハが春になるとたくさん咲いていたし、ノイバラの茂みもいい香りを振りまいていたわ。みんな草っぱらでワラビを採ったり、林の中でキノコを探したりしたものよ。今では山菜もキノコも汽車で二つ三つ先の駅から山に分け入らないと採れないそうよ。先ほどいた馬丁兼庭師のヤスケも私の好きなボロヴィーク(ヤマドリタケ)を探すのに苦労しているわ」

「ボロヴィークは私も好きですよ。簡単なバター炒めならいくらでも食える」

「ミシェルによると、キノコをあまり食べない欧州でもボロヴィークは食材として愛されているそうね。イタリア人はポルチーニと呼んで特に好きらしい」

行く手の木の間に公園の建物が見えてきた。湾側に大きくひらけて眺めのよい場所に来た。対岸にウスペンスキー教会の薄緑色のクーポラが見えている。このあたりに据えられたベンチに並んで、ロベルト・レーピンと対岸の市街を眺めたのは十年前のことだ。その時、ロベルトがキャブリオレをつないだチェリョームハの木はどこだったのだろうと、お吟はあたりを見回した。

公園のレストランの車寄せにはサイドサドルの乗り降りのための台が用意されていた、

「おや、踏み台があるのか」とニコーラが失望の口調ともとれる言い方をする。

ロシア語で〈貴婦人の鞍〉と呼ぶサイドサドルは、いわば優雅な遊びの馬具だ。そばに介助する紳士か召使がいることを前提としている。満洲族の伝統でまたがって乗っている麗花は、夫の代理として走り回るための乗馬で遊びではない。ダッタン夫人のお茶会のメンバーとこのレストランに来たミシェルが、ただ一人サイドサドルだったため恥をかいて店側に抗議して以来、台がそなえられたのだった。

お吟が台のそばに馬をつけ、自分で馬から降りた。ニコーラが自分の馬と並べてつなぎながら、

「ふーん、今の鞍は鞍壺が平らなんだね」

「そう、だから正面を向いて乗れるの。それにもう一つ外側に曲がった前橋《つの》が付いたので、太腿が支えられて垣根ぐらいは飛び越せるようになったわ」

店内のテーブルは日曜らしくほぼ半分が客で埋まっていた。女性だけで七人、弦楽器の楽団がステージで室内楽を演奏している。

「私は軽いもので結構よ。食べ過ぎるとジャケットが入らなくなるわ」とお吟が言う。ニコーラは前菜《ザクースカ》とシャンペンを注文した。シャンペンのグラスをかかげてひと口飲んだお吟が言う。

「これはおいしいわ。ロシヤのシャンペンは何か苦みや酸っぱさが感じられて、わが家では評判が悪いのよ」

そしてニコーラが豚の白い脂身の塩漬け、サーロを短冊に切ったのをフォークで突き刺すのを見てクスリと笑った。不思議そうな表情のニコーラに「あなたもとうとうウラジオストクの男になったようね、ニコーラ」とからかった。

「どうしてです、エリス？」

「サーロはウクライナからの移民がウラジオストクに持ち込んだものです。ここでは男はみんなウォツカのグラスを空けると必ずサーロをひと切れ口に放り込む。そうすればいくらでも飲めると信じています。ザクースカの中から真っ先にサーロに手が伸びるあなたはもう立派な地元の男ですよ」

「全くあなたにはかなわないな、エリス」

黙って音楽に耳を傾けているお吟に「あなたは音楽が好きですか、エリス？」と訊くので、お吟は「ええ、あまり知識はないけど……。女性だけでこのような室内楽団ができたのはうれしいと思っていました。もう十年ほどになりますか、ウイーンに留学した私の友人が、なんとかウラジオストクを音楽の盛んな町にしようと自分で弦楽四重奏団を組織し、ここではあまり演奏されていないモーツアルトの第十五番を披露していました」

「いま演奏しているのはモーツアルトですよ。ディヴェルティメントの一つです」

「ニコーラ、あなたは音楽に詳しいのね」

「母の音楽好きが私に引き継がれたようです」

「私に音楽のこと教えてくださいね、ニコーラ」

「喜んで、エリス。今度の戦争から帰ったら必ず……」

レストランを出ると、隣り合って細長い建物があり、中から乾いた木の音が響いていた。

「おや、九柱戯《くちゅうぎ》をやっていますね」とニコーラが言う。

九柱戯は木柱《ピン》を九本、方形に並べたものに木製の球を転がしてぶつけ、点数を競う競技だ。もう一一世紀ごろからドイツを中心に行われ、全欧州に広がった。英語でナインピンズといい、米国では一九世紀末からピンを十本に増やしたテンピンズが行われるようになり、それがやがてボウリング競技に発展した。

「ええ、姉のミシェルが会員になっているお茶会の仲間のドイツの女性たちが好きなものですから、よく来るようですよ。でも、ミシェルとは子供の遊びじゃないかと笑っているのです」

「宗教的な起源を持った競技だといいますから、馬鹿にしたものじゃないですよ、エリス」

帰り道、またあのベンチのあった場所を通った。午後の日に照らされ、停泊している軍艦が白く輝いて見える。

「ああ、リューリク、乗ってみたいわ」と思わずお吟が口にすると、

「え、乗りたい？　さっそく見学の手配をしましょう。あなたのような美しい方を迎えるのは光栄です」とニコーラが笑顔で請け合った。

3

お吟のリューリク見学が実現したのはひと月以上たってからだった。お吟はリューリクが湾内に見かけないので、演習で忙しいのだと思っていた。ニコーラから連絡があったのは十月半

ば過ぎで、秋の好天が続くウラジオストクでも海からの風は涼しすぎると感じるころだった。

「お前、地味なこしらえで行くんだよ、エリス。水兵たちが変な気を起こさないようにね」というミシェルの冗談ともつかない忠告に従った服装にまとめた。

ウールと木綿の混紡の生地で仕立てた薄墨色のジャケットとスカートという上下だ。頭には黒い小さなトーク帽が載っている。そして海の風に備えてフラシ天生地の銀鼠《シルバーグレー》のケープを羽織って、迎えの辻馬車に乗り込んだ。十月十八日午後のことだ。

「演習続きでお約束が遅くなってしまいすみません、エリス。やっと副艦長のフロドーフスキー中佐の許可が下りました。乗組員の統制、設備や備品の管理は副艦長の仕事なのです。あなたは私の友人ということにしてあります」とニコーラが隣に座ったお吟の服装を眺めながら言う。

「港に艦隊がずっと見えないので、演習で忙しいのは分かっておりました」

「先月二十三日に出港し朝鮮半島なども回って一週間前に帰ったところです」

アドミラル埠頭に着くと、埠頭から少し離れた海上にリューリクが停泊しているのが見えた。辻馬車から降りると、埠頭の突端に向かって歩きながらニコーラが「九月にリューリクに乗り組むようになった大尉を紹介しますよ」と向うに立っている士官を指して言う。

濃紺の軍服の肩に金と赤の肩章を飾り、腰に短剣を提げた服装はニコーラと変わりないが、肩幅の広さでずんぐりとして見える。角ばった顔に太い口ひげを生やして、ニコーラより年上のようだ。

「遅くなりました、イヴァーノフ大尉、小艇《カーティエル》はもう待機していますね」

埠頭の先端の陰にカッターが待っているようで、水兵が垂直に立てた十二本のオールが半分岸壁の陰から見えている。イヴァーノフ大尉はそれに目をやって、

「われわれは艦長専用小艇に便乗させられることになった。いま艦長を待っているところだ」

「それはまた窮屈なことで」とニコーラは顔をしかめ、お吟を「今回見学の許可をもらった友人のエリサヴェータ・ペトロヴァです」と紹介した。

名乗って軽く片膝を曲げて挨拶するお吟に「コンスタンチン・イヴァーノフ大尉です。女性で軍艦がお好きとは珍しいですな」と話しかけた。

そこへ馬車が着いてトゥルソフ艦長が副官の准士官を従えて降りてきた。そろって敬礼する二人の大尉に応えながら、お吟の姿に気がついたようだ。見学の許可をもらった友人だと紹介するニコーラに「この人は米国人のエレノア・プレイの友人だよ。われわれのリューリクがお気に入りだと聞いている」と教えた。

岸壁からボート桟橋に階段を下りると、十二人の水兵がこぐカッターに乗り込んだ。湾内の海面は少しうねりがあったが、お吟は漕ぎ手の水兵の間の座席にニコーラと並んで、ぐんぐん近づいてくるリューリクに目を凝らす。ふとニコーラにささやいた。

「イヴァーノフ大尉はあなたより年上のようね。経験も豊富にみえるわ」

「彼は私より二歳上だ。軍人の名門の生まれだよ。父親はピョートル・イヴァーノフ中佐で、母親のソーフィアはイヴァン・ドブロフ大佐の娘さんだ。彼は一九〇一年に黒海から中国に派遣され、義和団事変の鎮圧に功があったとして聖スタニスラフ三等章を受賞している。その後

は黒海艦隊にもどったが、この九月に太平洋艦隊に編入され、リューリクの下級砲術士官になった。担当は左舷砲列指揮官だ。私とは気が合いそうだ。まだ短い付き合いだがね」とニコーラは詳しく話した。

　リューリクの艦首に近い主砲の砲郭の後ろから海面までタラップが下りていた。お吟はニコーラの腕に支えられながらタラップを上がり、舷門で剣付き小銃を捧げ銃《つつ》する水兵たちに迎えられて艦に上がった。

「まず司令塔からお見せします」とフォアマストの後ろにある円形の建物に案内した。真っ白に塗られた壁の頭ぐらいの高さに、幅二〇センチほどの窓が全体にぐるりと回っている。そのすぐ上の平らな屋根が艦橋《モースティク》だ。ニコーラは壁をペタペタと叩いて「海戦になると、ここに艦長以下がつめて指揮を執る。この壁は鉄板でできていて厚さ一五センチもあるんだよ」

「砲弾を受けても大丈夫なのね」

「軍艦の主砲に直撃されれば大丈夫とはいえないな」

「あなたがここへ入ることはあるの、ニコーラ?」

「艦長、副艦長が中心だから、私はふだん入らないよ」

　司令塔の前には吸気口が二本、牛一頭でもくぐれそうな大きな口を開けて並び、その間に艦橋に上がる梯子が付いている。艦橋は周りに手摺りをめぐらし、中央にはジャイロ・コンパスを収めた高さ一メートル余りの柱が立っている。

「まずこの艦橋に上がって周辺をにらみながら艦を動かすのだよ、大砲の射程内に近づくと下の司令室にこもるのさ。艦橋は後部にもあるが下に司令室のない簡略なものだ」

ニコーラは甲板をめぐりながら配置されている設備を説明してくれる。上甲板に据えられた大砲を「これは上陸砲。沿岸の敵を砲撃するためのものだよ。両舷に一基ずつ備えてあるんだ」と言う。白く塗られたカッターが甲板の吊り柱に吊られ、柱の根元に滑車を上下させる、円いハンドルが付いている。お吟は甲板上に格子をつけて並ぶ明り取りの天窓を覗き込んだ。

「それじゃ下も案内しようか」とニコーラがお吟を下の砲列甲板のさらに下の階に案内した。

「われわれの食堂を見てほしいな。士官二十二人のためのものだ」と、大きなドアを開けると、軍艦の食堂とは思えない立派な部屋が現れた。細長いテーブルには白いテーブルクロスがかかり、並んだ椅子は彫刻の施された重厚なダイニング・チェアだ。壁の装飾も高級なホテルのホールのようだった。

「すごいところでご飯を食べているのね、士官は」

「リューリクは〈リューリク級標準〉と呼ばれる巡洋艦だからこんなものだが、例えばロシーヤやグラマボイとなると、士官食堂は丸テーブルを配したホールだ。そこにはステージもついていて、お客様を招待しての舞踏会にも使われる」

「〈ドム・スミス〉のエレノアは米国から来てすぐ巡洋艦アドミラル・ナヒーモフの舞踏会で社交界デビューしたけど、華やかだったと言っていたわ。ところで、水兵の食堂は違うのでしょ？」

「もちろんそうさ。彼らの食堂は一度に全員が入れない大きさだよ」と言いながら外に出ると
「われわれの部屋もお見せしたいが、残念だが女性を入れることが禁じられているんでね」

「一人ずつ部屋を持っているの？」

「狭いながら、一応は個室だ。水兵の部屋はこの下にあるが、夜はハンモックがお互いぶつかるくらい狭い。陸戦隊《ディエサント》の部屋も同じ階にある。陸戦隊は暗黙のうちに水兵たちの反乱を防ぐ役目も担っているから、監視できるように配置してあるんだ」

艦の中でいちばん大切なところへ案内するといわれてきたのが教会だった。フロアの一部にじゅうたんが敷かれ、その奥に幅数メートルの狭い至聖所があった。扉は開かれており、左側に祈祷台が置かれ、あまり立派とはいえない口ひげの司祭が聖書を前にしているのが見えた。聖像画《イコン》に飾られた聖障《イコノスタス》と祭壇が入口のすぐ向うにある奥行きのない至聖所だった。お吟はケープとバッグをニコーラに預け、中に入って祭壇の前にひざまずいた。長い祈りの後、司祭の前にひざまずくと、司祭は聖書を手にお吟の肩に右手を置いて祝福を与えた。立ち上がってニコーラにケープを羽織らせてもらいながらお吟が「これで見学にきたかいがあったわ」と言った。

4

お吟がリューリクを見学してから二週間近く後の十月三十一日、二人は海軍将校倶楽部に夕食に来ていた。印度藍《インディゴ》のジャケットにスカートという落ち着いたスーツを着たお吟は、毛皮襟の長いケープをクロークに預けると、予約した席がまだ空かないというのでサロンのアームチェアでニコーラと向き合っている。サロンには七、八人の士官がくつろいでおり、なかには夫人連れでやはり席が空くのを待っているらしい士官もいる。食堂内からは話し声や食器の触れ合う音が聞こえて、土曜日のせいか込み合っているようだ。

ニコーラが急に立ち上がった。食堂の入口に支配人の姿を見かけて、席の空く見通しを訊きに行っている。ちょっと話して納得したのかもどってこようとした。すると、奥の席から士官が一人、ニコーラに近づいた。ニコーラが知った顔らしく笑顔をつくって何か言ったが、その表情が凍りついて二人の間で穏やかでないやり取りが交わされたようだ。お吟は少し首を傾げるようにして目を細め、相手の男を見ている。ニコーラがもどってきて、むっとした顔つきでお吟の前に座った。

「どうしたの、ニコーラ？」

「あいつはロシーヤの大尉だ。ウラジオストク艦隊が編成された時、各艦の士官が顔を合わせて覚えている。たしか、アゼフとかいう名前だったな」と記憶をたぐるように言った後、

「ここへ夫人でもない女を連れてくるのはどうのこうのと言いやがった。私の妻など知りもしないのにね。そこで、余計なお世話だ、女《ジェーンシシナ》ではない、淑女《リェーディ》だ、と言ってやったんだ」

食堂の席について、ワインの最初の一杯を口にする時にはニコーラの機嫌も直っていた。

「今日はサーロの前菜は控えましたよ、エリス」と注文した純粋のフランス料理のオードブルを見渡した。お吟もかかげたグラスの下の皿を見て「そうね。ウォッカなければサーロなし、だわね」と笑って、

「うちの商会の社長、私の兄のアレクセイですけど、このごろはワインではなくウォッカばかりだわ。執事が次々に注いでくれるからだけど、それは亡くなった父に注いだと同じ。父と息子は似るものね」

ハーゾをきかせたラム・ローストのヴィアンドが運ばれたのをきっかけに待っていたように、「お知らせしたいことがあります、エリス」とニコーラが言う。

「来月の二十六日、西暦の十二月九日になりますが、お約束を入れないようにしてほしいのです。グラマボイに招待されているので、それに同伴していただけませんか」

「いいわよ、ニコーラ。グラマボイで何かあるのね」

「ええ、水兵たちの余興を見物したり、もちろん食事も。その日はグラマボイの聖名祝日《イメニーヌィ》なのです」

「え？　軍艦に聖名祝日があるの、人間と同じに？」

聖人を崇拝する正教会では、それぞれの聖人に守護聖人の祝日が決まっており、一年三六五日にすべて一人ずつ聖人が割り当てられた暦がある。そして個人各々が誕生日や洗礼を受けた日の守護聖人で聖名祝日を祝うのだ。

「そう、すべての軍艦がそれぞれの聖名祝日を持っている。そしてユリウス暦の十一月二十六日がグラマボイのその日なのです」

「それは初めて知りました。ところで〈ドム・スミス〉のエレノアのところに英語のレッスンで通っているロシーヤのブロークとかいう若い少尉が、三日前に艦内の自室でピストル自殺したそうね。エレノアはその上司の夫人にすごく腹を立てていたわ」

「うん、ベテランの大尉の妻が独身のブローク少尉をこの夏からしつこく追い回していた。頭にきた大尉が決闘を挑む成り行きになった。悪いのはその妻で、少尉に罪はないんだ」

しばらくしてお吟が「あなたの意見を聴きたいわ、ニコーラ」と言い出した。

「私の知っている中国人の親分《ホズヤーイン》や貿易事務所の日本人を知っているヨシの見方では、もうこの二、三ヵ月の間に戦争になるだろうというのよ。日本はロシヤとの交渉で我慢の限界にきている。そして先に戦争を始めた方が有利だろうと考え始めている……」

「そうだね。ロシヤは日本との交渉で、回答を引き延ばしたりするなどして、日本は馬鹿にされていると感じているだろうからね。コースチャ、イヴァーノフ大尉のことだけど、やはりロシヤが兵士や物資の増強をする前に日本が仕掛けるだろうと言っている。それしか極東の戦いに勝利は見込めない。でも、勝利しても中央ロシヤは無傷なのに、もし負ければ日本は国土を失う。危険な賭けだと思うよ。この町の日本人たちはどう考えているのかな」

「貿易事務所と近い居留民会の幹部は別でしょうが、私の母の実家の商店などでは、まだ全然戦争が迫っているとは感じていないようね。開戦になれば日本に引き揚げなきゃならないのよ、と言ってやったんだけど……」


月をまたいだ西暦の十二月三日、お吟はニコーラから手紙をもらった。「誠に申し訳ないが、九日にグラマボイにお連れできなくなった、代わりにコンスタンチン・ペトロヴィチが予定の時刻に迎えにゆくので、すべて彼に任せればよい」という趣旨だった。怪我をして手当てしてもらっているが、二十六日まで会えないので、年が明けての正教のクリスマスに会いたい、と言っていた。

翌週の七日、お吟は〈カフェ・スヴェトラーナ〉に来ていた。昼過ぎ、商会から気晴らしに坂を下りてきてひと休みのつもりだった。紅茶を飲みながら、そばに来たスヴェトラーナと雑談していた。

「エリス、リューリクの大尉といまはどうなの？　ここにはその後、彼と来ていないけど、だいぶ前にキャブリオレに乗ってこの通りを恋人同士の感じで通ったと聞いたわ」

「やはりあの時は目立ってしまったのね。リューリクはずっと演習で日本海に出っぱなしよ。恋人同士になるほど会ってはいない」

「実は日曜日の昨日、ウスペンスキー教会で彼を見かけたのよ」

「教会で？　そんな信心深いとは知らなかった」

「顔に包帯のようなものをつけて、ちょっと足を引きずっているのが目立って、よく見たら彼と分かったんだけど、どうやら懺悔室の方から出てきたようだった。で、私も意外に信心深い人なんだなと思ったわ」

九日、イヴァーノフ大尉がお吟を迎えにきたのは、もうあたりが薄暗くなってからのことだ。金ボタンが胸に十二個、二列に並ぶコートを着たイヴァーノフが「ニコーラに代わってお迎えにきましたよ、エリス」と、お吟の手を支えて辻馬車の座席に座らせ自分も隣に並んだ。

お吟は黒いヴェルヴェットの華やかだが品のよいドレスに、毛皮の長いケープを羽織っていた。白いバラを飾ったトーク帽を被り、手には革のバッグを提げている。バッグにはいつも通り父グリーゴリイに与えられたお守り、デリンジャーを忍ばせていた。

「ニコーラは今日でなければ差し支えなかったんですがね、たいした怪我ではなかったし」

「水兵じゃあるまいし士官が怪我するなんて、何があったのかしら。決闘でもしたのですか?」

虚をつかれたように「エリス、あなたは全く思いがけないことを考えますね」と笑う。

「いろいろ経験していますから。私はちょっとだけあなたより年上なのよ、コースチャ」

「知っていますよ、エリス。ところで、グラマボイでは日中に艦内の祝賀行事がすべて終わり、これからは招待客だけのための時間です。しかも、すべては水兵たちが自分たちで考えてやる。士官たちは何年かで代わりますが、水兵たちは長い勤務ですから、艦内のことはすべて知っていますからね」

「どんな趣向があるか楽しみだわ」

「ところで、あなたはレオン・チェレンチェフと親しいそうですね?」

「どうしてレオーンをご存知なの? レオーンは亡くなった兄のアントンの親友でした」

「私の父はアキモ・チェレンチェフと同じ艦隊におりました。そしてフェンシングでは帝国海軍いちばんといわれたチェレンチェフに剣を習っていて親しい関係だったのです。私はここに赴任して間もなく挨拶に行ったのですが、息子さんのレオン・アキーモヴィチに紹介されて話していくうち、偶然にもペトロフ商会とあなたの名前が出てきたというわけです」

「そうですか。レオーンはいま私が頼りにしている友人です」

アドミラル埠頭に馬車が着くと、埠頭から離れた海上にグラマボイが見える。満艦飾に旗を連ね、色とりどりのランタンが艦の輪郭を浮かび上がらせて輝いている。招待客らしい三、四〇人が埠頭にたたずんでおり、その中にエレノア夫妻の姿を見つけてお吟が声をかけた。

「こんばんは、ロキシィ。どうしたの？」

「あら、エリス、あなたも招待されていた？　いまグラマボイの小蒸気《ランチ》を待っているところよ。一度に乗せきれないので、艦を往復しているけど、今度で全部乗れるでしょう」

見ると、シルクハットの男性とローブ・デコルテに毛皮のコートを着た女性がたむろしている中にブリネル商会やランゲリーチェ商会の社長の顔が見え、町の経済人が招待されているようだ。

「小蒸気の前の便にロベルト・レーピンとルルが乗って行ったわ」とエレノアが教えた。

「あら、そう。艦長あたりから招待されたのでしょうね」

小蒸気が埠頭にもどってきて、お吟たちはそれにすし詰め状態で運ばれた。そして、いきなり士官用食堂での正餐に案内された。ニコーラが話したように食堂は広い豪華なホールで、その中央部分に白いテーブルクロスがまぶしい円卓が配置されている。特に席を指定されていなかったようで、一〇〇人余りの客があちこちで知り合いを探して同じテーブルに着こうと行ったり来たりしていた。目立った軍服のイヴァーノフを同じリューリクの士官夫婦二組が見つけ、六人が同じテーブルを囲むことになった。

お吟はミハイル・サーロフ上級航海士とニコライ・ソルーハ軍医長の夫婦に紹介された。初対面の挨拶をしていると、エレノアがやってきてフランス語で、

「同じリューリクのお仲間のテーブルについてよかったわね、エリス」と話しかけた。

「ええ、偶然顔が合って同じテーブルになったのよ、ロキシィ。あなたはどうしたの？」

「私たちはユリウス・ブリネルたちといっしょに招待されたからテーブルも同じよ」と答えて、今度はサーロフ、ソルーハと英語で話し始めた。二人ともエレノアに英語を習っているらしい。次のレッスンについて、二人が年内は艦隊の都合で出席できそうもないので、一月の正教のクリスマス後にしてほしいと言っているようだ。エレノアが行った後、ソルーハがお吟にフランス語で訊いた。

「あなたはフランス語を話すのですか、エリサヴェータ・ギン？」

「エレノアとだけ時にはね。彼女が米国からウラジオストクに来た当初、露語《ルース》がよく話せなかったし、私は英語が分からないので下手なフランス語で話していたのです。今はエレノアの露語も流暢でその必要がないのですが、私へのフランス語のレッスンのつもりなのですよ」

ロベルトとルルはちょっと離れたテーブルにいたが、お吟をすぐ見つけたらしくそれぞれが違った感情の視線を送ってきている。ローブ・デコルテが多い中で、肌を見せないお吟の衣装は目立つ存在だった。

黒いヴェルヴェットの襟から、白い高級そうなレースが喉に立ち上がって照明に光ってみえる。この時代の欧州の上流社会では昼の間、女性は立て襟のブラウスなどで喉を見せることは

せず、逆に夜の正装は首から肩までも露出して宝飾品で飾る。そしてアウターから下着まで、当時の女性の衣装は必ずレースが使われ、最高の衣装はレースだけのドレスだ。毛皮にも必ずレースがどこかに使われ、レースのドレスに毛皮の縁取りをつけた衣装は悪趣味だと評された。英国では『ザ・レディ』『ザ・クイーン』などの雑誌が服飾の流行とルールを仕切っているのだ。女性たちは高級なアンティークのレースをたくさん持っていて再生し使いまわしていた。お吟の襟に付いているのは、ミシェルが自慢していたレースをもらって天野洋服店に付けさせたものだった。

ホールの四隅には、水兵たちの違った楽団が陣取り、順番に演奏して招待客を楽しませている。料理はロシア料理というよりフランス風で、士官たちが毎日こんな食事をしているなら、艦隊勤務も悪くはないなと思わせるものだった。お吟は二人の夫人に質問されてウラジオストクの生活のノウハウなどを教えていたが、それがこのテーブルの主な話題になっていた。一度、お吟がゼニーロフの名前を出しかけたが、テーブルの下でコースチャに足をけられて止めた。

食事が終わると、一行はデッキの間に設けられた臨時の劇場に案内された。厚いカーテンで囲い込まれた会場には舞台が設けられ、垂れ幕にはグラマボイ、レトヴィザンの巡洋艦二隻が前景に描かれてあるが、コースチャによるとこれも水兵の手になるものだという。お吟とコースチャはルルたちの席より後ろに離れて座った。十二月だというのに、会場は何らかの工夫があるのか寒さを感じさせない。婦人たちも肩や胸を剥き出しのままでいる。

「これからお芝居をやるの？」とお吟がコースチャにささやいた。

「ああ、ニコライ・ゴーゴリが五十年も前に発表した『結婚』という二幕ものの笑劇《ファルス》をやると聞いている」

「それはつまり喜劇ということね」

「そうだ。あの時代は男でも女でも結婚したいなら縁談周旋人《スヴァーハ》の女性を頼む習慣があった。ところが、結婚したい男に若い女性を周旋人が紹介するが、この女性にまた複数の求婚者をあてがったところから、一同顔を合わせてどたばたするという話だったはずだ」

劇には十人の水兵が出演し、そのうち四人は非常にうまく女性に化けていた。早口できわどい台詞を連発するので、お吟には半分近くが意味不明に終わった。お客たちの拍手のうちに幕が下りて、十人が舞台に勢ぞろいした。女性役の水兵はかつらを投げ捨て衣装をはぎ取って股間の膨らみを見せ、また笑いと拍手を浴びていた。

招待客は観客席のうしろに設営されたテーブルでひと休みすることになった。

「ちょっと休んでいるうちに真夜中になる。そこで軽食《ウージン》が供されるようだ」

「え、また食べるのですか。いよいよお腹に肉がついてしまうわ」とお吟が軽く溜息をつく。

「ほかのご婦人方に比べたら、気にするようなお腹じゃありませんよ、エリス」

席の周りにはシュロの木などが配され、カーテン際にツバキが咲き、いろいろな花の鉢が並んで軍艦のうえとは思えない。色つきの電灯が明るすぎることもなく、落ち着いた雰囲気を作っている。お吟たちのテーブルのそばに少し幅のある通路があって、そこを隔ててエレノアとテッドの夫婦が座っている。その向うのカーテン際にこちらを向いてルルとロベルトが並んでいた。

露出した白い肌にネックレスを飾ったルルは、ことさらお吟を無視したような態度でいる。隣のロベルトはお吟とコースチャの仲をいぶかしむような目で見ていた。ダブルのフロックコートの絹の襟が鈍く光っている。

熱い飲み物が配られ、お吟はコーヒーのカップを手に取った。

「どうでした、エリス。さっきのファルスは楽しめましたか」

「ええ、分からない台詞だらけでしたが、筋を追うことはできました。最後に結婚式場で花婿が窓から飛び出して逃げるところが笑えたけど、それは悲劇でもあるのね。女性に扮した水兵の上手だったこと。ここのしつらえもそうですが、水兵たちは器用なものですね」

「そう、身分が低いというだけで、実際はいろんな能力を持った者がいるんですよ」

「でも、劇を見ながら考えたのですが、どうしてみんな結婚しようと焦っているのでしょう。私には分からないわ」

「結婚の先には子供が生まれて、家庭というものができる。それがあこがれ、希望というものだからでしょう」

「そうか。子供の産めない体になっている私に気がつかないのは当然ね」

招待客たちは低い穏やかな声で語り合い、あたりには軍艦のデッキとは思えない、ゆったりとした時間が流れていた。お吟もコースチャも話すこともなく、それぞれの思いにふけっていた。

お吟がふと気がつくと、これまで見たことのないような大きなネズミが一匹、通路の端を走って行って、ルルの真後ろのカーテンの端で何か食べているようだった。エレノアを見ると、彼女も気がついたらしくお吟ににやりとしてみせる。お吟も声を出さず喉の奥で笑った。それに気がついたルルが、二人のたくらみをにらむような視線を送ってきた。お吟は指を上げ、ネズミの方をそっと指さした。ルルは体をひねって後ろを覗き込み、立ち上がりかけながらキャーッという、まぎれもない日本語の悲鳴を上げて椅子に崩れ落ち、気を失ったようだった。

第四章

日露開戦

I

「コースチャの話では招待のお客さんの中に、特にネズミが苦手な女性がおったそうですね。グラマボイの甲板に出たネズミを見て気絶したという」と、ニコーラがお吟に訊いた。

「そう、派手な悲鳴を上げたので、連れの男性が何のことかわからず、慌てていました」とルルを抱き上げて当惑していたロベルト・レーピンを思い出しながら「私はエレノアに軍艦に猫を飼えばいいのにねと言ったのですが、エレノアはあんな大きなネズミは猫でも手に負えない、ネズミが猫をくわえてきかねないですって……」と答える。

一九〇四年の正月が明けた十日、お吟は正教のクリスマス休暇を取ったゼニーロフ大尉と、スヴェトランスカヤ通の西のはずれにあるサンクト・ペテルブルグ・ホテルのレストランで夕食をともにしていた。「どこか目立たないところで食事を……」というニコーラの誘いで、お吟はかつて来たことのあるこのレストランを教えたのだ。

二人が会うのは前の年の十月末、海軍将校倶楽部で食事をとって以来だ。黒いジャケットから華やかなレースのブラウスをのぞかせたお吟は、金ボタンを光らせた濃紺の制服に金モールの肩章をつけたニコーラの顔を見定めるように見つめた。ニコーラは前に会った時より少しやつれた感じだ。左頬の上のこめかみ近くに直線の傷を縫った痕はほとんど目立たなかった。

お吟は傷痕にふれる代わりに「体の具合はよくなりましたか、ニコーラ?」と訊いた。

「健康はすこぶるいいです。この間失礼したのは、ちょっとしたごたごたに巻き込まれてあの日はご一緒できなかったのですよ。ところでグラマボイの夜は楽しめましたか、エリス」と言って、ネズミの話を持ち出したのだ。エレノアの冗談にニコーラの表情も明るくなる。

お吟の勧めでニコーラはフランス料理をあれこれ注文し、二人はワインを飲んでいた。

「この新年に入ってから、私の周りはロシヤと日本の戦争の話でもちきりよ。もうすぐ開戦するのではと言っているそう」

「たしかに戦争が迫っているね。エリス、これからはあなたと頻繁に会えないと思う。軍艦では、平時は事務部門の士官は休日も制限されて、逆にわれわれ戦闘部門の士官は割合自由だ。が、こんな情勢になると逆になる。日本は義和団事変で満洲に進駐したロシヤ軍に対して、約束した段階的な撤退をするよう要求してきた。ところがロシヤは撤退するどころか、十月ごろからは朝鮮半島への権益も主張し始めている。十二月には一切の譲歩を拒否した回答を出したと聞いている。日本はロシヤが戦力を増強する前にと、この一、二ヵ月の間に仕掛けてくるだろうね」

「でもそれに備えて、艦隊もずいぶん演習を重ねてきたでしょう」

「うん、極東周辺の必要な海域はほぼ調べ上げた」

「トゥルソフ艦長は、リューリクを極東まで回航してきてとても優秀な艦だと分かった、と言っていました」

ニコーラはちょっと目を丸くして「優秀といっても、時速一八ノットで艦隊の中で一番速度が遅いのですよ。他の艦の足手まといにならぬようにせねば、と心がけています」といってから、ナイフとフォークを置いてナフキンを使った。ワインを一口飲むと、

「これはあなただから率直に明かす話ですが、エリス」と言い出す。「たしかに演習には、石炭が不足だと言われながらも出かけた。本来いちばん大切なのは砲撃の習熟度を上げることだ。そこで大砲を操作して仰角何度、旋回角何度と仕様を確認する。が、実際の砲撃はしない。砲弾がもったいないからだ、という。艦にも港にも備蓄がじゅうぶんではないからね」と首を振った。

「バルト海のバルティスキー艦隊のようなところはどうか知らんが、うちの艦隊は人員の配備にも問題がある。特に専門技術を持った准士官クラス、その下におるべきベテランの乗員が不足している。コースチャは左舷砲列の指揮が担当で主砲、副砲合わせて一〇門を手足のように操るのが役目です。ところがそれぞれの大砲に責任を持つ掌砲長の技術がまちまちでその差が大きい、とコースチャはこぼしていた。水準をそろえるには実弾をどんどん撃つしかないのだが」

「砲弾がもったいない?」とお吟がにやりとした。

ニコーラは笑いもせず黙ってまたナイフとフォークを取り上げた。

「兄のアレクセイがポート・アルトゥール(旅順)から流れてくる噂だと教えてくれたけど、アレ

クセーエフ大将という極東で一番偉い人のこと……」

「ああ、極東総督府はアムール、サハリンから満洲、関東州と広く政治、軍事、行政のあらゆる権限を握っていて、アレクセーエフ総督は近隣の中国、日本、朝鮮との外交も任されている。つまり、日本との戦争も総督次第だし、戦争が始まれば陸軍や艦隊も直接掌握するだろうね」

「その人だけど、評判が悪いらしい。極東における皇帝陛下のご名代として式典や管内巡視に臨む自分の立派さを新聞に書いてもらうのが生きがいみたい。軍の機関紙の『ノーヴィ・クライ』はもちろん最大級に称えるわけだけど、満足せずに装飾語が足りないなどと言い出すので、主筆の大佐も困っているらしい。有能な海軍将官は寄りつかないから、側近はおべっか遣いばかり。総督のご威光に日本人も中国人も恐れをなしているなどと吹き込むものだから、ますます傲慢にならざるを得ない。アレクセイは外交、軍事の方向を見誤らねばよいが、と心配しているわ」

「それは同感だね。日本人を軽く見るのは間違っている」

「総督は社交と追従で偉くなったといわれているけど、それだけではないそうよ。実は彼は先帝のアレクサンドル二世がどこか外国の女性に産ませた私生児なんだとか」

ニコーラは笑いながら「ルーマニア女性だよ。その噂はみんな面白がって口にする。でも、エフゲニー・アレクセーエフは父親も海軍軍人で私生児ではないはずだ。私は黒海艦隊で一八九八年、九九年と二年間、砲艦ドーネツに乗り組んでいたが、そのころの艦隊副司令官だった。もちろん話したことなどないけど、残忍ですぐ逆上すると敬遠されていたよ」

2

日本とロシアの開戦がささやかれるようになって、ウラジオストクの在留邦人社会では日本への帰国引き揚げが現実のものになってきていた。貿易事務官の意を受けて、居留民会の役員が職業別に組織された部会に引き揚げの心構えを伝えた。弥助のようにロシア人に雇われている邦人にも引き揚げをそれとなく指示してきた。

この年、ウラジオストクの邦人は約三〇〇〇人とされていた。極東ではこれに次いでニコリスクが多く約六〇〇人、ハバロフスク、ニコラエフスク、ブラゴヴェシチェンスクにそれぞれ二〇〇人余り、それにチタ、イルクーツクまで入れるとほぼ五〇〇〇人が引き揚げ対象になる。

「姉さん、私どもは戦争が終わったらすぐもどってくるよって、店も家も何もかもそのままにして長崎に帰りますたい。管理をお願いします」と水島商店の主人の佐市がつねに頼んでいた。

「ああ、いいよ。早く終わってほしいものだけど、アレクセイはいったん始まれば二年はかかると言っとる」

「二年もですかい。なんしろ満洲もロシヤも広すぎるけん。時間がかかりますかいな」

「そいで、弥助をお前に返すから連れて行っておくれよ」

由松にも貿易事務館から働きかけがあった。ヤコフ・レーピンを死なせて服役したことで、邦人の管理を担当する職員とのつながりが切れないでいる。

「私はここに残るときっぱり言ってやりました」とつねに訊かれた由松が言った。「帰ろうにも帰る場所がありません。私は江戸を出て、今は東京となったところに身寄りもいませんし……」

「故郷がないというのかね？」

「私にはお嬢さんのいるところが故郷ですから」

その話をつねに聞かされたお吟は「そうだろうね」と軽く言っただけだった。

一月三十日、港に英国船アフリッジ号が入港してきた。その前日、貿易事務館の川上俊彦《としつね》事務官には政府から、邦人引き揚げのために汽船をチャーターして送ったという電信が届いていた。しかし、市有埠頭の前の海には厚い氷が張りつめていた。軍港で使う砕氷船の力を借りるしかないが、翌日は日曜で港務局への交渉がうまくいかない。二月一日に改めて掛け合ったが、もともと日露の開戦など頭にない相手は腰が重い。汽船に乗り込んでいる関係者に会えば、情勢がつかめるはずなのにと、貿易事務館側も焦燥感がつのるばかりだ。

その日、お吟は〈ミリオンカ〉に寧と麗花を訪ねようと、商会を出てセミョーノフスカヤ通を西に向かって歩いていた。向うから歩いてくる大男は、日出楼門内の三軒の貸座敷に古くから雇われている用心棒のイワンだ。赤っぽい縮れ髪を毛皮の帽子からはみ出させ、毛皮のヴェストに厚いマフラーを巻いている。もう四十台半ばになるはずだ。

「やあ、ギン。しばらくだな」

「珍しいところで会うわね、イワン」とお吟が近寄って赤ら顔を見上げた。「日本人は戦争が始まればみんな引き揚げることになってるわ。日出楼はどうするのかね?」

「もちろん、日出楼の女将《ハジャイカ》は女どもを連れて引き揚げる。三軒ともいっしょだ。息子夫婦もな」

函館からこの町に連れてこられた四歳のお吟が、桝谷に引き取られた後に生まれた友之助は、父親の跡を継いでオフィチェルスカヤ・スロボトカ(将校村)のそばで洗濯屋をやっている。

女将のたけは、一八九八年に十四歳未満の少女をレーピン商会のゲルマン・レーピンに斡旋したことが明るみに出たのをきっかけに、五十五歳以上の女性は妓楼の経営者になれない貸座敷営業規則違反を問われ、一度は経営から退いた。が、すぐ麗花の仲間の楊小梅《ヤンシャオメイ》を名目の経営者に立て、警察に賄賂を贈って相変わらず帳場に坐っている。亭主の桝谷徳之助は二年前に亡くなった。

ロシア内務省は前年の一九〇三年一〇月、これまでの営業規則に変えて新しい娼妓取締規則を定めていた。妓楼と娼妓の取締機関として新しく各市に警察医務会を設けることになり、妓楼に属する公娼だけでなく私娼も認めることになった。これまでロシア女性などは貸座敷を嫌って街頭や飲食店で客を引き、密売淫として検挙されていたが、客を迎える居宅の場所、構造に問題なければ営業できるのだという。娼妓の最低年齢は二十一歳と大幅に引きあげられ、妓楼経営者は三十五歳以上であればと上限はなくなった。こうした監督は警察医務会に置かれる監吏が担当するが、いなければ外勤警察官に委任もできることになって、お吟も麗花も「警官に鼻薬をかがせれば何でもできる。今までと変わらないじゃないの」と笑っている。

「でも、女将は新潟の生まれで長崎のことは不案内だろうさ」とお吟がイワンに言う。

「いや、長崎でなく朝鮮の新津《チョンジン》に行く。すぐもどれるようにな」

「なるほど。それでお前もそれまでおまんまの食い上げだね」

「いや、そんなことはない」とイワンは歯をむき出して「貸座敷三軒の管理を任されているんだ。給金は今までと変わりなくもらえるさ」

麗花の部屋は、奥の方に一段と高くなっている炕《カン》と呼ぶオンドルのせいで春のような暖かさだ。お吟はこわばった頬を包む暖気にほっとした表情でオーバーコートを脱ぎ、麗花の前に坐る。麗花は紺色の旗袍の紐ボタンを外してくつろいだ表情で坐っていた。

「寧はいるの？」

「おるよ。自分の部屋で何かやっている」

「いま途中で日出楼のイワンに会ったわ。女将《おかみ》たちが引き揚げた後の門内三軒の管理を任された、と悦に入っていた。朝鮮の清津に行くと言っていたけど、小梅姐さんはそれを知っているの？」

「もちろん知っとるよ」

「長崎に引き揚げても、女将はよく知らない土地だから、女たちに逃げられたら、捜してかき集めることなどできやしない。敦賀と直行の船便がある新潟が一番便利だけど、新潟で女たちを働かせるわけにいかないし……」と言ってお吟はあっという表情を見せる。

「そうたい、お吟ちゃん。清津にはウラジオからお客のマンザもやってくる。あそこじゃ日本人は威張っとるから、現地の役人に金をつかませれば臨時の妓楼で稼ぐのは難しいことなか」

「いま下で汪《ワン》に訊いたけど、姐さんたちは戦争が始まっても、ここから動かないそうね」
「当たり前やないか。ロシアと日本の戦争だから、マンザは関係なか。とはいえ、何となく居心地が悪い言うて、店たたんで山東半島の故郷に引き揚げるのが結構おるの。寧の話では、貿易事務館の川上事務官が日本人の手先ばマンザに化けさせて、港で艦隊のことば、大砲や水兵の数やらとあれこれ調べさせとるけん。警察や司令部がマンザに神経とがらすのは無理なかよ。けど、けしからんのは日本人でマンザではなか」
「由松もそれを言うとった。辮髪を下げた日本人が港をうろうろしているそうよ。ロシヤ人は全然気がつかないけど、由松は日本人だから本物のマンザと偽物との区別はすぐつくわ」

二月二日、やっと砕氷船が動いてアフリッジ号が岸壁に着いた。乗っていた日本郵船の関係者から川上事務官が日本での情勢を聴取したが、この船がウラジオストクに着くころには日露の国交は断絶しているはずだという。川上は直ちに居留民会の招集を川辺虎《たけき》会長に指示した。約四十人の代議員がこの日深夜に集まり、川辺会長の引き揚げ提案を了承した。明け方のうちに職業別部会の役員らが邦人宅を回り、さらにニコリスクなど各地の居留民会に引き揚げ指示の電信が送られた。

三日になると、邦人たちは旅装の準備をし、さらに家財道具の処分にかかる。ほとんどの邦人は戦争が終わったらまた帰ってくるつもりでいるが、ふだんロシア人、清国人との個人的な付き合いが薄いので、管理を頼む相手に乏しく、投げ売りする者が続出した。

この動きを見て、町のロシア人たちは驚いた。貿易事務館の方針で国交断絶するまで邦人たちは動揺しないように努めていただけに、一夜明けただけで財産を投げ売り、放棄するという狂態にあきれてしまったようだ。影響はロシア人の家庭にも及んだ。たくさんの日本人が使われていたが、中でも多かったのが子守りで、子守りは日本女性に限ると言われていた。長崎地方から子守りや小間使の名目で前借金を背負って渡ってきた十四、五歳の娘たちは、器量を見て周旋人が有無を言わせず貸座敷に売り渡していたが、実際に子守りとして働いていた娘たちも多かった。そして子守りは親たちに絶大の信用を得て、何よりも幼児たちが彼女たちになついていた。突然帰国準備を始めた子守りに、幼児たちは実の母親を取り上げられるように泣き叫んでいた。親たちは貿易事務館に、どんなことがあっても子守りの安全は保証するからと掛け合い、ロシア当局にも対策を申し入れていた。

四日、アレクセイ・コリュバーキン沿海州軍務知事は川上を呼んで「まだ国交も断絶していない段階で、居留民に財産を放棄させ、引き揚げを指示するとは遺憾である」と抗議した。

五日、ニコリスクなど汽車がある地区からの居留民も続々と集まり、ウラジオストク在住の七割と合わせ二五〇〇人が第一陣でアフリッジ号に乗り込んだ。六日、アフリッジ号は「またウラジオストクにもどって来てほしい」という好意あふれる送別の挨拶と、子守りとの別れを惜しむハンカチと乳児たちの泣き声に送られて出港、敦賀港を目指した。

それ以後も奥地から続々と邦人がウラジオストクに集まり、第二陣は一五〇〇人となった。ちょうど港には門司に向けて出港を準備しているハンブルグ汽船会社のバタヴィア号が停泊しており、これをチャーターする必要があった。普通、汽船の傭船料は事前に支払う必要があり、クンスト&アリベルスの支配人で汽船の代理店となっているアドルフ・ダッタンは邦貨一万五〇〇〇円を要求した。

事務館では引き揚げ経費二万円を外務大臣に請求しており、電信為替で送られたはずなのだが、日本とウラジオストク間の電信は遮断され、着信したかどうかも不明となっていた。しかも、帰国を希望する町内の清国人たちが芝罘までの傭船を交渉する動きがあることが分かった。しかし、調べてみると引き揚げの居留民たちは貯蓄したルーブル貨を大量に持っており、これらを事務館が借用することで十日までに傭船料を支払うことができた。

3

二月八日昼過ぎ、お吟はプーシキンスカヤ通からスヴェトランスカヤ通に下りて西に歩いて行ったが、ピアンコフの家の前で立ちどまった。ウラジオストクで古くから資産家として知られるピアンコフ家は、煉瓦造り三階建ての邸宅を構えており、エレノアはその西の端の一角を〈ドム・スミス〉の出店として借りていた。その角から電信郵便局を隔てる小路は、以前はソドム・レーン、今は郵便小路《ポスト・レーン》と英語で呼ばれ、上がったところに〈ドム・スミス〉がある。

お吟は店のドアを開けて中をのぞいてみた。店を任されている米国人のレオン・メリットと話していたエレノアが振り返り「いらっしゃい、エリス。珍しいわね。何か欲しいものがあった？」と迎えた。テッドが担当する銃砲店の本店とは別に、三年前からこの出店でドイツ系のクンスト&アリベルス百貨店が扱わない米国の雑貨類を輸入して並べている。

「ここにいらっしゃるかな、と思ってのぞいてみただけよ。世の中、騒がしくなったわ。日本人の居留民が大挙して日本に引き揚げてしまった。第二陣もこの二、三日の間に出発するわ」

「ええ、うちの召使たちもいなくなった。帰っても頼る身寄りがないという阿媽《アマ》を除いてね。これからなにかと不自由で困るわ」

「うちも庭師のヤスケが母の実家の水島商店といっしょに引き揚げた。商会の日本人社員二人も函館に帰ってしまった。商会も戦争で商売ができなくなって人手に困りはしないけど……」

ペトロフ商会も貿易関係の事業はできなくなり、わずかに残っているのは軍艦に必要な石炭の移入だった。北サハリン西岸のドゥエとナホトカのそばの蘇城《スーチャン》から、米国籍の貨物船をチャーターして積み込んだ石炭を義勇艦隊埠頭の石炭集積所に陸揚げしていた。サハリンで漁場を経営するセルゲイも、今春は函館から出稼ぎの労務者が渡っていかないので、生産量はあまり見込めないでいる。

「でもヨシはいるんでしょ？」とエレノアは笑って「実はね……」と言い出す。メリットが気をきかせてストゥールを二つ持ってきた。お吟も黒い冬のコートのまま腰かけ、二人はショーケースに肘をついて向かい合った。

「昨日、シュワーベさんが来てくれたのよ」と英国領事館に代わる貿易事務館のエドガー・シュワーベ事務官の名前を出して「こっそり教えてくれたけど、昨夜か今日にも戦争宣言が行われるだろう、というのよ」

ウラジオストクにはまだ知られていなかったが、すでに六日のサンクト・ペテルブルグ時間の午後四時には日本の栗野慎一郎公使がラムズドルフ外相に対して国交を断絶することを通告していた。それは日本時間では夜中近くになっており、その前に日本の連合艦隊は佐世保から旅順と仁川《インチョン》に向かっていた。旅順のロシア艦隊を攻撃し、仁川の港、済物浦《チェムルポ》で陸軍部隊を上陸させ、四〇キロメートル離れた漢城《ソウル》を占領する作戦だった。それらは極東に国交断絶の知らせが届く前に決行されるよう仕組まれていた。

「日英同盟の関係でシュワーベは日本の貿易事務館に接近している、と〈ミリオンカ〉の寧世傑《ニンシジェ》が言っていた」

「今までは日本の貿易事務館との付き合いなどほとんどなくて、ロシア人と仲がよかったのにね。国家の政策だから仕方がないわ。それでこそこそ動いていて、私にも極秘みたいに声をひそめて教えてくれたのよ。米国は中立だから関係ないのに……」とエレノアは笑っていた。

九日朝、お吟が商会に出勤しようとしていると、港から砲声が響いた。アドミラル埠頭の向うの広い開氷面の海上に停泊している旗艦ロシーヤが空砲を発射しているのだ。何かのお祝いなのか合図なのかと不審に思いながら商会に着くと、戦争が始まったのだという。艦隊は午後にも出港するらしい。お吟はエレノアに電話してみた。

「そうよ、エリス。パヴェル・ジャチコフ大尉から伝言をもらったわ。グラマボイは出港するので、シドニーにいる英国人の婚約者に伝えてほしい、ってメモを託された」

「出港を見送りに行くわね、ロキシィ」

「いや、行かない。たくさんの友達が出てゆくのを見送るなんて、私には耐えられないわ」

昼過ぎ、お吟は黒貂《セイブル》のオーバーコートに防寒頭巾《バシリク》、毛皮を内部に張ったフェルトのブーツといった最大限の防寒対策をしていると、そばに由松が寄ってきた。

「お嬢さん、私も参ります」と言う。

「お前がロシヤの軍艦を見送ってどうするの、日本人じゃないか」

「いえ、私はお嬢さんと同じウラジオ人です。ウラジオを守る艦隊の見送りにお供させていただきます」

「あ、そう。お前も年を取ってますます頑固になってきた……」

二人は商会の前で辻馬車を拾い、埠頭に向かった。この年は冬になってもほとんど雪が降らないので、まだ馬車がいつものように走っていた。水分がないので路面は凍りつくこともなく、逆に砂ぼこりが舞っている。アドミラル埠頭に下りてゆくと、埠頭の東側のスケート場と反対側の凍結した海の端の方にたくさんの市民が集まっていた。その向うの海上に四隻の軍艦が市民の見送りを期待しているような配置で濃い灰色の艦体を並べていた。

雪の載っていない海氷は、苦力が手入れするスケートリンクと違って、でこぼこの表面が歩きにくく、慎重に足を運ぶお吟の斜め後ろに仕込杖を持った由松がついてゆく。集まっているのは女性や家族連れが多く、男たちの中には軍艦への納入業者の関係者が目立つ。

午後二時、艦隊は出港していった。まず旗艦のロシーヤ。今回は特別だというように祝砲を鳴らしてから出てゆく。続いて黒煙を吐きながらバガティール、そしてリューリクが出港してゆく。

「リューリクが行くよ、由松。小さいけどいちばん美しい軍艦だわ。私はあれに乗ったことがあるんだよ」

「ええ、聞いていますよ」

最後にグラマボイが出港したのは午後四時近くのことだ。見送りの歓声はそのころは悲鳴と泣き声になっていた。何人もの女性が失神し、抱きかかえられていた。

二人が商会にもどってくると、深夜から未明にかけて、旅順港が日本海軍の夜襲に遭ったというニュースが入っていた。魚雷攻撃を受けて戦艦ツェサレーヴィチ、レトヴィザン、巡洋艦パルラーダがいずれも大損害を受け、戦列から外れざるを得ないだろうという。

翌十日も町では旅順の戦闘の話題に持ちきりで、よもや日本が攻撃してくるとは思わず油断していたのだろうと話していた。その日の夕方、急に雪が降りだした。雪が降るのは前の年の十二月初め以来だ。お吟たちは会社から馬車で帰ったが、ひと晩で数十センチも積もった。路上の雪は朝までに苦力たちによって片付けられたが、十一日にはまた前夜と同じくらいが降り積もり、馬そりが行き交っていた。この日、さらに九日の日中にも旅順港外で海戦があって、戦艦ポルタヴァ、巡洋艦アスコルド、ディアナ、ノヴィークも大なり小なりの損害を受けたことが分かった。

十四日、出港していたウラジオストク巡洋艦隊が帰港して、市民たちをほっとさせた。明らかにはされなかったが、艦隊は十一日に青森県沖で日本の商船を砲撃して撃沈させていた。艦隊の主要任務である通商破壊の最初の成果だった。

十六日には、仁川での海戦の模様が明らかになった。仁川の済物浦《チェムルポ》と呼んでいる港で、巡洋艦ヴァリャーグと砲艦カレーエッツが日本海軍の攻撃で撃破された。中でもヴァリャーグでは、艦長が日本の手に艦体が渡るのを防ぐため乗組員を上陸させ、艦を爆破して一人自分も艦と運命をともにしたというもので、町の人たちはその英雄的な最期を称賛していた。

が、実際には、艦長は怪我をしていたが生きていた。八日、陸軍将兵を乗せた輸送船を連れた日本艦隊は済物浦に入港、陸軍部隊を上陸させたが、この段階では港内のヴァリャーグ、カレーエッツも日露が国交を断絶したことを知らなかった。翌九日朝、日本艦隊はヴァリャーグ艦長のルードネフ大佐に港外に出るよう要求、従わねば攻撃すると通告した。大佐は中立国の港内での戦闘は停泊している他の軍艦の迷惑になるとして海戦を決意して港外に出た。当時、停泊していた英国、米国、フランス、イタリアの軍艦は乗組員が甲板に整列し、ロシア国歌を演奏するなどして勝ち目のない戦いに赴く二隻を見送った。

港外の海戦では、日本艦隊の砲撃を受けてヴァリャーグはほとんどの大砲を失ったうえ、水線下に命中した砲弾のため傾きながら港内に逃げ込んだ。カレーエッツも炎に包まれて港内に逃げ込み、艦を爆破して沈没した。ヴァリャーグは艦体が大きくて爆破すると港内の船に迷惑がかかるため、キングストン弁を開いて沈没させた。二隻の乗組員は今後戦闘に参加しないと誓約してフランスなどの軍艦でシンガポール、香港に送られ帰国した。

　その夏、帰国したルードネフ大佐は英雄として迎えられ、戦艦の艦長に任命されるなど破格の出世を遂げる。しかし、大佐は頭の怪我の治療に赴いたスイスで社会主義運動家と親交を深めてその影響を受けたことから、翌一九〇五年秋に配下の海兵団の兵士たちの反体制思想を野放しにしたとして退役に追い込まれた。首都圏への居住も禁止されて故郷の村に隠とんし、一九一三年に失意のうちに亡くなった。しかし、革命後、仁川の武勲と反体制軍人の草分けとしての功績が見直され、故郷に銅像が立つなど顕彰を受けることになる。


　二十二日昼過ぎ、お吟は〈ドム・スミス〉を訪ねた。居間にエレノアとテッドがくつろいでいたが、テッドが時計を見て店にもどらなければ、と出て行った。

「ロキシィ、今の話、エリスにも聞かせてやったら」と笑いながら言い残していった。

「あら、何かあったの、ロキシィ?」と言いながら、お吟は黒いオーバーコートを脱いで籐の椅子に腰を落ち着けた。鮮やかな花をつけて並ぶ水仙の鉢に目をとめているとエレノアが、

「笑ってしまうしかないけど、それにしても厚かましいというか図々しいというか。この間のポート・アルトゥール(旅順)港への最初の夜襲の時のことよ」と、笑いながら言いだした。

　ロシアの旅順艦隊は八日夜、演習を終えて旅順の港外停泊地に縦列を作って停泊していた。四〇〇メートル近くの間をおいて三列に並んでいたという。辺りは真っ暗で、時折警戒の探照灯が停泊地の海面をなめるように照らすだけだ。

「すると、駆逐艦がその列の間に入り込んできたという。その甲板で乗組員がメガホンで大きな声のロシア語で何か叫びながら通り過ぎてゆく。そして駆逐艦はいちばん奥の方まで入ってゆくと、そこにいた立派な戦艦を狙って沈めにかかったのよ」

「その間、ロシヤの水兵たちは何をやっていたの？」

「みんな耳を澄まして、あいつらのロシア語、何を言ってるのかよく聞き取れないな、とぶつぶつ不平をもらしていた。魚雷が自分たちの方に進んでくるのを見ていたそうよ。そこで初めて攻撃を受けたことに気がついたけど、もう避けようもないわ。それでツェサレーヴィチ、レトヴィザンをやられ、別の駆逐艦にはパルラーダをやられた」

「国交断絶をまだ知らなかったから、警戒もしなかったのだろうけど、全く人を食った話ね」と、お吟も苦笑するしかなかった。

4

三月六日の日曜、お吟は〈ミリオンカ〉の麗花を訪ねていた。灰色のジャケットにスカートをはいて、じゅうたんに足を投げ出して坐っている。向かい合って坐る麗花は、濃い緑色の緞子《どんす》がつややかに光る旗袍《チーパオ》を着て翡翠の耳飾りをつけ、髪に赤い珊瑚を飾っている。長い煙管をくわえたたまま、ふっくらとした唇からゆっくりと煙を吐き出す。二人とも召使が運んできた料理で昼食をすましたばかりだ。

「姐さん、〈ミリオンカ〉を通ってもひっそりしとって、あんまり人の気配がしないわね。半分以上のマンザが芝罘《チーフー》に引き揚げたのかしら」

「そうたい。野菜や食物《くいもん》ば扱う業者は町に必要な商売じゃけん残っとる。すいぶん、芝罘やすぐもどれる朝鮮の清津《チョンジン》に渡ったとね。なんしろ、日本人の間諜がマンザに化けてあちこち出没しとるなんぞ言われちょるから、決まった仕事はないが脛に傷あるいうマンザはさっさと逃げていきよった」

例年、清国人の正月にあたる春節には、お吟は麗花の家に転がり込んで、寧とともにほかの顔役たちの家族と〈ミリオンカ〉の中の料亭でご馳走を囲み、劇場で京劇を楽しむのだが、今年は二月初めの日露開戦さわぎでそれどころではなく、芝罘から京劇の一座も渡ってこなかった。

午後二時過ぎ、港の方で砲撃の音らしい響きがした。断続的に一時間近く続いた。お吟も麗花も要塞で砲撃の演習をしているのだろうと気にも留めなかった。四時ごろになって寧が帰ってきた。部屋に入ると、ついてきた召使にコートを脱がせて預け「おい、日本軍が町を砲撃してきたぞ」と言った。麗花に並んで坐ると、麗花の持っていた煙管を取って口にくわえた。

お吟は坐りなおして、寧に頭を下げ「私たちは砲台の演習だと思っていたわ」と言う。

「市街地の東部にだいぶ砲弾が落ちたようだ。チュルキン半島を越えてきた砲弾が民家を直撃して一人死んだという噂もある。日本の艦隊がウスリー湾に入ってくれてよかったとみんなほっとしていたぞ。もしアムール湾に入られたらウラジオストクの街並みは全滅だが、海氷のせいで回り込めなかったのだろう。そこで、みんなオルリノエ・グネズド山に登って、日本艦隊の動きを見物していた」

在留邦人が直訳して鷲の巣山と呼んでいるオルリノエ・グネズド山は、中心市街の背後にあって町では一番高い山だ。また、ウラジオストク駅の西側にある邦人が虎が丘と呼ぶチグローヴァヤ山には信号柱があり、危険を知らせる赤旗が掲げられることになっていた。

お吟は〈ミリオンカ〉の帰り道、セミョーノフスカ通を横切って〈ドム・スミス〉に寄ってみた。

「あら、エリス。あなたは日本の砲撃の間、どこにいたの？」

「〈ミリオンカ〉にいて音を聞いて麗花と砲台で演習しているのだろう、と思っていた。そこに寧が帰ってきて、日本軍の襲撃だと教えてくれたの」

「私もテッドと演習だろうと話していたのよ。音がだんだん近づいてくるのでテッドが、日本軍《ジャップス》じゃないのか、なんて言ったけどのんびりしていた。すると港内の軍艦がいきなり錨をあげ、動き出した。ボイラーの蒸気も完全に上がっておらず、水兵もみんな上陸しているのにとびっくりした。これは一大事だとテッドが双眼鏡を持って後ろの山に登ってみた。日本の巡洋艦七隻が遠ざかってゆくのが見えたそうよ。わが艦隊は港の真ん中にいたら危険なので、砲台の陰の岸によって移動して行ったたって」

「家に飛び込んできた砲弾でだれか死んだという噂だけど……」

「妊婦が一人、直撃されて亡くなったそうよ。同じ部屋にいたほかの人は無傷なんだって。それにリンドルムの埠頭の前の氷の上には三発の砲弾が落ちたそうよ」

町で一番の資産家であるオットー・リンドルムの壮大な邸宅は、海兵団宿舎に近いシュフネロフ・カヤ通の海側にあり、テニスコートや庭園を備えており、軍港区域なのに自家用の埠頭まで持っていた。

「氷の上でよかったわ。もう少し遠く砲弾が飛んでいたら屋敷を破壊されるところだったのよ」

日本艦隊は翌七日もウラジオストクにやってきた。チグローヴァヤ山に警戒の赤旗が掲げられたのを見て、オルリノエ・グネズド山の上には市民が黒山のように群がって、日本艦隊の動きを見守っていた。由松はアレクセイに「日本人のお前は行ってはならない」と止められ不満そうだったが、代わりに山に登ってきた社員が、巡洋艦七隻、駆逐艦二隻、それに水雷艇が何隻かきていたと報告した。日本艦隊は氷に阻まれて近づけず、市街地への砲撃が届かないと判断したのか、去って行った。山の上の赤旗も夕方にはおろされた。

お吟やエレノアの周辺では、砲撃を受けたことは恐怖というより軽い興奮のようなものだったが、そうとは受け取らない市民の方が多かったのかもしれなかった。砲撃前から、旅順などへの襲撃を聞いて不安に思う市民がニコリスクやハバロフスク、さらに中央ロシアに家族や子供たちを避難させる動きが出ていたが、砲撃を受けてこの動きが一気に加速した。

たくさんの市民がウラジオストク駅に押しよせた。荷物を積んだ馬車が駅前に並び、幼い子供の手を引いた母親も雪を踏んでやってきた。そのうち、待合室に入りきれない乗客が外にあふれて騒ぎ出し、プラットホームに下りる階段で子供が圧死する事故もあって、駅の要請で兵士が警備に呼ばれ整理にあたっていた。

奥地に避難しようとするのは、どちらかといえば余裕のある階層だった。このためペキンスカヤ通、スヴェトランスカヤ通の住民が急に減って、夜の灯りが寂しくなった。邦人居留民の総引き揚げで日本商店の多いセミョーノフスカヤ通、アレウスカヤ街が軒並み空き家になったのに加えて、中心部はすっかり人通りが少なくなった。

市内にはデマ騒ぎも起こった。エレノアの話によると三月十日、日本軍が上陸してスヴェトランスカヤ通に侵入してくるというのだ。苦力の知らせを聞いてエレノアは〈ドム・スミス〉から通りに下りて行った。にぎやかな楽隊の音楽が近づいてくる。しかし、音楽はロシア国歌『神よ 皇帝を護り給え』だと分かった。群がった市民は、日本軍を迎え撃つ兵隊を鼓舞する行列だろうなどと話しながら待っていた。楽隊を先頭にたてた兵士の一団に続いて馬車に乗った二人が何やら読み上げながら進んできた。よく聴いてみると、それは皇帝から送られてきたウラジオストクが砲火の洗礼を受けたことへのお祝いと激励の電報を読み上げているのだった。

四月十五日朝、飛び込んできた電信が市民にこれまでにない衝撃を与えた。十三日、旅順港外で艦隊の旗艦ペトロパヴロフスクが爆沈し、乗っていた艦隊司令官ステパン・マカロフ提督が戦死したというのだ。ほかに参謀長のピョートル・モーラス少将、戦争画家として有名なウェレスチャギン画伯も亡くなっていた。マカロフはロシアで最も有能な提督として人気があった。モーラスはかつてウラジオストクにいたことがあり、オットー・リンドルムの親しい友人で、エレノアも何度か会っているだけに、エレノアには個人的にもショックが大きかった。

ペトロパヴロフスクは、前夜に日本側が旗艦のいつも通るコースを狙って敷設した機雷に触れたもので、わずか二分ほどの間にボイラーの爆発も加わってすさまじい爆発音とともに艦首から垂直に沈んだ。ロシア側は砲撃も受けないのに沈んだのは日本の潜水艇の魚雷によるのではと、あたりの海面に多数の砲弾を撃ち込んだ。潜水艇はこのころはまだ実用配備できるだけの技術水準に達していなかったが、ロシアも日本もお互いに相手が持っているのではと、疑心暗鬼に陥っていたのである。

旅順でも市民たちが日本軍の上陸を恐れ、汽車で奉天やハルビンに避難していたが、ウラジオストクの市民たちは旅順とは違って健在な自分たちの艦隊に誇りを感じていた。巡洋艦のバガトィーリは五月に座礁事故で戦列から脱落していたが、残り三隻の巡洋艦隊は毎月のように日本海に出動していた。

艦隊は大小の日本商船を次々に撃沈して、通商破壊の任務に邁進していた。時には津軽海峡を越えて日本の太平洋側に出没し、関東地方の沖を徘徊して商船や漁船を撃沈した。英国籍などの商船でも、積荷が日本を利する資材を運んでいると判断すれば撃沈や拿捕を免れなかった。これに対する日本艦隊は上村彦之丞中将率いる第二艦隊だったが、三月にウラジオストクを砲撃しただけで、ウラジオストク艦隊の捕捉に失敗していた。

お吟もエレノアも、わずか巡洋艦三隻と水雷艇だけの艦隊では上村司令長官の艦隊につかまればひとたまりもないと、出港するたびにその安否を気遣っていた。四月二十三日に出て行った艦隊がいつ帰るかと心配していたところ二十七日夜、入港してきた。三隻がありったけのランプを飾って並んだのを、たくさんの市民が岸壁に集まって眺めていた。艦隊は今回、二隻の商船を沈めたほか、朝鮮の新浦沖で元山に向かっている陸軍輸送船金州丸を撃沈した。この後は津軽海峡に入って函館に艦砲射撃を浴びせる予定だったが、海中から救い上げた捕虜を収容しているためウラジオストクへ帰ってきたのだった。

翌日の午後五時ごろ、捕虜たちは汽車で奥地の収容所に送られるため、アドミラル埠頭から駅までスヴェトランスカヤ通を行進していった。お吟とエレノアはほかの市民に交じって、通りで行列を見守っていた。

金州丸から収容された約二百人の捕虜には、十一人の士官が含まれていたが、外見からは区別がつかなかった。軍服と軍帽をきちんとつけているのは少なく、下着に軍服の一部が加わった程度の服装もいた。その後ろには商船の関係者なのか寄せ集めの非戦闘員のひとかたまりが従う。行列のわきを兵士たちが固め、さらに前後を騎馬の兵士が守るという厳重な構えが大げさに見えた。

「元気のない捕虜ね。あなたの国の兵隊なのよ、エリス」というエレノアにお吟は、

「私の国だと言われればそうだけど、何かみじめったらしいのがいやね。もっと顔をあげで堂々と行進してほしいわ」と答えた。

第五章

葬送の海

I

お吟とミシェルを乗せた辻馬車がプーシキンスカヤ通のペトロフ邸の門前に着くと、

「お前は着替えておいで、エリス。私はヴァシリーに言ってサンチェスにお前の鞍をつけさせるから」とミシェルが言って先に玄関に入って行った。

一九〇四年夏、しばらく港を留守にしていたウラジオストク巡洋艦隊が八月一日に帰港したと思ったら三日のこの日、ゼニーロフ大尉からペトロフ商会に連絡があり、昼からの上陸が許されたので馬を借りた、遠乗りに付き合ってほしいというのだった。お吟がいつも乗馬に使っているチェーザレは朝からつねが軽二輪馬車《キャブリオーレ》につながせてヴァシリーを馭者に市内を回っていたので、ミシェルの乗馬のサンチェスを借りることになり、二人で家にもどってきたところだ。

お吟は二階の自分の部屋に上がって慌ただしく乗馬服に着替えた。黒のジャケットにスカート、胸をレースで飾った高い襟のブラウスに白いボウタイを結んでいる。後ろに黄色いリボンを垂らした黒い丈の低い乗馬用のカンカン帽をかぶると、巻きスカートをつかんで裾からブーツを見せながら、階段を下りてきた。

居間にはすでにニコーラが来ていてミシェルと話していた。ニコーラは立ち上がると、拍車を鳴らしてブーツをそろえ「ゼニーロフ大尉、お迎えに参りました、エリサヴェータ・ギン」と敬礼する。ちょうど一年前の初対面と同じ、白の軍服に短剣をつけ濃紺のズボン、夏のカバーをかけた軍帽といった服装だ。長らく海上で過ごしたため日焼けはますます進んで、生死をくぐってきた顔つきにはもうお吟が最初に感じた少年らしさはなくなっていた。

執事のマキシムに門を開けさせて、馬上で待っているニコーラに並んだお吟が「さあ、二度目の遠乗りね。どこへ行こうかな」と言う。この季節特有の霧はそれほど濃くないが、ゾロトイ・ローグ湾に停泊している艦隊はオリーヴがかった濃い灰色の戦時色が霧に溶け込んで、対岸のチュルキン半島の緑もかすんで見える。

「山を越えてアムール湾の方に行ってみましょう。向うは霧がないから快適よ」

「それはいいね、エリス。私もアムール湾側はよく知らないんだ」

お吟はスヴェトランスカヤ通に下りず、オルリノエ・グネズド山の麓をかすめて市街を斜めに突っ切り高度を稼ぎながら、人通りの少ない道にゆっくり馬を進めていった。日が照っていたが漂う霧のせいで暑くもなく、遠乗りには絶好の天気だった。二人はカマロフスカヤ通を西に向かってキタイスカヤ街へ出る。坂を上って日本人墓地、ポクロフスコエ墓地を右手に見ながらアムール湾に下りる境目の一番高いところで馬を休ませながら港を眺めていた。はるか湾内の軍艦三隻は霧にかすんで、わずかに灰色の影のように見えるだけだ。

「町の人たちは、今回は艦隊がなかなか帰ってこない、と心配していたわ」

「そう、かれこれ十五日以上も出ていたから。日本の東側を南下して横浜の向うのはるか御前崎という岬の沖まで行ってきました。行き帰りは津軽海峡を通過したので、函館を眺めてここがエリスの生まれた町だとあなたを思い出していましたよ」

「みんな自慢しているわ。巡洋艦隊はたくさんの日本の軍艦を沈めてきたんでしょう?」

「軍艦じゃない、輸送船や商船だよ。通商破壊がわが艦隊の任務だからね」

「グラマボイの医官でアレキサンダー・シュタインというエレノアの仲のよい友人がいるの。そのシュタインは沈没する船から絶望的な悲鳴を上げながら放り出され、船といっしょに沈んでゆく兵隊や船員を見る辛さを話していたそうよ。でも、そのあとシュタインは救い上げられた怪我人たちの手当てで眠る間もないことになる。その時、故国の敵の人間なのに、仲間のような存在に感じられてくるのが、逆にどうしてなのかと考える、というのよ」

「シュタイン医官は私も知っているよ。そこで不思議でならないのだが、商船はまだしも、なぜか兵隊を運ぶ輸送船にも駆逐艦の護衛がついていないのだ。それが駆逐艦のいちばん大切な役割のはずだ。広い大洋に挟まれた米国では、特に速力を商船に合わせたデストロイヤー・エスコートと呼ぶ専門の駆逐艦を持つほどだ。小口径だが扱いやすい大砲で近寄る水雷艇をやっつける」

「日本は駆逐艦が足りないのでしょうよ」と簡単に言うと、

「ロシヤより少ないだろうけど、四十隻もの駆逐艦があるらしく、分かれて独自の駆逐艦隊をいくつか編成している。駆逐艦が守ってくれないので、こちらは自由に輸送船を攻撃できる。するとやって乗っていた兵隊たちがずらりと並んで小銃を撃ってくるんだ。軍艦には痛くもかゆくもないが、水兵は外に出るわけにいかないし、うっかり近づけない。そこで魚雷を発射して沈めてしまう。それが水雷士官の私の役目さ」

ニコーラは霧にかすむ港へ遠い目を向けていた。日焼けしてたくましくなったと思ったその顔色は青黒く、目が暗く沈んでいる。左頬の傷痕が急に目だって見える。

「魚雷で沈んだ敵の船の捕虜はみな収容力のあるグラマボイが引き取る。捕虜は怪我の手当をしてもらうのが意外だと思っているようだという。そんなことはない、お互い海が好きで務めを果たしているもの同士だからな。なんだかシュタイン医官と似た考えだがね。捕虜になることは懸命に戦った末、本人は命が助かったわけだし、国はまた働いてもらえると考える。だから幸せで誇らしいことだ。ところが今回分かったのだが、日本の捕虜は屈辱しか感じていないようだ」

「あなた方を小銃で撃っていた捕虜たちが、奥地の収容所に送られるためスヴェトランスカヤ通を行進しているのを見たけど、幸せそうじゃなかったわ」と言いながら、お吟は馬首をめぐらせてアムール湾への道を下りて行こうとする。

「兄のアレクセイは、いま日本の艦隊はウラジオストク艦隊を洋上で捉まえるのに血眼になっているはずだと言っていた。東ボスポラス海峡に入れば両側の砲台の餌食になるし、ゾロトイ・ローグ湾の入口は機雷だらけよ。なんとか日本海で捉まえなきゃならない」

「そんな場合、われわれは海戦を避けてもどってくる。この町を守るのも大切な任務だからね」

「エレノアも私もそう願っているわ」

二人はペルヴァヤ・レチカ（一番川）へ続く緩い坂道を常歩《なみあし》で下りて行った。左のアムール湾側にはコレイスカヤ・スロボトカ（新韓村）が張り付き、右の山側の山林は開発されて家が立ち並んできた。辺りにはもう霧もなく、太陽の光が明るくふりそそいで馬上からは遠くセダンカの別荘地帯の海岸線がきれいに見渡せるのだった。在留邦人のいう一番川の周辺は煉瓦工場、ビール醸造所、木工所などが早くから占領していたが、市当局はペルヴァヤ・レチカ・スロボトカ（一番川村）として都市計画に組み込み、住宅地に開発しようとしていた。

「ずいぶん家が建ってきたけど、川の周辺はまだ昔のままのはずだわ。私はよくヤスケを連れて花を摘みに来たものよ」とお吟は川の上流への道に馬を進めた。山裾と川岸の間の狭い草原は踏み荒らされて、それでも雑草の間にシベリヤヒナゲシやカワラナデシコなどの花が咲き乱れ、川岸に目を凝らすと濃い緑の中にハマナスの花の赤色が輝いている。

ニコーラはあたりを見回すが、花をめでる気分でもなく落ち着かぬ表情だ。

「ニコーラ、あなたは今日、この後どうするの？」とお吟が訊くと、ちょっとためらった後、

「この後はオフィチェルスカヤ・スロボトカ（将校村）に行ってこようと思っている」と何気ない口調で言うのに、お吟も「ああ、そうね」と軽く応えた。

木立の間にまばらな藪の生えた空き地へ二人は入り込んだ。辺りを見回したお吟の頬が硬くなった。お吟は馬を広い空き地の中ほどに進めると、しばらく手綱を左右に振ってその付近に

馬を回しながら地面をのぞき込んでいる。あきらめたようにすっかり高く成長した周辺の木々の梢を見上げていた。

ニコーラが近づいてきて「どうしたのですか、エリス」と声をかけた。

この空き地は少なくとも一八九五年まで、一部の人たちに〈ライオーン・ピェルヴォイ・レーチキ(一番川界隈)〉という隠語で知られていた。その年、この場所で、お吟のすぐ上の兄、アントンはお吟のことで侮辱したゲルマン・レーピンの次男、フョードルと決闘用ピストルを手に向かい合っていた。ジャスミンの香りがかすかに流れる朝だった。

アントンの弾丸はフョードルの喉を貫いたが、その直後、介添人のレーピン家長男のヤコフが違法に隠し持っていたピストルでアントンを射殺した。決闘の立会人はこの町で秘かにこの道の専門家として知られた男だったが、アントンの介添に当たったアレクセイとレオン・チェレンチェフは一同の武器携帯をあえて確認しなかったことを追及した。中でもレオンは、レーピン一家につながるこの男を街で見かけたら必ず〈一番川界隈〉に引っ張り出して見せる、と宣言した。身辺に目を光らせ決闘の機会を狙うレオンを恐れて、やがて男はこっそりと故郷のデンマークに引き揚げていった。アントンが亡くなった次の年、お吟はレオンに頼んでこの場所に連れてきてもらった。当時のいきさつをレオンに聞き、アントンが倒れた場所に目印の石を置いたのだった。

アントンの墓前を何度も訪れ、涙を流したのも遠い昔のようだ。いまは涙もなく、しかし、茫然とした表情でいるお吟のそばにニコーラが近づいてきた。お吟に向き合って、その馬の右側に自分の馬を寄せた。われに返ったお吟が目の前のニコーラに急に言い出した。

「たとえ日本の艦隊と海戦になっても、ニコーラ、あなたは必ず生きて帰ってくるのよ」

ニコーラは意を決したように軍服のボタンをはずして、首にかけた金鎖を引き出した。その先に下げた金をエナメルで飾った小さな十字架をとって「エリス、これは私の母から受け継いだ十字架だ。これを……」と言いかけると、

「駄目よ、ニコーラ」と鋭い声で「それはあなたを守るための十字架よ。肌から離さないで」

ニコーラは十字架を胸にもどし、右の鐙に体を預けると右手を伸ばしてお吟の腰を抱いて引き寄せた。左手を肩にも回すとお吟の顔を振り向けてキスする。サイドサドルの平らな鞍壺から引き出されてかたくなったお吟の体がやがてほぐれ、されるがままになっていた。

「エリス、君は私の大事な人だ。それを言いたかった」

「有り難う、ニコーラ、うれしいわ」とお吟が言い、サイドサドルに乗りなおすように腰を落ち着ける。右手の太い鞭を握りなおし、左手で手綱を横に引いて馬首をめぐらせニコーラと並んだ。

「さあ、帰りましょう、ニコーラ」と言った。

2

ウラジオストク巡洋艦隊の三隻は西暦の八月十二日、突然出港した。早朝だったため、ほとんどの市民が出港を知らず、お吟も会社に出勤しようとして港内に三隻が見えなくなっているのに気づいた。出港は「ポルト・アルトゥール（旅順）を脱出してウラジオストクを目指すロシア艦隊を途中で出迎えて支援せよ」という極東総督府のエフゲニー・アレクセーエフ総督の指示によるものだった。しかし、ロシア艦隊はすでに十日の黄海海戦で敗れ、旅順に引き返していた。その報は電信線の不通などもあってウラジオストクに届くのが遅れた。出港した艦隊に知らせようと水雷艇が後を追ったが追いつけずに終わり、結果として三隻の運命を分けることになった。

十五日、新聞に対馬近辺で海戦があったという東京発の電信が掲載された。実際は朝鮮半島東岸の誤りだったのだが、市民の間には不安が広がり始めた。

十六日昼近く、ロシーヤとグラマボイがゾロトイ・ローグ湾に入ってくるのが見えた。アドミラル埠頭の近くに停泊した二隻は、あらゆる方向から破壊され、旗艦ロシーヤの四本煙突は無傷なのが一本もなかった。そしてリューリクは、いつまでたっても湾の入口に姿を見せなかった。

町中がパニックに襲われた。何百という市民がアドミラル埠頭に押しよせ、息をのむようにして岸壁から満身創痍の二隻を見守っていた。ペトロフ商会には社員の一人が二隻の入港を知らせ、しばらくしてから由松が汗だらけの顔で息を切らせ「お嬢さん、リューリクがもどってきません。いくら待っても……」と報告した。お吟は壁の一点を見つめるような表情で言った、

「そうかい、もどってこないかい」

その日のペトロフ家の夕食はだれもが無口で、ミシェルもつねもリューリクという言葉を口にしなかった。お吟は黙ってふだん通りの食欲を見せていた。

翌朝、お吟はアドミラル埠頭に足を運んだ。まだたくさんの市民が岸壁にたむろし、二隻の周りを慌ただしく動いている小蒸気やボートを眺めている。お吟がボート桟橋に近寄ってみると、中国人の船頭に漕がせた舢板舟《サンパン》が着いてエレノアが降りてくるところだった。鉱山などを経営する米国人実業家、デヴィッド・クラークソンの会社で働いているハロルド・ニューハードという米国人といっしょだ。お吟が声をかけると、石段を上りながら顔をあげたエレノアが「おはよう、エリス。さっぱり分からないのよ」と言う。お吟のそばに来て、

「昨日、うちのテッドがやはりサンパンを雇ってグラマボイの舷側まで寄ってみたのよ。でも、外国人だから遠慮して声をかけることもできず、第一みんな負傷者を運び出すのに必死だったから、そのまま帰ってきた。私は今朝からずっとグラマボイの周りをうろついてみたけど、パヴェル・ジャチコフを甲板でちらりと見たきり……」

「シュタイン医官は見なかった？」

「見なかった。でも、彼は医官だから戦闘の時に危険な場所にはいないはず。だからそれほど心配していない。今日のうちに何かの連絡があると思うわ」

「夕方に連絡するわ、ロキシィ」

お吟はその日の夕方、〈ドム・スミス〉のエレノアに電話してみた。

「アレキサンダー・コンスタンチノヴィチからは短いメッセージをもらったわ」とシュタインの

無事を伝えて「午後にジャチコフ大尉がちょっとの時間、うちに来てくれたの」

砲術長のジャチコフはグラマボイが撃った砲弾の着弾のよく見える場所にいて、あちこちにかすり傷を負っただけだった。機関士や医官をのぞくとほかの士官のうち一人を除いて全員が戦死するか負傷したという。まだ少年の面影を残していたグーセヴィチ少尉は火薬の爆発で焼死、砲撃の距離計を扱っていたタターリノフ大尉は一瞬のうちに粉々になり、本人も自分に何が起こったか分からなかっただろうという。ヴィルケン大尉は頚静脈をやられ、昨日の手術で砲弾片を摘出したが、なお小さな破片を取り除く危険な手術を必要としていた。

「それでリューリクは沈没したの、ロキシィ？」

「それについてはジャチコフも歯切れが悪いのよ。でも、沈没を確認したわけではなく、分からないということなの。速力の遅いリューリクは日本艦隊の集中砲火を浴びて、マストを打ち倒され、艦橋を破壊されて、最後には火薬庫やボイラー付近に穴が開いて艦体が傾いていた。ロシーヤとグラマボイは何度もリューリクの救助を試みたが、三隻固まったところを四方から狙われて、特にロシーヤの損害が大きかった。そこで開戦から四時間余り、指揮に当たっていたカール・フォン・イェッセン提督の決断で、ウラジオストクへ帰港することを優先させたというのよ」

お吟は義勇艦隊支店の情報を当てにして、モスコーフスカヤ組合《アルチェリ》のレオンにも連絡してみたが、内容はエレノアとほとんど変わりなかった。レオンは日本の太平洋側で独自の作戦に当たっている、かつては義勇艦隊商船だった補助巡洋艦レナの消息が不明なのを心配していた。

その後、ウラジオストクにもたらされる戦況は悪い知らせばかりだった。艦隊司令部から一般への発表は注意深く抑えられて新聞に掲載されるようになってきた。しかし、黄海海戦で旅順艦隊から離れた巡洋艦ノーヴィクの運命は市民に衝撃を与えた。世界最速の巡洋艦だとロシアが自慢していたこの新鋭艦が、日本を東回りしてウラジオストクに帰還しようとして、石炭補給のため入港した樺太島《サハリン》コルサコフで日本軍に捕獲されたというのだった。実際はノーヴィクは山東省の青島《チンタオ》で石炭を補給し、日本の東側を北上して国後島の海峡を抜け、コルサコフで石炭を補充して宗谷海峡を目指した。しかし、津軽海峡を抜けてきた巡洋艦『対馬』に追いつかれて海戦になり、砲弾を艦尾や舵機室などに受けて浸水がひどくコルサコフに逃げ込んだ末、八月二十日、キングストン弁を開いて自沈したのだった。

3

ついにリューリクの消息が判明した。九月五日昼過ぎ、お吟は〈ドム・スミス〉にエレノアを訪ねた。なんとはなしの予感がしたのだった。真っ白なバラを飾った麦稈《レグホーン》真田ハットを被ったお吟の顔を見るなり、エレノアは「エリス。ちょうどよいところに来てくれたわ」と前置きしてから、ぐっと唾をのみ込んで「リューリクは朝鮮半島東側の蔚山《イルサン》沖で沈んだそうよ」と言った。

リューリクから救出された捕虜たちはまず佐世保に送られたが、司祭のアレクセイは長崎で釈放され、上海に渡ってそこからウラジオストクの司令部に電信で報告してきたのだった。

「報告は最後の指揮を執ったイヴァーノフ大尉の名前になっているそうよ。艦長のトゥルソフ大佐が真っ先に戦死し、次々に士官が倒れたらしい。イヴァーノフ機関士は沈没の際、溺死した。ソルーハ医官と上級航海士のサーロフ大尉は負傷したけど助かった。私はみんな奥さんたちを知っているけど、やり直せる若い奥さんたちと違って、もう五十歳に近い艦長夫人は気の毒だと思う……」

「ロキシィ、私は組合《アルチェリ》のレオン・アキーモヴィチのところに行ってみる。義勇艦隊なら詳しいことが分かると思うわ」

エレノアはうなずいて外へ出て行ったかと思うと、すぐもどってきて、

「いま苦力に大通りから辻馬車を拾ってくるように指示したところよ」と言う。

辻馬車に乗ってスヴェトランスカヤ通に下り、東に向かってアレウスカヤ街をウラジオストク駅へと南下するまでの記憶がお吟にはなかった。駅前にたむろする苦力の甲高い中国語にふとわれに返り、固く結んだ唇を緩めてあたりを見回した。東側の湾の方から海の匂いが風に乗ってきた。辻馬車は義勇艦隊埠頭に面した三階建て煉瓦剥き出しの支店の前に着けられた。

お吟は玄関の石段を上がって、衛兵にちょっと片手をあげ中に入れてもらった。事務室のカウンターの向うの社員が笑顔で迎え、お吟をレオンの部屋に案内してくれた。

「いまエレノアのところから来たの。ここならリューリクの詳しいことが分かると思って……」と、低い応接テーブルの前のソファに座った。海軍の軍服と同じ色合いの背広を着たレ

オンは、

「先ほどペトロフ商会に連絡したところだった。君とニコーラの仲はコースチャから以前に聞いていたから、電話でつらい話をどんなふうに切りだしたものかと気が重かった」と言いながらくわえていたパイプを手に向かい合って座る。

「そう、ニコーラはリューリクといっしょに沈んだのね」

「そうだ、残念だ。開戦早々に艦長、副艦長が戦死して、ニコーラが指揮に当たったそうだ。ところが、頭に重傷を負って倒れた。そこでコースチャに指揮が回ってきた。彼は左舷砲列の指揮官という大事な役目で本来なら離れられないはずだが、ほかに適任がおらず、これまでの実績が買われたのだろう。リューリクは日本艦隊の集中砲火を浴びて、ほとんど航行ができなくなっていたらしい。艦を爆破しようとしても電線がずたずたにやられて、結局、水兵たちには海中へ飛び込むよう指示してキングストン弁を開けた。捕虜になった士官の名簿にはニコーラの名前はなかった」

「それだけ聞けばじゅうぶんだわ、レオーン」とお吟はうなずいた。

二人はしばらく黙って向かい合っていた。

「ニコーラの奥さんはまだ若い人なのでしょ？」

「そこまでは知らないが、たぶんね。コースチャの話ではどうも夫婦の間になにかあってうまくいっていなかったようだ」

「でも、八月三日、私が最後にニコーラに会った後、彼はこれから家に行くんだと言っていたわ」

レオンは座りなおすようにして「これはコースチャに口止めされていたのだがね」と言い出した。

「ニコーラは去年の暮近く、君のことで決闘をして懲罰を食らっている。相手はロシーヤのシモン・アゼフという大尉だった」

「そう、グラマボイへの招待を受けたけど連れてゆけないと、コースチャに代わってもらったときね」

「アゼフという男が君を侮辱するようなことを言ったらしい。ニコーラは激怒してアゼフを殴りつけた。まわりに止めるものもいなかったものだから、アゼフが立ち直れないくらい打ちのめした。アゼフはニコーラより先任の士官でずっと年上でもある。訴えればニコーラは懲罰ものなのだが、アゼフは訴えずにニコーラに決闘を挑んだ。ニコーラも応じてコースチャに介添を頼み、二人はそれぞれ上司に許可を願い出た。しかし、副艦長のフロドーフキーは、妻でも婚約者でもない女を理由に決闘など問題外だとはねつけた。ニコーラはそれで納得したが、アゼフの方はやはり上司に叱責されたのになおもニコーラに決闘を持ちかけ、ニコーラもこれを受けた」

レオンはパイプを口にくわえたが、煙が出ないのを気にしながら「コースチャも気が進まなかったようだが、最初のいきさつから断れなかったらしい。それはアゼフの頼んだ介添人も同じだったろう。正式の決闘ではないので艦からの立ち合いがなく、アゼフが仲のよいロシーヤの士官を頼んだ。マトロスカヤ・スロボトカ（水兵村）の煉瓦造りの倉庫を場所に選んで、武器はアゼフの提案でサーベルに決めた。ピストルは音がするから避けたのだと思ったが、あとで分かったのは、アゼフのニコーラへの恨みが半端なものでなく、気まぐれな弾丸に頼らずサーベルで徹底的に切り刻むつもりだったらしい。しかし、始めた途端にコースチャはアゼフの間違いに気づいたという……」

レオンは消えたパイプをのぞき込みながら苦笑いした。

「君も知っているかもしれないが、コースチャの父親はかつてうちの親父からフェンシングを指導してもらっていた。コースチャもその薫陶を受けたのだろう。ニコーラの腕前が見てすぐ分かった。ニコーラはアゼフの腕を簡単に傷つけて血を流させ、それで終わりのつもりで剣を置いた。ところがアゼフはニコーラになおも襲いかかった。それからは誰も止めようもない血みどろの切り合いになって、アゼフはニコーラを殺すつもりで何度も突きを繰り出したが、ニコーラはそれを防いで逆に相当深い切り傷を負わせた。艦側でも立会人、介添人の見当がついているのだが、二人はその名前を頑として明かさなかった。しかし、それでは決闘ではなく単なる私闘だ。持ちかけたアゼフ、重傷を負わせたニコーラ、同罪だとして二十日間の城塞禁錮、教会への懺悔という判決となった。時局を考えての異例の軽い懲罰だった。しかし、ニコーラが年末の二十六日に出所したのに対して、アゼフは退院してからの服役でロシーヤの最初の出港に間に合わなかった」

お吟は帽子の陰の顔をあげて思い出すような目で、

「あれは私が客を取り始めて三年目、一八八六年のことだった。アゼフは私の噂を聞いたのか、日出楼にやってきた。まだ大尉ではなく少尉か士官候補生だったはず。でも私服で街に出るわけにいかないから軍服のまま、こそこそ入ってきたらしい。尊大な男で、女は金を出せば何でも言うことを聞くものだと思っていた。部屋を追い出そうとした私を平手打ちにした。私は大きな声で用心棒のイワンを呼んだ。隣の部屋の娼妓が聞きつけて下からイワンを呼んでくれた。どういうものか、イワンは海軍士官に異常な敵意を持っていたから、あいつの腕をつかんで痛さに悲鳴を上げるところを部屋から引きずり出し、階段から突き落とした。そして、司令部に通報されなかったことを有り難く思え、と尻を蹴飛ばして追い出した」

レオンはお吟を玄関まで送って出てきた。二人は玄関の石段の上で立ちどまり、港の方を眺めていた。はるかアドミラル埠頭にリューリクを欠いたウラジオストク艦隊の二隻が見える。

「ここからは分からないけど、ロシーヤもグラマボイもぼろぼろよ」

「私も見たよ。困ったことに人手が足りなくて修理が思うようにいかないのだ。五月にポシェト湾で座礁したバガトィーリの修理もまだだ。今や日本海の制海権は完全に日本のものだ」

「でも、兄のアレクセイはバルティースキー艦隊がやってきて、制海権を取りもどす可能性があると、このごろは信じようとしている。以前はポルト・アルトゥール艦隊もウラジオストク艦隊もあまり期待していなかったのにね」

「うん、そう願いたいね。だが、バルト海からの長旅の後、休養する余裕もなく待ち受ける日本の艦隊と戦うわけだ。出港した時の戦意と士気を維持してくれればいいのだが……」

ペトロフ商会にもどったお吟は、リューリクの沈没について話さなかった。しかし、夕方外出から帰ったアレクセイが聞いてきたニュースをつねとミシェルに教えた。さらにアレクセイは、満洲の遼陽《リャオヤン》で日本軍と激戦を演じていた満洲軍総司令官アレクセイ・クロパトキン率いるロシア軍が、名誉ある撤退をしたという公式発表を披露した。

九月七日午後、町中に常勝将軍の黒木為楨《くろきためもと》第一軍司令官がクロパトキンに大敗を喫したとのニュースがながれ、日本軍は千人しか生き残っていない、とまで噂された。その夜、ペトロフ家ではアレクセイの指示で取って置きのシャンペンが開けられて、マキシムがふだんにない笑顔で家族のグラスに注いでいた。海軍将校倶楽部でも、士官たちがシャンペンをがぶ飲みにしていた。水兵には半日間の特別休暇が与えられ、祝賀の準備でイルミネーションが輝く街角を酔った水兵たちが肩を組んで『神よ　皇帝を護り給え』と歌いながら練り歩いていた。

4

蔚山沖の海戦以後、ウラジオストク巡洋艦隊はその機能がほとんど失われてしまった。開戦早々にポシェト湾で座礁したバガトィーリはゾロトイ・ローグ湾のドックに収容されたが、労働力と資材の不足で戦争中には修理ができなかった。俊足で偵察艦の役目を期待されていたこの巡洋艦は、艦隊内でなんの役にもたてなかったことになる。帰港した二隻のうち、ロシーヤより被害の軽かったグラマボイに修理を集中させたが、完成して出港した途端にバガトィーリと同じ港域で座礁事故を起こし、さらに港内の機雷に触れる事故も繰り返してバルチック艦隊の日本海到着に間に合わなかった。

レオンは、義勇艦隊の商船ヘルソーンを艤装した補助巡洋艦レナの動向を気にしていたが、太平洋側で行動していたレナは黄海海戦、蔚山沖海戦でのロシア側の敗北を知ると、太平洋を渡って米国西海岸に逃げ込んでしまった。

艦隊の中で生き残った水雷艇が出港して、日本周辺で商船などを攻撃し、わずかに通商破壊の任務を果たした程度に終わった。

一九〇五年の日露戦争は一月一日、旅順要塞の落城で始まった。旅順要塞を含む地域一帯を防衛するロシア関東軍司令、アナトリー・ステッセリ中将がこの日夕方、軍使を日本軍に送って開城、降伏を申し入れたのだった。

旅順要塞を攻めあぐねていた日本軍は、前年の十一月末から市街の西北約三キロメートルにあって市街、港内とも一望できる二〇三高地と名づけた標高二〇三メートルの山の攻略に全力を上げ、多大の犠牲を払って十二月五日に陥落させた。そして占領したこの高地に観測所を設けて攻城砲陣地と電話線でつなぎ、弾着を修正させながら港内の旅順艦隊を砲撃し、数日のうちに戦艦一隻をのぞいたほとんどの艦を破壊、ロシア側も捕獲を恐れて自沈させた。この後、日本軍は周辺の高地の要塞も攻め落とし、年明けには市街地への突入の構えも見せたため、ステッセリ将軍も降伏を決意したのだった。

これによって日露戦争の主要舞台は南満洲に移った。前年の九月に遼陽のロシア軍を撤退させた日本軍は、旅順要塞の陥落で背後をつかれる心配がなくなり、二月二十日にはロシア語や英語でムクデンと呼ぶ奉天《フォンチェン》の攻略に乗りだしていた。

ペトロフ家では、満洲大豆の輸出をもくろんで準備してきたつねが、二年目に入った日露戦争にいら立ちからあきらめの心境になりつつあった。

「奉天の攻防はいつまで続きそうかね、アリョーシャ」とアレクセイに訊いていた。

「焦っても仕方がないよ、マーシャ」とウォッカのグラスを手に笑って「クロパトキンは遼陽を撤退したが、奉天でも日本軍を弱らせながら徐々に後退してゆくだろう。ロシヤの伝統的な戦略だ。日本軍は軍用物資の補給路が延びきって兵員の補充もままならなくなる。ロシヤにとっていくら侵入されても自分たちの領土ではない。そのうちバルティースキー艦隊がやってきて、日本海の制海権を握られたら、補給を絶たれた満洲の日本軍は全員捕虜になる」

夕食の前菜を前にして、アレクセイ、つね、ミシェル、お吟の四人がいつものように議論していた。

「でも、アリョーシャ……」とお吟が異議を唱えた。「〈ミリオンカ〉の寧世儒は、バルティースキー艦隊が日本艦隊を撃ち破って制海権を握るとは限らない、と言っているわ。熱帯の海を越える長い航海の間、日本と同盟関係にある英国の妨害で、どこの港でも燃料、食料を補給できるわけじゃない。すっかり水兵の健康も士気も損なわれてやってくるだろう、というのよ」

「どちらが勝つにしろ、満洲の農地が荒らされずに年内にすべてが片付いて、来年の大豆がたくさん収穫できればいいのよ」とつねはあくまで大豆にこだわる。

「麗花の話では、いまロシヤも日本も満洲の匪賊をなんとか味方につけようと、お互いに奪い合いをやっているそうよ。それで大豆の買付けを手伝ってくれる顧学良《グーシュエリィアン》だけど、彼はロシヤ軍に接近している。一方で仲間の匪賊には、日本から入り込んでいるスパイの便宜を図らうよう指示している。どちらが勝ってもよいように平衡をとっているのね。当面は新式の鉄砲が手に入るのが匪賊にとって何よりの利益だというのよ」とお吟が教えた。

日本軍の奉天攻略が本格化した二月二十二日、お吟は〈ドム・スミス〉のエレノアに午後のお茶に誘われた。最近奉天から帰ってきた英国人が訪問するので会ってみないかというのだ。

「デヴィッド・クラークソンとシベリアで知り合ったという英国人が、この町の草分けの〈ドム・スミス〉に行くように言われたらしい。デヴィッドはここには英国人があまりいないので、米国人を紹介したといっている。はっきりした職業はデヴィッドも知らないそうよ」

ペトロフ商会の外に出ると、大雪に見舞われた昨冬ほどではないが、キタイスカヤ街は解けなかった雪が路傍に積み重なっていた。苦力が雪をかいた歩道を毛皮のコートを着たお吟は冬用のブーツでゆっくりと下りてゆく。〈ドム・スミス〉の門の前にはいつもたむろしている苦力がいなかった。ほとんどの苦力《チーフー》が芝罘に引き揚げてしまい、日本人の阿媽も長崎に帰っているので、エレノアは日常の生活に不自由していた。

エレノアとテッドの夫婦の居間にはもう英国人の客がひと足先に来ていた。お吟は黒貂《セイブル》の長いコートを脱いで同じ毛皮の帽子をとると、日本に帰ってもよるべもないとただ一人残ったおツモさんが両手に抱えて、部屋の隅に客の羊皮外套《シューバ》と並べてかけてくれた。

客とは英語で話していたらしいエレノアが、お吟のためにロシア語で「この方はセシル・ヘンリー・メアーズさん、いまいらしたばかりでまだよく知らないのよ」と紹介し、お吟をペトロフ商会の娘だと教えた。

三十歳前後の長身の青年で、身なりにはこだわらないらしく形ばかりの背広に色も不明なネクタイをつけ、縁から毛皮がはみ出たブーツをはいている。口ひげ、頬ひげとも手入れが感じられない生え方だ。普通の男なら姓とは合わない黒髪の女性に興味を持つはずだが、そんな素振りも見せない。

「さてセシル・ヘンリー、デヴィッドはあなたを冒険家《アヴァンチュリスト》だといっていたけど、経歴をうかがってもいいかしら」

「冒険家という肩書は私には最上のもので光栄です」と穏やかに笑い滑らかなロシア語を話す。

「私は英国軍士官の父のもとにアイルランドに生まれました。十七歳で家を離れて、スコットランドとイングランドで教育を受け、南アフリカでの第二次ボーア戦争では英国軍士官として従軍しました。除隊してからは、世界の珍しい土地を求めて歩き回りました。シベリアやカムチャツカでは毛皮の交易で大いに儲けました。クラークソン氏とはこの時知り合ったのです。一九〇〇年の義和団の騒動は北京で見物しておりました。その後、満洲で測量の仕事に関係したこともありますが、いまは日露戦争をあれこれ観察しているところです」

そこへおツモさんが紅茶を運んできた。英国製のカップから紅茶を味わったメアーズが笑顔になる。おツモさんにアリガトウと日本語で礼を言っていた。

「それで、あなたのいまの肩書は観察者《ナブリュダーティエリ》ということなのね」とエレノアが言った。「今月初めには奉天にいたとか。戦争前の奉天はどんな具合でしたか？」

「戦争前といわれましたが、クリスマス前のロンドンを想像してください。店には酒や菓子や靴下、毛皮などがあふれていて、ロシア兵が片っ端から買い込んでいました。そうそう、店の看板はロシア語に切り替わっていて、これは遼陽《リャオヤン》を撤退した時に運ばれたもののようです。奉天駅には立派な馬車が連なって将校や軍医、看護師が乗り回していますし、人力車が群がっているのはまるで東京の新橋停車場ですな。そうしてメインストリートのすべての店の前にはシャンペンとブランデーの箱が方陣のように積みあがっているのです。ギリシャ人、ユダヤ人の従軍酒保が売りまくってもまだ足りず、秦皇島《チンファンダオ》から奉天まで連なるシャンペンの貨物の上を歩いて行けると思いましたよ」

「あなたはその逆のコースでウラジオストクに来たのですね」とエレノアが言い、お吟が、

「クロパトキンは奉天でも、日本軍にできる限りの損害を与えながら撤退するといわれているけど、それはいつになるとお思いですか？」と訊いた。

「三月には終わるでしょう。クロパトキンはカザークに信頼を置いてブリヤートとコーカサスの連隊を入れていますが、カザークは馬に乗って槍や長剣を振り回してこその強さです。農家の土塀に小銃を並べてじっくり狙ってかかる日本兵にはかないません」

「そうね、コサック兵が土にまみれて匍匐《ほふく》前進などしないわね」とエレノアが笑った。

「それにコーカサス・カザークはみなイスラム教でロシア語がしゃべれません。部族が分かれていて言葉も違いますから、一つの命令を何人かの通訳が順々に伝達して初めて動き出す」

エレノアもお吟も笑いだしてしまった。

「それでセシル・ヘンリー、あなたはこれからどうするの?」

「友人と今年はチベットに行くつもりです」

「チベットは危険なところよ」とエレノアが首をかしげた。

「だから二人なら怖くないと思って。その後は南極を目指しているところです」

「南極に何をしに行くんですか」とお吟が訊いた。

「英国のロバート・スコット少佐の南極遠征隊が極点到達に失敗して帰ってきました。再挑戦のための資金集めをしているそうなので、この遠征に参加したいのです。私はそり犬の買い付けができるし、犬ぞりの専門家も知っています。役に立てると自負しています」

「南極は雪と氷だけの何もない島でしょう」

「その何もない南極点に英国国旗を立てたいのですよ」

メアーズが帰った後、エレノアが訊いた。

「ねえ、エリス。あの冒険家どう思う?」

「冒険家とか観察者とかいうのが分からない。本当かしら」

「彼は軍事とか外交の情報を集める役割を担っていたのだと思うわ」

「つまり間諜《シピオーン》ということ?　英国の間諜ね、なるほど……」

5

セシル・メアーズが〈ドム・スミス〉を訪問した週末のこと、港外の水平線に日本の水雷艇の一団が現れたという一報がもたらされた。要塞司令の命令でウラジオストク駅には列車六台が用意され、女性や子供たちがいつでもニコリスクに避難できるように待機していた。しかし、水雷艇と見たのは浮氷の上に並んだアザラシだった。

市民はいら立ちと、そのあとの無力感に襲われていた。港自体は東ボスポラス海峡を挟む砲台群に守られて、戦争ははるか奉天の運命に注目が集まっていた。ロシア軍三六万人、日本軍二四万人という歴史上も初めてという大規模な会戦が行われているのに、戦況はさっぱり市民の耳に入ってこない。もっとも早いのは外国特派員が送った東京経由の電信だったが、新聞にはすべて明らかにされるわけではない。市民の間では、いわばその黒塗り部分の憶測があれこれ話題になっていた。

いきなり三月十四日に流れた奉天の開城とその後のロシア軍総崩れのニュースは、クロパトキンのロシア軍がもはやたて直しのできない状況にあることを市民に知らせた。ペトロフ家で取って置きのシャンペンを抜いて祝った昨年九月の遼陽の戦略的な撤退自体が、敗北だったことも初めて明らかになった。壊滅したのは黒木為楨の日本軍だけでなく、ロシア軍もそれ以上の犠牲者を出していたのだった。

日本軍は三月に入ると、本格的に奉天の包囲作戦に出た。クロパトキンは旅順を陥れた乃木《のぎ》希典《まれすけ》の第三軍を恐れていたが、第三軍は旅順での消耗を補えずにいて力はなかった。日本軍は得意の夜襲を繰り返したが、ロシア軍の硬い守りに手を焼いていた。もし、クロパトキンがこの段階で総攻撃をかければ日本軍を破る可能性があったのだが、日本軍に背後に回られてハルビンへ退路の鉄道を遮断されるのを恐れるばかりだった。九日、奉天の北の鉄嶺《ティエリン》へひとまず転進を指示したため、日本軍は十日、無防備となった奉天を占領した。

しかし、これを契機にロシア軍の士気は衰えて統制が利かなくなり、沿道を略奪するなどもはや軍隊のかたちをとどめていなかった。途中の駅には処分できなかった膨大な飲物や食料が、数千の兵士の勝手に任されていた。兵士たちはウォッカの樽を並べて斧で鏡を割り、空き缶や落ちていた日本軍の砲弾をグラス代わりにしてがぶ飲みし、食べきれない数の缶詰を片っ端から開けるのを楽しんでいた。泥酔した彼らは日本を助ける英国の悪口を言うだけで、迫ってくる日本軍も気にしなかった。ロシア軍はいったん踏みとどまるはずの鉄嶺も捨てて逃走したため、日本軍は直ちに鉄嶺になだれ込んだ。しかし、補給線が伸び切った日本軍も鉄嶺までが進攻の限界となった。

クロパトキンは自分の専用列車でハルビンまで落ち延びた。奉天駅構内に待機させてあった列車には寝室、書斎、応接間などの車両がつながれ、食堂車では燕尾服の給仕がいつでも総司令官が来るのを待っていたのだ。

この会戦で日本軍の死傷者は七万五〇〇〇人、ロシア軍の損害は八万八〇〇〇人といわれたが、ロシア軍の戦死者は日本軍のほぼ半分に過ぎず、代わりに二万二〇〇〇人が捕虜となった。

ハルビンに逃げ込んだクロパトキンは十七日、満洲軍総司令官を罷免されて第一軍司令官に格下げされ、第一軍司令官のリネヴィッチが取って代わって総司令官に任命された。二十日にもたらされた中央からの電信の激越な調子が市民を驚かせた。かねてからクロパトキンびいきだったエレノアにとって、クロパトキンのとった意外な行動とともに二重の衝撃だった。昨年九月、遼陽での撤退について、エレノアはお吟に言っていた。

「新聞は帰還したウラジオストク巡洋艦隊について、盛んに太平洋艦隊司令長官のスクリィドロフ中将を称賛しているけど、彼は単に艦隊を送ってめちゃめちゃにしただけよ。ロシーヤに乗り組んでいたならまだしも、岸にいてロシーヤとグラマボイが破壊され、リューリクが沈むのを眺めていただけさ。露土戦争ではトルコで勇敢だったというけど今回は称賛されることなどないわ」とお吟に訴えていた。「これに対してクロパトキンは損な役回りの窮地の中で勇敢に戦っているのよ。日本軍を相手にするだけじゃなく、無能な将官たちとも戦わねばならないのだわ」

市民の関心が満洲の会戦に向けられている間、ロシアの第二太平洋艦隊はインド洋を東に向かって航行しているところだった。前年の十月十五日にフィンランド湾のリバウを出港したロジェストヴィンスキー中将率いる艦隊は、北アフリカのタンジールで喫水の浅い旧式の艦を率いたフェルケルザム少将の支隊を分離してスエズ運河に向かわせ、本隊は喜望峰周りでともにマダガスカル島を目指し、今年一月に双方が合流した。一方、本国では旅順艦隊の壊滅を知って、二月にネボガトフ少将率いる第三太平洋艦隊を編成して支援に向かわせていた。

ロジェストヴィンスキー司令長官はマダガスカル島で第三艦隊を待たず、日本側の準備が整わぬ前に日本海に入ってウラジオストクを目指そうとしたが、各艦の損傷が激しく修理に二か月もかかってから出港した。艦隊は五月初めに仏領インドシナに到着するが、日本政府の抗議を受けたフランス側の入港や石炭補給への規制が厳しく、洋上での補給を余儀なくされていた。それまでも、中立国や英国の植民地での石炭や食料の補給に不自由してきた艦隊にとって、熱帯の暑さとともに水兵の士気を喪失させる要因となった。

ついに五月九日、第二、第三艦隊がベトナムのカムラン湾で合流を果たした。十五日に一斉に日本海を目指したが、この新しいバルティスキー艦隊は以後、日本では英語名でバルチック艦隊と呼ばれることになった。

二十八日、南方海域で二十七日に海戦があったらしいという情報が市内に流れた。が、そのニュースはロシア艦隊が日本艦隊にさんざんやられたらしい、という噂を伴っていた。

翌二十九日午後六時過ぎ、バルチック艦隊の巡洋艦アルマーズが入港してきた。町中の人たちがアドミラル埠頭だけでなく市営埠頭にまで押し寄せて、港内に横たわる灰色の軍艦に歓声を浴びせていた。

ペトロフ商会では、アレクセイが会社にあるシャンペンを並べて栓を抜かせた。まだ帰らずにいた社員も含めて乾杯を繰り返し、戦争が始まってからお祝いの乾杯もあまりなかったなと顔を見合わせている。アレクセイはふだんなら顔をしかめる酸っぱい味の地元のシャンペンを「これも結構うまいじゃないか」と言い出し、つねやお吟も付き合って口にした。

暗くなるまで町に出ていた社員が、アルマーズ入港の余談をあれこれ拾ってきた。「アルマーズの後を巡洋艦イムズルードも追ってきたが、日本艦隊も接近してきたので逃げおおせるか……」「海戦で日本の戦艦三隻、巡洋艦七隻をやっつけたそうですよ」と祈りにも似た噂だった。

六月二日、アルマーズの艦長から正式な報告が発表された。バルチック艦隊は、二十七日午後の海戦で戦艦クニャズ・スヴォロフ、ボロジノ、オスリャビア、ウラルが沈没、アレキサンドル三世と輸送工作艦カムチャツカが甚大な損害を受けたという。東京発の電信は日本の連合艦隊が勝利を収めたと伝えていたが、どの程度の損害なのか詳細不明で、町の人たちも落ち着かない気分で舌足らずな記事の新聞を手にしていた。

翌日の三日、駆逐艦ブラーヴィ、グロズヌィの二隻が入港してきて、横腹に大きな穴をあけて停泊しているアルマーズに並んだ。艦体の考えられるすべてのスペースに水兵たちがいっぱい収容されていた。沈没した戦艦オスリャビアから救出された生存者たちだった。オスリャビアに乗り組んでいたフェルケルザム少将は航海中ずっと病床にあったが、五月二十五日に死去した。遺体は冷凍保存されていたが艦と運命を共にしたという。この後どの艦が帰港するかと待っている市民の間にやがて、忍び寄るように、まるで悪魔のささやきのようなニュースが流れてきた。いまこの港にいる三隻が、バルチック艦隊の残ったすべてなのだという。

昨年十月、はるか三万キロメートル離れたバルト海を出港、日本の連合艦隊を壊滅させて日本海の制海権を奪い、満洲にいる日本兵を飢え死にさせるはずだった栄光あるバルチック艦隊、そのすべてがこのウラジオストクの港にいるのだった。

6

奉天会戦と日本海海戦に勝利を収めた日本だが、この戦争を続ける力はもう失われていた。国家予算の四年分に相当する軍事費を国民への増税と国債の発行で賄ってきたが、それも限界にきていた。五月三十一日、中立国の米国のセオドア・ルーズベルト大統領に駐米公使を通じてロシアとの講和交渉の斡旋を申し入れた。一方のロシアは、シベリア鉄道によって新たな陸軍部隊を増強して満洲の日本軍を圧倒することが可能だったが、国内の情勢が立ちはだかっていた。この年の一月、サンクト・ペテルブルグで皇宮に請願しようと行進してきた市民に軍隊が発砲して死傷者をだすという〈血の日曜日事件〉が起こり、さらにバルチック艦隊の壊滅の衝撃で、戦争を継続しようとする皇帝の政府に不満が充満していた。

米国は開戦前から日本の立場を支持しており、国内のユダヤ資本が日本の国債を買い支えてきた。列強のアジア進出に後れを取った米国にとって、日露の講和は大陸の権益介入の絶好の機会でもあった。ルーズベルト大統領は、日本の要請を受けて六月九日にロシアと日本に講和交渉の開始を提案し、両国も直ちに受諾した。

ロシアでは、戦争継続を妨げる新たな事件が起こっていた。二十七日、クリミヤ半島の近くの海上で、黒海艦隊の戦艦ポチョムキンの水兵たちが反乱、艦長以下の士官を殺害したのだ。ポチョムキンは黒海をうろついた挙句、西北岸のオデッサに入港した。真っ先に殺されたジリアロフスキー大尉は、エレノアの知り合いでグラマボイの上級士官だったが、一年前に肺の病気で黒海に所属替えになったばかりだった。オデッサ港に入港した水兵の反乱は失敗したが、水兵に連帯して出迎えた市民をカザーク兵が無差別に殺傷する〈オデッサ階段の虐殺〉事件を起こしていた。

講和交渉はロシア側が元蔵相のセルゲイ・ヴィッテ、日本側は外相小村寿太郎が全権代表となり、七月にそれぞれ故国を出発して八月に米国ポーツマス港で行われることになった。ウラジオストクのエレノアの周辺では米国の人気が高まり、もし平和が訪れたらルーズベルトに花束と感謝の手紙、ロシア菓子のいちばん大きな箱を送ろう、などと騒いでいた。

しかし、ペトロフ家では、お祝いムードを打ち消す深刻な問題が持ち上がっていた。樺太島《サハリン》西岸のマウカの近くで鮭、鰊、昆布の漁場を経営する、お吟には三つ違いの兄になるセルゲイと連絡が取れないのだ。セルゲイにはマウカの樺太アイノから帰化した妻、ソーフィア・ハツと三人の子供もいる。開戦以後、函館の支店が送り込む出稼ぎ労務者は渡っていないが、通年で詰めている青森出身の差配、隆吉《りゅうきち》は帰国しないでいた。サハリンでは六月初めから一般の個人の電信が受付中止になり郵便の集配も止まったと、セルゲイから最後の電信がきていた。その中で日本軍がサハリンを占領する可能性があると伝えていた。バルチック艦隊を壊滅させた日本海軍は、サハリン占領に兵員を輸送する余力が出ていた。日本にとって、樺太島と千島との交換というかたちで樺太島を失った一八七五年のサンクト・ペテルブルグ条約の失地回復の作戦でもあった。

七月七日、日本の第一三師団一万四〇〇〇人はアニワ湾のコルサコフに近い海岸に上陸した。このころのサハリンは深刻な食糧危機に陥っていた。戦争で島は孤立し、有事には軍艦並みの活動が定められた義勇艦隊は物資補給にやってくることはなかった。島には例年、函館などから約七〇〇〇人の出稼ぎ漁民がやってきて米などの食料をもたらしていた。しかし、開戦で前年は来なかったため労働力の不足で肝心の漁業が十分にできず、水産物の備蓄も行われなかった。このためアイノなどの先住民は日本軍の上陸を歓迎、期待する向きがあった。しかし、日本軍にとって食糧問題は後回しで、まず軍事作戦が優先する。

コルサコフ駐留のロシア軍は早々と砲弾を撃ちつくして、山中に逃げ込みゲリラ戦に移った。日本軍は北上して同十日、のちに豊原となるウラジミロフカ村に進軍した。村のロシア人は白旗を掲げて迎えたが、日本軍は構わず街頭に顔を出した兵士を射殺してポケットから金を奪い、叫び声をあげた女性に銃剣を突き付けた。そこへ現れた将校が謝罪したが、将校が立ち去ると兵士たちは女性たちから指輪を奪い、家探しをして懐中時計と革ベルトを持ち去った。次に来た集団は目当ての時計がないので、物置にしまってあった外套で我慢した。

こうして村中が略奪され、男性住民三〇〇人近くが外に集められて、七月でも冷え込む夜を過ごした。翌朝には住民のうち役人など半数が解放され、残る一五〇人ほどが五人ずつ縄につながれて密林《タイガ》に連れてゆかれ、二回に分けて射殺された。日本軍の兵士の一人はその経過を手帳に記して『……実にゆかいやら、かわいそおやら、目も、あてられぬありさまなり』と結んだ。

サハリンには六〇〇〇人のロシア軍が配備されていたが、三分の一は獄舎から出た開拓囚と呼ばれる農業、漁業者で、戦後の市民権回復を約束されて志願したいわば義勇兵だった。兵器、弾薬も十分でないロシア軍は七月十六日に南部の主力が降伏、日本軍が二十四日に北部の西岸アレクサンドロフスクに上陸すると三十一日には北部の主力部隊も降伏した。サハリン南部の管区長以下の文官、捕虜となった軍司令官ら幹部と家族は、いち早く二十四日に青森に引き揚げており、後にはタイガに逃げ込んだ士官に率いられた支隊があちこちに残った。

タイガでいわばゲリラとなった残党の掃討作戦は八月まで続いた。福井県出身の兵士は故郷に送る手紙に自分の中隊が行った敗残兵狩りを詳しく書き送った。それによると中隊は八月十五日に西岸のマウカ付近に上陸して北上し、山を越え東岸まで捜索した末、三十日にナイブチ川の上流のタイガで敵を発見、三時間の激戦の末に白旗をあげた一八〇人を捕虜にした。しかし、翌日には全員を処刑したという。逃れて目撃した兵士によると、大尉以下の兵士を樹木に銃剣で手足を固定し動かぬようにしてから射殺していた。

八月になって日本軍の住民対策の狙いは徐々に明らかになってきていた。サハリンの囚人は下から重労働刑囚、開拓囚、元流刑囚農民という三段階で、一定の年数、模範囚を通せば昇格してゆく。獄にいて鎖につながれた重労働刑囚は危険だとして射殺された。最も多い開拓囚は女囚を内縁の妻にするなどして農業などに従事していたが、飢餓に陥っていた彼らはいち早く帰国を希望した。日本軍は当初、青森に送る計画だったが、旅費など持ち合わせない彼らに対する費用もかさむため、アレクサンドロフスクの対岸の沿海州デ・カストリ湾への送還に切り替え、八月中に早くも第一陣を送還している。問題は流刑囚上がりの農民たちだった。サハリンの人口は一九〇〇年、先住民族を除くと約三万四〇〇〇人といわれたが、二三％がこれら農民とその子弟、子孫が占め、もはや囚人の島の性格は薄められていた。

全島に七月三十一日に軍政施行を布告、八月二十八日にアレクサンドロフスクに民政署を開設した日本にとって、ウラジミロフカ村の住民のようにサハリンをわが故郷として定着しようとしている住民は邪魔者だった。安定的な植民地統治を図るためには異分子の存在しない無人化をまず実現する必要があったのだ。

ウラジオストクのペトロフ家ではこうした状況を知らなかったが、マウカにいるセルゲイ一家はこのころ非常な危険にさらされていたわけだ。マウカのアイノの有力者エンルンコマイヌの娘ハツを嫁にして、三人の子供をもうけたセルゲイは、毎年春に函舘の支店から送られてくる出稼ぎ労務者を使い、春の鰊漁、夏の昆布採り、秋の鮭漁で稼ぎ、さらに沿海州で日本人網元が獲る鮭の加工、輸出の仕事など商会の漁業関係を一手に仕切っていた。たとえサハリンが日本に占領されても、漁場経営は維持したいセルゲイを日本軍がどのように扱うか危ういところだった。

突然の侵攻で外国の従軍記者もついてゆく余裕がなかったサハリンの状況は、戦後に青森に送還された捕虜からの取材で少しずつ明らかになっただけだった。函館支店でもセルゲイの消息はつかめないでいた。函館と商会との直接の連絡はできず、長崎を経由した電信も検閲のためかお互いに意味のある内容を伝えられずにいた。

戦後の神田のニコライ堂には、故国に送還される前のロシア士官が次々に修道司祭ニコライを訪ねてきた。中には抑留期間に覚えた日本語でニコライと話し「将来はまた日本に来て、言葉や国について勉強したい」と語った将校がいたが、すべてがニコライを感動させる訪問者ではなかった。弘前に設けられた将校専用の収容所からやってきたフリサンフ・ビリチはサハリンで沿岸警備の義勇隊長を務めたコルサコフの経営者だった。彼はサハリンでロシア人が女子も暴行されたうえ、男子並みに銃殺され、囚人は役に立たないと集団で殺された実態を聞かせた。ニコライはその日の日記に「当時外国人記者がいなかったため、誰の前でもヒューマニストぶる必要がなかったので、日本人はその本性をあらわしたのである」と書き記した。

サハリンの戦場を除くと、確かに日露戦争ほど両陣営に外国の特派員や英国の三十人を筆頭に各国の観戦武官を集めた戦争はなかった。旅順の攻防、奉天の会戦はいずれも史上初めての規模で、実用性が注目された機関銃、それに伴う塹壕戦の在り方は、次の第一次世界大戦で大いに役立った。満洲で日本軍は、白い腕章を巻いただけの衛生兵を普通の兵士として射撃したこともあったが、おおむね国際法による戦時法規を守っていたし、のちに降伏したロシア軍の将校の帯剣を認めるなどサムライ精神を発揮していた。が、肝心の自国の兵士には異なる一面も見せた。

二〇三高地の戦いでロシア軍は、攻め上る日本兵をマキシム機関銃でなぎ倒し、斜面には兵士の死体が折り重なった。当時は機関砲と呼んだ機関銃の重要性にまだ気づいていなかった日本は、丈が高く塹壕戦に向かないオチキス機関銃を第三軍に三〇門配備したばかりだった。

ドイツの特派員は、数少ない機関銃の思いがけない使い方を本国に書き送っていた。日本軍は機関銃を突撃する兵士たちの背後に据えた。兵士たちは背後から威嚇されて突進をためらうわけにいかず、しかし、鬼畜のロシア軍は捕虜をすぐ銃殺すると聞かされているので板挟みの苦悩の中、死に物狂いで戦って勝利を収めた。この日本軍の方法を真似ようとしたロシア軍の将校がいたらしい。要塞で戦っていたエム・コスチェンコ少将はその「旅順攻防回想録」で、この将校は憤激した兵士らに滅多切りに殺されたと記録している。

捕虜になった日本兵は、銃殺されずに後方の病院に送られ怪我の手当て受けたことに感激して、尋問されなくともあれこれ日本軍の陣地についてしゃべったという。

7

ポーツマスでの日露の講和交渉は八月十日、ロシア側はヴィッテ元蔵相、ローゼン駐米大使、日本側は小村外相、高平駐米公使を全権委員に本会議が始まった。日本側が出した十二項目の要求を審議するかたちとなったが「朝鮮半島に対する日本の優越権を認める」「ロシア軍の満洲からの撤退」「ロシアが清国から獲得した旅順、大連を含む関東州の租借権の譲渡」などはほぼ合意した。サハリンの帰属要求は十二日に取り上げられたが、ロシア側は日本の占領をどさくさまぎれの山賊行為と非難し、賠償金の支払いとともに断固拒否した。

ヴィッテはニコライ二世から「一インチの土地、一ルーブルの金も日本に与えるな」と厳命されており、八月二十六日まで九回の会議を重ねても進展せず、小村も交渉打ち切りの可能性を本国に打電するほどになった。しかし、その後ロシアがサハリンの南半分を譲渡する可能性があるという感触が得られ二十九日朝の秘密会議、午後の第十回本会議で事実上の講和が成立した。


九月一日、ウラジオストクでは市民が短い電文を回し読みしていた。〈ドム・スミス〉のエレノアは帰宅すると、テッドに頼んで電文を入手させた。テッドは電文だけでなく、冷やしたシャンペンを持ち込んだ。電信はヴィッテが皇帝にあてた歯の浮くような報告だった。ちょうど米国人実業家、デヴィッド・クラークソンも来ていて、さっそく乾杯が始まった。テディの愛称のあるルーズベルトと上海にいる義姉サラの誕生日が全く同じであることから、〝双子のテディ〟にまず乾杯し、さらにあらゆる身近な人たちの名前にグラスを空けていた。日本からやがて帰ってくるはずの〈さん〉たちにも乾杯した。コックのロリポリさん、阿媽《アマ》のおツモさん、おワサさん、おヒロさん……。デヴィッドがおヒロさんに何度も熱心に乾杯を繰り返すのは、士族の娘の彼女と結婚を約束しているからだった。

お吟が家に帰ると、ペトロフ家でも夕食はシャンペン付きだった。セルゲイの消息はまだつかめないが、ともかく平和がもどれば商会の事業も再開できる。つねは満洲の大豆輸出に再び意欲を燃やしていた。

九月五日、日露講和のポーツマス条約が調印されたが、それから数日してサハリンのセルゲイと家族の無事が確認された。セルゲイの命を受けて差配の隆吉がコルサコフに出て、青森に捕虜を送還する船の乗組員と知り合い、謝礼を払って青森の隆吉の実家にセルゲイの手紙を届けてもらったのだ。手紙は実家から商会の函館支店に渡り、駐在の池内三郎助《いけうちさぶろうたすけ》がやっと通信が回復したウラジオストクに電信を送ってきたのだ。それによると、サハリンでは日本軍の侵攻と同時に数少ないロシア人経営の漁業権は取り上げられ、今後は日本人でなければ網元にはなれなくなった。なんとか隆吉に漁業権を持たせるようにしたい、という内容だった。

「差配のリューがセルゲイの権利を受け継ぐことができれば、労務者を函館から送り込むのは今まで通りだ。仕事のかたちは何も変わらない」と電文を見ながらアレクセイが言った。

「リューに経営の資金は手当てできないから、商会が面倒見ることになるわね」とつねが言う。

「講和の条件で、日本人は沿海州沿岸の漁業権を持てることになった。今までもロシア人の名義で実質は日本人が鮭を獲っていた。これも変わらないな」

「それでセルゲイ一家だけど」とお吟が言い出した。「函館の支店に移ってもらうのはどうかしら。函館はウラジオストクとは電信も船便も便利だし、サハリン、沿海州にも目配りがきくと思うわ」

「そうだな。今回の戦争で、セルゲイも危うい思いをしたようだ。函館ならいざとなっても動きが取れる。池内にサハリンと連絡を取るようにさせよう」

九月十八日、巡洋艦ロシーヤ、バガトィーリが駆逐艦二隻を伴って出港していった。元山《ウォンサン》で日本の巡洋艦二隻、駆逐艦二隻と会合して友好の挨拶を交わし、お互いに平和の到来を祝うのだという。エレノアは司令部から聞いたという出港の目的をお吟に教え「なにか笑ってしまうわね。つい先日は、お互いに砲弾を交わし合っていたのにね」と薄ら笑いで言う。お吟も肩をすくめて「しらじらしい話だわ。生き残ったものだけが祝ってどうなるの。彼らの行く海にどれだけの死者が沈んでいるのか。満洲の丘にも二つの国の無数の兵隊の血が流れ、今も骨をさらしている。初めから戦争などやらねばよかったのに……」と答えた。

二十九日、三隻の巡洋艦がアドミラル埠頭の向うに並んでいた。緑色がかった濃い灰色だったあの陰惨で恐ろしい戦時色を塗り替えて、平時の装いに変えていた。バガティーリは明るい灰色、ロシーヤとグラマボイは真っ白な艦体に煙突を薄黄色に染めている。わずかに残ったロシア帝国海軍の軍艦、残りは海の底か日本海軍の手の中にある。

お吟はプーシキンスカヤ通の家の二階の窓に立って、その三隻の巡洋艦を眺めていた。艦体は朝日を浴びてまぶしく輝き、霧のない九月の海の照り返しを受けている。白地に明るい青の斜め十字《ソールタイア》を染めた聖アンドレイ旗がマストにひるがえって見える。しかし、三隻は、いつまで目を凝らしても三隻のままだった。

第六章

永遠の追憶、と呪い

I

日露戦争が終わると、日本に引き揚げていた在留邦人が次々と帰ってきた。ペトロフ家にも十月下旬、弥助がもどってきた。「敦賀からウラジオへ行く船便が再開したと聞いて、つね奥様や皆さんが不自由しておられると思うて、独り帰ってきましたばい」という。水島商店の佐市夫婦は年が明けてから渡航してくるという。邦人だけを顧客にしていた薬種商だから、邦人がもどってこないと商売ができない。また、白菜などを中国人農家から大量に仕入れ、輸入した北海道の果物を市場に出していた仲買業も春以降の仕事だった。

函館に帰っていた商会の日本人社員二人は戦後すぐもどった。朝鮮の新津《チョンジン》に渡った清国人たちはそれぞれ汽船をチャーターして帰ってきたが、日出楼の女将や娼妓たちはそれに便乗してもどってきた。

戦争でウラジオストクの街は無傷に終わったが、一九〇五年のこの年、繁栄の象徴として華麗さを誇っていた中心街が戦争の被害以上の破壊に見舞われた。それをもたらしたのは町にあふれていた兵士と水兵たちだった。

開戦時、ウラジオストクを守備する陸軍兵力は約六万五〇〇〇人、水兵は六五〇〇人と言われた。しかし、このうちの六割は予備役召集兵だった。彼らは戦争中、手当ももらわずに劣悪な食事のもとに要塞の補強工事に酷使され、しかも旅順と違って要塞がほとんど攻撃を受けなかったのでその苦役は無駄に終わった。水兵たちは、生き残ったとはいえ、ろくに海戦の経験、技量もないくせに自分たちを駆り出し仲間を死に追いやった提督や将官を恨んでいた。

予備役召集兵たちは戦争が終わればすぐ帰還できるものと思っていた。故郷の家族は出征家庭に与えられる補助金が終戦で打ち切られ、働き手を失って困窮していた。春からの農作業の準備もあった。彼らは要塞司令官、カズベック中将にしきりに嘆願の手紙を送っていた。しかし、軍当局は中央ロシアで高まりつつあった革命運動の鎮圧に役立つ精鋭部隊の帰還を優先させる考えで、予備役は来春以降になりそうだった。

町には、日本領となった南サハリンから刑期を終え居住の自由を取りもどした元流刑囚が送られてくるようになり、港湾の仕事を当て込んで中央ロシアからやってきた失業者も加わって、やり場のない不満を持つ人間の集団があふれていた。

十月に入って、中央ロシアでは鉄道をはじめ電信、郵便、さらにいろいろな業種のストライキが頻発していたが、その動きはシベリヤ鉄道沿いに沿海州にも伝わり、三十日になってロシアと満洲の境界のボグラニチナヤ(綏芬河)で通信士がストに入って、ウラジオストクは中央から通信が遮断されてしまった。ウスリー鉄道も十二月十五日からストに入り、年内は不通のままだった。

十一月八日、チグローヴァヤ山の南麓にあるサーカス劇場で政治集会が開かれた。十月三十日、言論、集会の自由などを保証した露暦で言う『一〇月一七日詔書』にニコライ二世が署名したことで開かれた初めての政治集会だった。通信ストの影響で詔書発布がウラジオストクに明らかになったのは四日になってからだった。集会には約二五〇〇人が参加し、多くの兵士、水兵が混じっていた。未明まで続いた集会で詔書の意義を論ずる演説にみんな静かに耳を傾け拍手を送っていた。

しかし、事態は九日朝、一変する。軍務知事が兵士や水兵は集会に参加すれば処罰される、詔書は一般市民だけに適用されるものだという命令を出したのだ。この日、日本から捕虜たちが送られてくる予定になっていたが、捕虜たちは列車で奥地に送られるまで厳重に隔離され、兵士、水兵たちと接触しないようにする、という方針が明らかになり、これも憤激の要因になった。

こうして十二日、ウラジオストクの悪夢の日々が始まった。

午後になって、中国人の市場《バザール》で些細なやりとりから兵士と水兵たちが暴れだし、屋台をひっくり返し、商品を投げ捨てるなどした。さらにそれをいさめた士官を袋叩きにした。銃声も鳴って、弾丸がひゅうと飛び交う音が聞こえた。兵士の集団はピアンコフの家のあたりに集まってきたため、エレノアに言われてテッドが〈ドム・スミス〉から下りて、彼らの動きを見守っていた。士官が一人現れて、水兵たちと話し合ったが、彼らは敬意を払って聴くふりをするだけだ。

そこへカズベック司令官が馬車で通りかかった。水兵たちはここぞとばかり、予備役召集兵の復員から士官の水兵に対する態度の問題まで要求をつきつけた。司令官がその要求に対する答えは変わらない、早く解散しろ、とはねつけるのを水兵たちは慇懃な態度で聞いていた。司令官が行ってしまうと、水兵たちの憤激はもう抑えようのないことがテッドにも読み取れた。

数人の士官が馬に乗って通りを抜けようとしていたが、馬の首にしがみつくようにして走ってゆくのに両側から石が飛んでいた。この日の天気は暗い空の荒れ模様で、日の暮れるのも早かった。兵隊の小隊が二つ相次いで騒乱を沈めるつもりで行進してきたが、これをきっかけに無差別な投石が始まり、目抜き通りの邸宅や会社の大きな建物はガラスを割られ、さらに暴徒が内部にあるものを手あたり次第略奪していた。軍隊が動員され、発砲して鎮圧にあたったが勢いは止められなかった。

ペトロフ商会も襲われていた。この日の午後、ヴァシリーと弥助、さらに社員を市内に偵察に出したアレクセイは、会社は自分とつね、そして社員たちで守ることを決め、プーシキンスカヤの屋敷は由松を責任者に家族と召使たちに任せた。スヴェトランスカヤ通で投石が始まったころ、ちょうど商会の建物の防備が終わった時だった。一階の窓には厚い板を打ち付け、二階は投石に備えてブラインドを閉めさせた。三階はすべて窓を開け放して、会社の裏手に残っていた煉瓦を窓際に運ばせてあった。

水兵や兵士を中心に暴徒が加わった一〇〇人ばかりの集団が、坂の下の建物を片っ端から破壊しながらやってきた。「ペトロフ商会だぞ」とだれかが言っていた。一階の窓に石を投げたり、棒で叩いたりしている。社員が三階の窓から煉瓦を落としてやると、驚いて建物からはなれて見上げている。アレクセイはウインチェスター銃を取って、暴徒の中で中心人物らしい水兵の脚を狙って一発撃った。狙いは外れたが、銃声と地面に跳ね返った弾丸にかなわないと見たのか、暴徒たちは別の建物に移っていった。

そのころ、プーシキンスカヤのペトロフ家では由松が指揮して家の防衛の準備にかかっていた。ヴァシリーと弥助が二人がかりで抱え上げてきたのは、かつてグリゴーリイを船長にベーリング海、オホーツク海で活動した帆船イリーナ号に備えていた砲身が一メートル余りある旋回砲《スイヴェル・ガン》だった。グリゴーリイは沿岸の住民の村にラム酒を持ち込んで酔いつぶれさせ、毛皮やセイウチの牙などをさらってゆく外国の交易船と敵対していたので、いつも撃ち合いになるのだった。

大砲は玄関の上の二階の窓の敷居に取り付けた。由松は石油缶に入れた黒色火薬が湿っていないことを確かめ、マスケット弾丸の袋を改める。やはり船に備えていたウインチェスター銃を窓辺に寄せているのを見て、ミシェルが声をかけた。

「ヨシ、お前、何か楽しそうじゃないか。こんな時に」

「ヨシは船長と海に出ていた昔を思い出しているのさ」とお吟も言った。

午後八時ごろ、スヴェトランスカヤ通の西の方から三カ所火の手が上がった。それは三十分もしないうちに多方面に広がり、次はどこから燃え出すのか予測がつかないありさまだ。銃声や歓声ともつかない叫び声が聞こえる。中心部の約一平方マイルほどが赤い炎と黒い煙に支配されていた。午後十一時近くになって、海側の提督公邸のあたりで激しい破壊音とやじり声が聞こえ、略奪に遭っているらしい。それはペトロフ邸の下の方に移動してきた。在留邦人が水交社と呼び、お吟とニコーラの思い出がある海軍将校倶楽部なのかもしれなかった。

2

十一月十三日、早朝にスヴェトランスカヤ通など中心部を回ってきたヴァシリーが市内の状況を報告していた。

「商会にも行ってまいりました。社長も財務担当重役《フィンディレクトル》も昼にはこちらに引き揚げてくると言っていいます。ウインチェスターを使える社員を留守番に残すそうです。暴徒がやってきたら、煉瓦などは使わず、銃で撃ち殺せ、と命じていました」

ヴァシリーによると、発端となった市場は灰の塊となっていて、中国人はすっかりおびえているようだった。スヴェトランスカヤ、ペキンスカヤ、キタイスカヤ、アレウスカヤの通りに囲まれた鉄道の通るブロックもほとんど灰になっている。市内では唯一の格のある劇場を備えたゾロトイ・ローグ・ホテルはまだ燃えている最中だという。

スヴェトランスカヤ通の煉瓦造りの大邸宅、会社はみな略奪、放火され、クンスト&アリベルス百貨店は空っぽになっていた。無傷なのはたくさんの兵隊が守備していた電信郵便局だけで、そのおかげでエレノアの出店のあるピアンコフの家も被害がなかった。しかし、その東隣のロシア資本の百貨店、チューリン商会は多少被害があったようだ。さらにプーシキンスカヤの方にくると、エゴロフ製菓店、ヤンコウスキー書店が入っているスタルツェフの家も破壊されていた。

朝食が終わる間もなく、付近を回っていた弥助が帰ってきて、ずっと海岸の方が騒がしく、どうやらリンドルム邸のあたりではないかという。由松が緊張した表情で「それはこっちにも来るぞ」と言うと、外に出て門をふさいだ鉄格子のドアを開け放して二階にもどってきた。そして砲口をその門に向けさせて「なあに空砲ですよ。これで奴らもおじけづくはずです」と言った。

九時ごろ、屋敷の前の道路の斜め向かいの木立の下に水兵三人がこちらをうかがっているのが分かった。グリゴーリイが愛用していた葉巻をくわえながら見守っていた由松は「さあ、いきますぜ」と言いながら、大砲の点火口に葉巻を押し付けた。轟音とともに白煙があたりの視界をさえぎるほど広がった。由松は自分のスミス&ウエッスンを取り上げて、薮の陰にいる水兵めがけて二発撃った。水兵たちは慌てて逃げて行った。

「念のため、マスケット・ボールを少し詰めて用意しておきます」と言いながら、由松は長い棒の先に濡れたぼろ切れを巻き付けたものを口径五センチほどの砲口に突っ込んで、中を掃除している。それを見ながらミシェルが「やっぱり楽しそうだね、ヨシ」と言ってお吟を振り返ったが、お吟は黙って由松を見つめていた。

見世物一座を逃げ出した軽業師の由松は一八六七（慶応三）年に横浜でイリーナ号と出会い、マストに身軽に登ったことをグリゴーリイに買われて、だれよりも忠実なグリゴーリイの乗組員になった。一八七一年に由松に拾われたお吟は、その後、函館の金物商田鎖《たぐさり》長之助、としの一人娘ふゆという本名が分かり、残されていた両親の店が今はペトロフ商会の支店となっている。

グリゴーリイは幼いふゆを出入りの洗濯屋、桝谷徳之助に乞われるまま預けてしまった。桝谷は自分の名前の記憶も失ったふゆに浦潮吟と名づけて育て、一方ではたけを経営者とする日出楼開業の許可を取った。そしてお吟が規則で許された十六歳になるのを待ち切れぬように娼妓に仕立て上げ、お吟の人気で荒稼ぎしていた。四年後の一八八七年、それを知って激怒したグリゴーリイがお吟を日出楼から取りもどした時、由松は「お前は船を下りておれの娘にずっとついて守っていろ」と言われたのだった。以来、十八年間、由松は海や船とは無縁の生活を送ってきた。

昼過ぎ、アレクセイたちが家にもどってきて、ヴァシリーと弥助の報告を聞いていた。湾の奥のミショオネルスカイヤ通の一角がだいぶ焼け跡になっていたという。この通りのホテル・モスクヴァには前夜、水兵たちが乱入していた。このホテルには多くの士官たちが住んでおり、水兵はベッドの下まで捜索した。士官たちはあらゆる変装をして逃げだし、なかには女性のドレス姿で逃げたものもいた。弥助によると、リンドルム邸は徹底的に略奪されたようで、家族たちは中心部のほかの家族たちと同様、港に停泊している汽船に避難しているようだった。

この日午後、兵士たちが教会に集まり、カズベック司令官の臨席を要請した。司令官は彼らの要求に耳を傾け、自分にできるだけのことをすると約束した。兵士たちは喜んで楽隊に『神よ　皇帝を護り給え』を演奏させながらスヴェトランスカヤ通を行進していった。しかし、その後新しいシャンペン蔵を開けたので、夜は大暴れしていた。

戦争が終わると、何が売れるかは決まっている。ウラジオストクには膨大な量のシャンペン、ブランデーの貨物が運ばれた。しかし、それをさばく仲仕、マンザの数が足りないのでそれらは海岸に積み上げられ、護衛の兵士が何人かあてがわれた。が、彼らは飲み切れない量に挑戦した挙句、みんなそこらにひっくり返っていた。通りかかる市民が「なんだ、こいつら。何やってんだ」と蹴飛ばすがびくともしないでいる。

アレクセイが「カザーク部隊が六〇〇人ばかり今夜着くことになっているそうだ。これで治安はよくなるだろう」と話していた。

3

翌日の十四日になると、騒ぎ疲れたように街は静かになってきた。耳障りな物音もしなくなった。ヴァシリーが、中心部は人通りもあり、辻馬車も動いていると報告した。

昼過ぎ、お吟は灰色のジャケットとスカートの外出着に着替え、花を飾ったトーク帽を被っ

てブーツに履き替えていた。二階から降りてきた由松が、

「どこに行かれるんです、お嬢さん」と訊く。

「〈ドム・スミス〉に行く。エレノアがどうしているか心配だわ。スヴェトランスカヤ通も規則通り水兵や兵士も通行していないそうよ」

「私もお供します。万一ということもありますから」と言うのでお吟も異議を唱えなかった。由松は上着のかげにレヴォルバーを収めたホルスターを付け、仕込杖を持ってついてくる。

　二人はスヴェトランスカヤ通へ降りて西の方に歩いて行った。煉瓦造りの建物は窓を破壊され煤で真っ黒だが、火の勢いが強かったのか崩れ落ちた建物も目立つ。道端のあちこちに水兵の死体が放置され、壊れた瓶などが転がっている。しばらく歩くと、向うから騒がしい声をあげながら一〇〇人余りの集団がやってきた。

「あら、水兵よ。おんなじじゃない。何も変わっていない」とお吟が言い、由松も唖然とした表情で向うを見ている。暴徒たちは通りいっぱいに広がって、お吟たちの前にやってきた。取り囲まれるかたちで二人とも歩道から通りの中央に押し出された。

　暴徒たちを率いているのは水兵七人のようだ。広く開いたセーラー襟の胸に紺と白の横縞のシャツを見せた紺色の水兵服、平らな水兵帽をあみだに被っているのはまだきちんとしている部類に入る。長い棒を持ったもの、どこかで奪った士官用のサーベルを提げているのもいた。

「おい、チビ助《カールリク》。その女を渡せ！」と一人が言ってきた。

「なに言ってるんだ。殺されたいのか……」と言って由松は杖を左手に持ち替え、ピストルを

抜いて突きつける。びっくりした相手の足元に一発撃ち込んだ。お吟も革のバッグに手を入れてデリンジャーを握った。

　にらみ合っているところに背後から蹄の音がして、振り返るとカザーク兵が三騎やってきてお吟たちの後ろに並んだ。オオカミの皮だという天辺に金線の入った丈の高い帽子を被り、長い槍を抱えている。槍は太い柄に細長い半月形の斧を付けたカザーク特有のものだ。一人が大声で、

「貴様らはこの通りを通れないのを忘れたのか。即刻立ち去れ」と命令した。

　水兵たちは人数を過信したのか、口々に「貴様《ヴィ》ら、とは何だ。貴様《トゥイ》呼ばわりするのは士官にでもなったつもりか」「カザークはドン川の田舎に帰れ」などと叫び返す。

　すると三騎がお吟たちの前に回って水兵たちを囲んだ。槍の斧が目まぐるしくきらめき、首を切られたもの、腹を刺されたもの、脚を切断されたものと、一瞬のうちに七人が声もなく横たわった。それから、カザークたちは手慣れた料理をするようにまだ息のある七人を解体した。頭骸骨は二つに割られ、脚や手も二つ三つに切断され、さらに腹から内臓が飛び出した。血まみれの肉塊を次々に要領よく積み重ねるカザークたちは、日常の仕事をやっている平静な顔つきだ。

　暴徒たちはいつの間にか一人残らず消えて、通りにいるのはカザークとお吟たちだけだった。

「お嬢さん、行きましょう」と由松が声をかけ、黙って見ていたお吟もその場を離れた。

〈ドム・スミス〉の居間にはエレノアとテッドが、まだ自分の家に落ち着けないといった腰の定

まらない表情で座っていた。

「あなた、ゆうべはどこにいたの、ロキシィ?」と訊くと、

「テッドがここにいては危ない、と言って私だけ汽船に避難していた。町が真っ赤に燃えているのをずっと甲板で眺めていたわ。私は砲撃を受けた時、戦争より革命の方がましだと思っていたけど、やはり戦争の方がいいと思う」

「でも、これは革命じゃなくただの暴動だから。ところで、リンドルムの屋敷が昨日朝、略奪されたようだというけど……」

「ええ、やはり汽船に避難していたトゥリーが今朝確かめたそうよ」と顔を曇らせた。トゥリーの愛称で呼ばれるリンドルム家の長女ナタリアは、四年前にロシーヤの大尉コースチャ・ティルトフと結婚していた。「昨日朝、七人の水兵がまるで勝手知った家に入るようにやってきて、すべての宝石、銀器、美術品、結婚衣装を奪い、腹いせのように三台のピアノ、鏡などを壊し放火した。損害は少なくとも五〇万ルーブルになるそう。コースチャは艦に乗り組んでいて連絡がつかないし……」

リンドルム家はオットー、ナタリエの夫婦にナタリア、ヘレン、アイナの三人姉妹がいて、みな数カ国語をしゃべる。毎年欧州や日本に旅行し、夏はナホトカの別荘でテニス、ゴルフ、乗馬を楽しむ優雅な生活を送っており、エレノアもその別荘の常連だった。その長女のナタリアが、屋敷を追われて汽船のネズミのようにみじめな姿で燃えさかる街並みを眺めていたというのだ。

お吟がいま見てきたカザークの所業をエレノアに聞かせると、

「そう、カザークは人間のかたちをした悪魔なのよ。でも、彼らのおかげで治安は回復しつつあるわ」と笑った。テッドが今日町で見た光景を話す。

「水兵の楽隊が吹き鳴らしながら行進しているところを、カザークの七、八人につかまってね。水兵は馬の入らない建物の隅なんかに逃げ込んだが、カザークはサーベルより幅広で長い剣を振り回して彼らを狩り出した。縛り上げて鞍に結びつけたり、縄をつけて馬といっしょに走るよう鞭打ちながら連れて行ったが、大きなトロンボーンをうれしそうに鞍に付けていたよ。あれをどうするつもりなのかね」

「昨日は永和桟《ヨンフーザン》の店も暴徒に襲われた。窓のガラスをたたき割って、暴徒が鉄格子から手を突っ込んで並んでいる商品をつかもうとしたのよ」とエレノアがにやりとして「そうしたら中にいたマンザたちが斧を持って、面白そうに手首や格子を握った指を切り落とした。今朝も店内には手首や指が転がったままだったそう」と締めくくった。

〈ドム・スミス〉から二人が下りてくると、電信郵便局の前に辻馬車が止まっていた。

「〈ミリオンカ〉に回るよ、由松。あそこも燃えたというからね」とお吟が由松と馬車に乗り込んだ。中国人の店が並んでいたセミョーノフスカ通の北側は木造の家はほとんど灰になり、煉瓦造りの隠れた料亭、劇場、旅館のある一角も火事の跡をとどめてくすぶっている。放心したようなマンザたちが燃え残りをあさっていた。寧の家のある煉瓦造りの小路は奇跡のように焼け残っている。瓶や器物の壊れたものが散乱し、血痕らしいどす黒い斑点もある。三階建ての寧世傑の家の奥行きのある通路に入ると、いつも人声のする賭場もひっそりとしている。正面の入口で用心棒の汪が二人を迎えたが、血走った眼をしていつもの愛想のある表情ではない。

「親分《シゥウリン》は外出ですが、寧奥様《ニンタイタイ》はおられますよ」と通してくれた。

水色の旗袍を着た麗花は沈んだ表情で坐っていた。

「姐さん、無事でよかった。心配していた」

「おうちも無事で何よりたい」

「小梅《こうめ》姐さんはどうしたかな」とお吟が気にかける。

麗花とは違う貸座敷から寧と同じ〈ミリオンカ〉の親分の楊必武《ヤンビーウウ》に仕切られた楊小梅《シャオメイ》は、中国人は住めないスヴェトランスカヤ通の奥の二階建ての屋敷を日本人の小梅の名前で借りて夫婦で住んでいた。

〈仕切られ女〉は〈ミリオンカ〉や新韓村だけでなく、市内のあちこちに住んでいて正確な数は不明だったが、その互助組織の太子講は三〇〇人の会員を擁していると称していた。毎月二十二日の例会には数十人が一ルーブルの会費を持ち寄って集まっており、麗花も小梅も講に五人いる世話役に名を連ねていた。潤沢な資金を背景に、旦那の中国人に死なれた会員を日本に帰してやるだけでなく、世話役の判断で慈善的な出費もしばしばで、町では隠れた存在感が知られていた。

「小梅姐さんは楊の親類のいるコレイスカヤ・スロボトカ（新韓村）に避難しとる。家はめちゃめちゃに荒らされて火つけられての。今日はうちの寧と楊はあちこち歩きまわっているとこや。

これから〈ミリオンカ〉ばどう立てなおすか、頭の痛い話やの」

「でも、この一角よく無傷で残ったわね」

「無傷とは言えんがの。寧とうちが力を合わせて守ったんよ」とちょっと誇らしげに「そう。昔もこんなことやってたの、などと思い出しとった」

十二日夜、暴徒たちの集団はそれぞれのグループを作って〈ミリオンカ〉を襲った。水兵や兵士は日常的にマンザを脅かして金品をかすめ取っていた。マンザの住処で溜めこんだものを奪ってやろうと、木造の無人の家は打ちこわし、住んでいる家は家人を脅かして金を出させていた。用済みの家には火をつけた。セミョーノフスカヤ通から山側に入る寧の家の小路は、両側が煉瓦造りの二階建てで、ところどころに人がやっと通り抜けられる潜り戸が付いている。引き揚げてしまった家はもちろん、家人がなかに潜んでいる家も戸を補強して開けられないようにしていた。

水兵を中心にした暴徒たちは、月明りのなかでそれぞれ戸口に取っついて開けようとしている。戸締りが厳重なのは、それだけ獲物に期待がかかるというものだ。その水兵たちに寧は旧式のコルトをかざして次々に弾を撃ち込んだ。その後ろで麗花は大きな布袋を首から前に掛け、汪は抜き身の青龍刀を片手に立っている。中国の古い三叉《みつまた》の矛を抱えているのは賭場の貸元で、京劇俳優のような色白の顔で静かに暴徒たちを見すえていた。

弾丸を撃ちつくすと、麗花が代わりの銃を寧に手渡し、コルトを二つに折って慣れた手つきで袋から実弾を詰め替える。寧の撃った弾で水兵が倒れるが、ほかの水兵は見向きもしないで、

五、六人ずつが戸口をこじ開けようとしている。小路の壁に銃声が反響する中、じっと見ていた麗花がついに大声を出した。
「去干《チュイガン》(行けっ)、汪《ワン》、干《ガン》(やれっ)干《ガン》(やれーっ)!」

ひと声うなり声をあげた汪が飛び出していった。両手に握った青龍刀で七、八メートル向うにいた体の大きい水兵の首を一撃した。頭がごろんと落ち、血を吹いた胴体が崩れるように地面に横たわった。汪はサーベルを持った男の腕を切り落とした。男は腕を失ったまま、わめきながら走ってゆく。思いがけない女の大声を聞いて、一斉にこちらを見た暴徒たちは、獣のような声を出してなおも迫ってくる汪を見て、命からがら押し合うように小路から逃げて行った。

「組合《アルチェリ》のレオンがどうしているか行ってみよう」とお吟は辻馬車で待っていた由松に声をかけた。アレウスカヤ街を下りてゆくと、スヴェトランスカヤ通の角にあったゾロトイ・ローグ・ホテルは部分的に壁が残っているものの焼け落ちて、焦げ臭いにおいを出してまだくすぶっていた。ウラジオストク駅に近くなると街並みはだんだんしっかりしてきた。

「さすがにこの辺りは被害が少ないですね、お嬢さん」

「要塞司令部に近いからね」とお吟も辺りを見回している。

義勇艦隊埠頭に面した義勇艦隊支店に来て辻馬車を下りたお吟は、由松を残して中に入った。思った通り、レオンは市内の騒ぎなどなかったかのようないつもの落ち着いた様子でお吟をソファに案内する。フロックコートにボウタイを締めた恰好で目の前に座った。

「市内にカザークが入って落ち着いたとみんな言っているけど、あいつらはとてつもなく残酷だわ」とお吟が先ほど見た光景をレオンに教えた。

「それは珍しいことじゃない。実は駅の北の方で今日起こったことなんだが、水兵の何人かが、現金を入れた大きな袋を山分けするつもりで運んでいるところをカザークに見つかってしまったんだ」とレオンが言う。ウラジオストクではこの時代になっても、銀行が為替を使うことを避ける習慣があり、現金を入れた袋で運ぶのが当たり前の風景だった。「カザークは水兵たちをあっという間に始末し、細かくミンチのようにしてしまった。現金は自分たちの本拠に持って行ったようだ。だがね、片付ける苦力たちにしてみれば、ミンチになっている方が人間らしくなくて運びやすく、気が楽なんだそうだ」と言って笑っている。

「変な槍のようなものを持っているのね」

「ああ、あれはベルドゥイシといってね、カザークが三〇〇年以上も前から使っている武器だ。カザークはロシアの各地にそれぞれの起源を持って住んでいて、皇帝の権威に従おうとしなかった。中でも歴史に名前が残っているのが一七世紀にドン川流域にいたスチェパン・ラージン、愛称ステンカと呼ばれた首領《アタマン》だ。皇帝の軍隊とこのベルドゥイシを唯一の武器として戦っていた。ドン川中流の要塞都市シンビレンスクがベルドゥイシの産地だったが、そこの攻防で敗れて捕らえられ、赤の広場で弟とともに処刑された。しかし、ベルドゥイシを使うのはウラル、ドン、黒海のカザークたちだ。コーカサス・カザーク、ザバイカル・カザークは長い剣で戦う」

「今回はその二種類のカザークが来ているようだわ。でも、皇帝に反抗したというけど、今は皇帝の忠実な親衛隊になっているのね」

「それはカザークにいろいろな特権や名誉を与え、自分たちは特別なんだと思い込ませて手なづけたからだよ」

「おかげで街も平穏さを取りもどしてよかった」

「予備役召集兵が帰郷し、兵士や水兵の待遇が改善されればカザークがいなくとも収まるんだ。しかし、問題は中央ロシアから伝わってくる革命思想だ。これはロシアの社会全体を揺るがすものだ。年明けにはそれが本格的に噴き出してくるだろうね」

4

十六日の夕食でアレクセイが、その日に社員が中国商社の同利《トゥーンリィ》の前で目撃したと李清国領事の話を披露していた。領事といってもこのころはまだ日本と同じように貿易事務官なのだが、町の人は領事《コーンスル》という呼び名で通している。

「李領事とスミルノフ軍務知事代理がばったり出くわしたらしい。すると、いきなり李領事がスミルノフのコートの前襟をつかんで、まるで犬がネズミをくわえて振り回すよう揺さぶって言った。『あなた方はわれわれ清国人を野蛮人だの未開人だのと言う。しかし、長い中国の歴史の中で今回のようなことは決して起こらなかった。拳匪事変のようなことはあったが、あれはもともとあなた方ロシヤ人にそそのかされたものだ。いま言ってやるが、野蛮人はわれわれでなくあなた方だ』とね……。周りにはたくさんの人が取り囲んでいて見ていたらしい」

「ところで、アリョーシャ」とミシェルが訊いた。「あなた、新任の米国領事にまだ会っていないでしょ？」

「うん、もう赴任しているはずだが、今回の騒ぎで会う暇がなくてね」

「会えるはずがないわ。ロジャー・グリーンはいま、住所不定の身の上ですもの。ケンブリッジから来た若い人で、八日に上陸してゾロトイ・ローグ・ホテルに泊まっていた。ところが日曜日にあの火事でしょ。着の身着のままで焼け出されてしまった。同じ目に遭った客はたくさんいるらしい」

「ああ、その人のことならエレノアに聞いている」とお吟が言った。「日本にも何年かいたことがある人らしい。神戸の米国領事の奥さんからのサラ宛の紹介状を持って〈ドム・スミス〉に来たそうよ。だからエレノアに訊けば落着き先は分かると思う」

麗花の話では、暴徒たちは場所を変えてコレイスカヤ・スロボトカ（新韓村）に狙いをつけているらしい。そこで警察では、韓国人や清国人にもし水兵、兵士が悪さをするようなら殺しても構わない、という許可を出した。彼らはいつも市場や波止場で水兵、兵士に苦しめられているので、大喜びで手ぐすね引いて待っているのだという。

その日の夜、食卓に着いたつねが言い出した。

「アリョーシャ、この頃の前菜《ザクースカ》が貧しくなったと思わない？」

「あれこれあってボリスも手が回らないのだろうよ、マーシャ」

「そうじゃないの。食料そのものが町に不足しているのよ。ボリスはね、埠頭に行って積み上げられている貨物をあさって、缶詰など食べられるものを持ってきている。ほかのコックたちもやっているそうだけどね。私たち、盗んできたものを食べているのよ」

テーブルについている家族みんなが唖然とした顔だ。ウラジオストクで食糧難など考えられないことだ。しかし、半数以上のマンザが引き揚げてしまい、まだすべてが帰ってきているわけではない。帰ったとしてもいま野菜などが採れる時期でもない。

「特に手に入らないのが生の肉だという。ずいぶん値上がりしているそうだわ」

二十日になって米国船レディ・ミッチェル号が牛を積んで入港し、牛肉はポンド当たり三〇カペイカに値下がりした。被害の少なかったチューリン商会が一日二時間だけ裏口で商品を売るようになった。パン屋の一軒が一人ローフ一個ずつだけ売ってくれるようになったが、それは店に張ったバリケードの穴から渡してくれるものだった。また、クンスト&アリベルスの支配人のエディー・コーネルの夫人でダッタン夫人の妹でもある〝アンナおばさん〟がチャズロフ食料雑貨店と組んで、一時的なバザールを立ち上げており、ここではたいてい物が手に入るようになった。

こうしてこの年の十二月は何事もなく暮れてゆくようだった。もっとも十月三十日にウラジオストクは電信、郵便、鉄道のストライキで外部と遮断され、国内で何が起こっているか長らく知らなかったし、外部でもウラジオストクのことは知らずにいた。まわりの情勢への疎さは、町全体の傾向でもあった。

〈ドム・スミス〉では十二月に上海にいたテッドの姉サラが帰ってきていた。サラは米国赤十字の学校の寮母を務めていた。しかし、エレノアが老朽化した家の建物のリニューアルにサラの助けを求めており、帰ってもらうことになったのだ。サラはショックを受けていた。

「私は優しい人たちのもとを離れて上海に行ったはずだった。ところが帰ってみると、身内のものも町の人たちも血に飢えているように見えるのよ」


一九〇六年、革命勢力に柔軟路線をとるカズベック中将に代わって新しい要塞司令官としてセリヴァーノフ中将が任命され、一月二日に赴任した。カズベックは慣例に従って送別のセレモニーもなく、十一日に側近とともにひっそり列車で去っていった。

セリヴァーノフは強硬派で、以後は兵隊たちの代表とも会見することはしないと宣言した。八日には大規模な青空集会が開かれ、集会後の騒動が心配されていた。すべてのカザークが投入されて、スヴェトランスカヤ通を終日巡回していた。彼らは兵士、水兵がどんなふうに騒ごうと見逃すこと、しかし、ちょっとでも破壊行為を行なったら、窓ガラス一枚につき少なくとも兵隊五人を殺すよう命令されていた。これはカザークにとって楽しみなことだったが、結果として彼らの期待は裏切られた。ところが十五日になって、兵士が市場でマンザをナイフで刺して金を奪う事件が起きた。駆け付けたカザークがそこにいた五人の兵士を始末した。それから四日たった十九日、兵士たちはカザークに、もしこれ以上われわれに干渉するなら要塞の全守備隊でカザークを殺す、という宣言を送ることを決議した。

二十二日は一年前、皇帝に慈悲と救済を求めて請願しようとした市民を軍隊が無差別に銃撃した〈血の日曜日〉の一周年記念日で、市内で集会が開かれたが、カザークが取り囲んでデモができず、何事もなく終わった。

二十三日午後一時から、チグローヴァヤ山の麓にあるサーカス劇場で集会が行われた。最も緊急な議題は鉄道員の組織が前から目標としている鉄道医ランコフスキーの釈放問題だった。組織の幹部だったこの鉄道医はウスリー鉄道のストに関連して十七日に逮捕されていた。これまで釈放を求めてあらゆる試みがなされ無駄に終わったが、もう一度要塞司令部に交渉を申し入れようと数人の代表が選ばれ、出かけて行ったが拒否されてもどってきた。要塞司令部の前に機関銃が据えられ、五〇人の狙撃兵師団が待っていることも見てきた。当局が平和的な解決を望んでいないとして、代表たちは解散を呼びかけたというが、それは聞いていなかったという人もいた。

このような集会の常として、司令部へのデモという強硬手段を唱える声高な意見が勝ちを占め、最後に女性革命家リュドミラ・ヴォルケンシチェインが「多少の犠牲は出るでしょうが、恐れず冷静にやりましょう」と演説した。彼女は市の医師会の会長で海軍病院に勤めるアレクサンドル・ヴォルケンシチェインの妻として知られていたが、古くからの穏健な人民派《ナロードニキ》の夫とは全く経歴も思想も違っていた。

リュドミラは一八八四年、ハリコフ県知事クロポトキンの暗殺の共犯として裁かれ、一度は死刑を宣告されたが、一五年の懲役に減刑され、この世の地獄といわれたシリッセリブルグ要塞監獄に収容された。一八九六年、ニコライ二世の戴冠恩赦を受けて出所、サハリンに送られた。そしてそこで合流したアレクサンドルのもとで保健婦として働き、一九〇二年にともにウラジオストクに渡ってきたのだ。

要塞司令部に向かうデモは楽隊を先頭に女性や子供を交えたたくさんの市民が続き、六〇〇人の武装した水兵がしんがりを護った。詔書の趣旨を過信して、非武装の市民が攻撃されることはあるまいと考えたのだった。

デモ隊はサーカス劇場から、行進曲を演奏する楽隊に先導されて第一モルスカヤ通の坂を下りてポシェスカヤ通を横切り、アレウスカヤ通を右に曲がって要塞司令部の前に向かった。狙撃兵団側はアレウスカヤ通前で、あるいは右折してからもこのままでは発砲せざるを得ないことを伝えたといわれる。しかし、リュドミラが展開する機関銃を指さしなら一同を鼓舞し、行列はなお進んだ。狙撃兵団の兵士たちが発砲を拒否したので、士官たちが機関銃に取りついて撃った。リュドミラと楽隊がまず撃たれ、楽隊はほとんどが犠牲になった。続いて市民たちがなぎ倒された。その後ろの水兵たちは武器を放り出して四方に逃げ散った。サーカス劇場付近でも機関銃が逃亡者を待っており、さらにカザークが襲いかかった。合わせて三〇〇人以上が死傷したという。こうして一年と一日遅れで、極東でも市民が犠牲になる〈血の日曜日〉が再現されたのだった。

翌二十四日、要塞司令部のセリヴァーノフ司令官は四カ所を撃たれる重傷を負った。市民たちを撃たせた司令官に兵士たちの憎悪がとまらなかった。この日、大きな砲台を占拠している兵士たちから司令部に、直ちにカザークを引き揚げさせないと大砲で街を砲撃する、という通告が届いたのだった。セリヴァーノフは指揮代行の大佐と八人のカザークを連れて砲台に赴いた。そこでは、待ってましたと兵士たちが機関銃で一行を撃ち、セリヴァーノフのほかは全員殺された。

「セリヴァーノフは代理をやらずに危険を承知で自ら砲台に赴いた。それはえらい、英雄的だと思うわ」とエレノアがお吟に言った。二十九日、二人はピアンコフの家の出店の二階の窓から、犠牲になった二十二人の兵士、水兵の葬儀の列を見下ろしていた。前年の破壊と火事の爪跡がまだ生々しいスヴェトランスカヤ通は、これまで見たことのないような人出だった。

蓋を開けた棺はそれぞれ四人の男の肩に担がれ、その前では男たちが棺の蓋と覆い布を見せながら先導した。参加者の持つ赤旗が揺れながら続き、沿道の市民の胸にも赤いリボンが見られた。二本の竿の間に布を張った旗印《バナー》には「共和制」「自由への戦い」などと記され、一番大きな旗印には「死者には永遠の追憶を　殺人者には永遠の呪いを」と書かれてあった。それは二十五日付の『ウラジオストク』紙の一面の見出しそのままで、同紙はすぐ発行停止となった。西へ向かう葬列は彼らが倒れた付近の駅前に設けた小公園に向かい、遺体はそこにまとめて葬られるはずだ。

「本当に立派な葬儀だわ」とエレノアが見送る。

「でも、どうして兵隊や水兵だけなの。リュドミラ・ヴォルケンシチェインたち民間の人がたくさん死んでいるのに……」

「リュドミラたちの葬儀は二十六日に行われたわ。こんなに立派ではないけどね」と言ってお吟の方に向き直って教えてくれる。「私は会って話したことはないけど、彼女のことはよく聞いているのよ。私は戦時中、ロシア赤十字で傷病兵士のための縫製の奉仕活動をやっていたので、その仲間で彼女と付き合いのある人たちが彼女のことを教えてくれた。リュドミラが入獄した後、アレクサンドルは彼女が死んだと聞いて再婚し、息子をもうけている。しかし、リュドミラが生きていると知ると、サンクト・ペテルブルグに家族も何もかも捨てて彼女のもとに駆け付けた。二番目の奥さんは二年前、息子を連れてウラジオストクに来て、何か月か四人一緒に過ごしていたそうよ」

アレクサンドルとリュドミラの複雑な夫婦関係は部外者にはなかなか正確に把握できず、それを聞いたエレノアの知識はなおあやふやだった。

二人は一八七六年に結婚し、翌年に長男セルゲイが生まれたが、二年足らずで離婚している。思想的な食い違いが原因だと思われ、この後、リュドミラは急速に革命思想に傾斜してゆく。アレクサンドルはトルコ戦役に従軍してもどった一八七九年、ウクライナから出てきていたオリーガ・スチェパーノヴナと出会い、二人は恋におちる。オリーガは親に押し付けられて結婚した夫を嫌って家出していたのだ。しかし、彼女は結婚して子供もいるらしいアレクサンドルとの恋に悩み、夫の許しを得てキエフにもどった。ところがアレクサンドルは毎日のように彼女に手紙を送り、さらにキエフまでやってきて結婚を迫った。ついに一八九〇年にオリーガの離婚が成立、二人はすぐ結婚して生まれた息子には父と同じくアレクサンドルと名づけられた。

一方、シリッセリブルグ監獄を出所したリュドミラは一八九六年十一月から九七年三月までペーテル&ポール要塞に拘留されていた。オデッサに移され、さらにサハリンへ送られるのを待っていたもので、オデッサに行く間際、アレクサンドルが大学生になった二人の間の息子セルゲイを連れて面会に来た。ところが一八九九年に突然、アレクサンドルがオリーガ親子を捨ててリュドミラのもとに去っていった。アレクサンドルとリュドミラはサハリンで医師と保健婦として働き、リュドミラは流刑囚たちに絶大な信用と尊敬を得ていた。一九〇二年にリュドミラは釈放され、二人はウラジオストクに渡ってきた。

夫に去られたオリーガはひどく苦しんだが、息子アレクサンドルの養育を生きがいと考え、ウクライナにもどってポルタヴァ県の役所の統計局で働き、夫のアレクサンドルも扶養費を送ってくれていた。一九〇三年、息子に会いたというアレクサンドルの招きでウラジオストクを訪れ、三か月間四人が一緒に暮らしたのだった。

「私は二人のアレウスカヤ街の家を知っているわ。アレクサンドルはアムール地方研究協会でよく講演をしていて、私も聴いたことがある」とエレノアが続けた。

「あの二人はとても賢明で、市内の貧しい人たちに陰ながらつくしてきた立派な人たちだわ。リュドミラは二十一歳で刑務所に入れられ、そして一三年間もあの恐ろしい要塞監獄で過ごし、さらにサハリンに送られた。彼女が国を恨むのは分かるわ」

「リュドミラの思想のことはよく分からないけど、彼女が罪もない市民を道連れにしたことに私は納得できないのよ」とお吟が言った。

このころはシベリヤ全体が反革命勢力に覆われつつあった。満洲軍総司令官ニコライ・リネヴィッチ大将は一月末、ウラジオストクの要塞地帯全体を掌握する臨時総督に混成カザーク師団長のパーヴェル・ミシチェンコを任命、反乱兵士の鎮圧にあたらせた。ミシチェンコは日露戦争の奉天会戦で騎兵隊を率いて活躍し、陸軍内で知られていた。ミシチェンコは二月五日にカザーク旅団、狙撃兵師団の大隊を引き連れてウラジオストクに入城すると、反乱分子の自発的な復帰を呼びかけ、片っ端から逮捕した。セリヴァーノフに重傷を負わせた砲台の兵士たちは武装解除され、チュルキン半島に移されて監禁された。その他の不穏分子も次々に捕らえられ軍刑務所に移送された。

要塞の粛清が終わると、民間人の革命派とみられる人たちが標的となった。集会などでアジ演説をしたものはもちろん、穏健派と言われたものも皇帝の政治体制に疑問を持っていると見られれば逮捕、追放を免れなかった。こうして、日本への亡命が相次ぎ、彼らはさらに上海、米国、欧州へと渡っていった。このため一九〇六年の長崎のロシア人の居住人口は、日露戦争前の三倍以上の四五〇人に達した。アレクサンドル・ヴォルケンシチェインも迫害を逃れてやってきたその一人だった。

第七章

マスカレードの夜

「花魁《おいらん》というのは窮屈なものね、おっかさん。私はただの娼妓でよかった」とお吟が言うと、

「このこしらえは本物の花魁とは違《ちご》うとる、お吟ちゃん。本物はもっと窮屈だの。でも、ここではだれにも本物は分からんとね」とつねが笑った。

二人はペトロフ家の居間にいて、つねが打掛姿で立つお吟の着付けを手伝っているところだ。打掛はつねがグリゴーリイと結婚した時に使ったもので、白い掛下に重ねた色打掛は縁起のよい牡丹柄の友禅染で、振袖だからひときわ華やかで豪華に見える。フロアに広く引きずった打掛の裾は端の折り返しの袘《ふき》に綿を入れてふくらませた袘綿仕立てで、裾さばきがよく重厚な感じに見せている。髪はつねが丸まげを結わせていた髪結に来てもらったが、本格的な花魁の髪型はできなくともそれらしく装い、つねの持つかんざしと櫛、笄《こうがい》を飾って雰囲気を出している。

食堂への入口そばには家政婦のガリーナと、結婚して辞めたアンナに代わって雇われたやはりアンナという名前のメイドが立って、あこがれの眼差しでお吟の衣装を見ている。アレクセ

イもアームチェアに腰を下ろして眺めていた。

「花魁じゃけん衣紋ばちぃとばかし抜き気味にしたんや。お吟ちゃんは背が高かけん、おはしょりを作れなくて苦労したの。三枚歯の下駄はないけど、踵が三段の草履をはくとほんとでかく見えるたい」とつねはお吟を見上げた。

お吟は身長が一六〇センチほどあるから、当時の日本人男性の平均より一〇センチは高かった。つねが急に思い出して言う。

「お前はうちをおっかさんと呼んどるけど、今は内地ではみんなお母さんと呼ぶたい。お父さん、お母さん、とね。なんでも大学の偉い先生が言い出してから役所が決めて、二、三年前から小学校の教科書に載せとる。今日、髪結から教えてもろたばかりやが」

「親の呼び方を決める役所があるの？　初めて聞いた。私は由松に東京言葉で、おとっつあん、おっかさん、と教えてもらって使っているわ」

「そりゃもう古か、お母さんがよか」

「お母さんというのはどうも間が抜けとる。〝お〟を取って、母さんがいい」

「窮屈だわ、本当に……」というミシェルのフランス語が聞こえて居間に入ってきた。

ミシェルはクリノリーンと呼ぶスカートを大きく膨らませた昔のスタイルで、薄青色の衣装は限りなくウエストが細く、窮屈だというのは締め付けているコルセットのせいだとすぐ分かる。白髪のかつらは不自然に大きく膨らみ馬車の模型らしいものが載っており、奇抜な髪型に熱中したといわれるあの歴史上の人物を想起させていた。

「それは何の仮装かね、ミシェル？」とアレクセイが訊いた。

「決まってるでしょ、アリョーシャ。マリー・アントワネットよ」

アレクセイは何か皮肉を言おうとしたのを抑えて飲み込んだ。お吟もミシェルもこれからロシア語でマスカラードと呼ぶ仮面舞踏会《マスカレード》に行こうとしているのだ。

ウラジオストクでは前年の一九〇五年十一月、水兵、兵士を中心とした暴動で広い範囲の市内の建物が破壊され、焼け落ちた。年が明けても、中央ロシアから、あるいは日本から送還された捕虜たちがもたらした革命思想が加わって皇帝政府や軍将官の支配に対する大衆行動が続き、たくさんの市民が犠牲になった。建物や街並みの復興はすぐ始まり、今も着々と進んでいる。活動家の逮捕で革命思想は一掃されたように見えるが、市民の心に澱《おり》のようにたまった憂うつな気分は消えなかった。そんな折、復活大祭《パスハ》が終わった段階でマスカレードを開く案が持ち上がった。

マスカレードはこれまでも年に一度ぐらい、ドイツ系の商社や北欧系の有力者が音頭を取って開かれており、特に市内のインテリ層に人気があった。それぞれの出自に関係する人物等に仮装し、そこまでは凝らなくとも、父親の時代の古いスタイルの服を着たり、母親の舞踏会用ドレスを身に着けたりして、目と鼻を覆う仮面をつけて参加する。会場では仮装にちなんだパフォーマンスを披露、ダンスでは仮装キャラクターの意外な組み合わせが会場を沸かせていた。最後には一同がマスクを外し、和やかなお開きとなるのだった。

西暦の六月二日に設定されたマスカレードにはミシェルを通じてお吟にも招待状がきていた。

「あなたもリューリクの士官との付き合いで、町の有力者たちに知られるようになったようだわ。ぜひ招待したいという。レーピンのところのカテリーネも自分は参加しないようだけど、あなたが出ることは知っていた」

エレノアも「エリス、あなたのキモノ姿を見たいものだわ」と期待していた。

お吟がつねのアイデアで花魁の仮装を決めると、由松が「私も出ます。そんな怪しげなところにお嬢さん一人を行かせるわけにはいきません」と宣言した。その由松が、

「馬車の用意ができました。八時からですからそろそろ出発した方がいいですよ」と玄関から入ってきた。辺りはもう暗くなっている。由松は宮廷の道化師といった仮装だ。色あせた赤い縦長の菱形模様をあしらった衣装はミシェルが古着屋から見つけたもので、お吟がドレスを頼む天野洋服店が上着とタイツにわけて仕立て直した。仕込杖には紅白のテープがらせん状に巻かれ、握りに道化の仮面をかぶせてあった。由松は肩まで垂れる金髪のかつらに被ったとんがり帽子の先に鈴をつけている。顔を白塗りにし、唇に広く紅を引いて黒いマスクを着けていた。

お吟は自分のバッグからデリンジャーを出して帯に突っ込んだ、象牙の銃把の端がのぞいて見える。裾を引き上げた打掛を赤い抱え帯でおからげにし、黒いマスクをしたお吟は花魁らしからぬ足取りで門の外に止めた馬車に向かう。ヴァシリーと由松は二人の女性を四輪箱馬車《ベルリーヌ》に苦労して押し込んだ。内部が窮屈で、由松は馭者台に上がった。

市内の大型ホテルのホールは再建途中で使えず、会場は海軍将校倶楽部だった。クラブの一階は十一月の騒ぎで破壊された。窓を壊して侵入し、玄関ドアを開けてなだれ込んだ水兵たち

はレストランの高級食器を床にぶちまけ、ワイン庫のワインをラッパ飲みにした。広い階段の上の二階ホールは、二つの大きな厚いドアが頑丈で破れず、内部には奪うものもないと分かっているので引き揚げた。放火されなかったのが幸いだった。

2

ホールの入口の受付でミシェルが三人分一五ルーブルの会費を払って中に入ると、正面の舞台で楽団がポルカを演奏していた。艦隊の士官たちの晩餐会、舞踏会のために使うホールだから、それほど広くない。もう会場では参加者たちがお互いの仮装の話題で盛り上がっていた。が、西欧の文化に詳しくないお吟には、仮装の人物のいわれがよく分からない。ミシェルが目についたものを説明してくれる。

肥った男が頭に白いターバンを巻き、濃いピンクの絹の衣装で体を包んだ女性を従えているのは、インドの王侯《ラージャ》なのだという。女性は黒く染めた髪に金の髪飾りをつけ、その飾りから金の鎖が小鼻のピアスまでつながっている。

「あれは東洋学院の教授だけど、女性には心当たりないわ。でも鼻に本当に穴をあけたのかしら」とミシェルが首を傾げている。一〇〇年ほど以前の英国海軍の将校の制服を着ているのがいた。黒い二角帽子を被り、サーベルを提げている。古いリュートをかき鳴らしながらうろついている男は吟遊詩人《ドルバドゥーレ》だった。お吟が面白いと思ったのはハーメルンの笛吹き男で、ミシェルがその伝説を手短に解説してくれた。男は赤、白、緑、黄色のだんだら模様の衣装で、とんがり帽子に先のとがった靴を履き、小さなラッパをぴょろぴょろと吹き鳴らしながら、腰につないだ紐にネズミの縫いぐるみを五つ六つつけて引っぱっていた。

そうこうしているうちに、お吟のそばには次々に男女の客たちが寄ってきた。男は打掛の裾をフロアに広げて立つお吟の立ち姿に感嘆し、女は必ず友禅の手触りを試してみていた。

いきなりカスタネットの音が響き、円く空いたスペースでカルメンが踊り始めた。お吟にはそれがルルだとすぐ分かった。黒い髪に大輪の赤いバラを飾り、脚を大胆に見せながら踊っている。本場のツィガン（ロマ族）に習ったような見事な踊りに、周りから手拍子も起きる人気ぶりだ。

ミシェルのマリー・アントワネットは、だれでもキャラクターが分かって好評だが、立っているだけでやる芸がない。そこで由松がその周囲を帽子と靴の先の鈴を鳴らしながら六十歳と思えぬバック転で回り、宮廷道化師の役目を果たした。さえない衛兵のキャップを被り、肩章を付けた制服の男が近づいてきた。ロベルト・レーピンだった。

「こんばんは、ボブ。しばらくね」

「やあ、エリス。すばらしい衣装だね」と打掛の裾を踏まない範囲に近づいた。

「僕はどうもこういうのは苦手なんだが、ルルが夫婦で招待されている、きっと面白いことが起きるよ、と言われて連れてこられたんだ」

「ルルは見事なバラをつけてカルメンが似合うじゃないの」

「ああ、一輪で五〇カペイカもしたと文句を言っていた。君はカルメンを知っているんだね」

「フランスのオペラは有名ですもの、知ってるわよ。それであなたはドン・ジョゼという役なのね？」

「そうだ。僕は闘牛士がいいといったのだが、ルルは衣装が手に入らないと言うんだ」

「ドン・ジョゼはカルメンに捨てられて、よりをもどしてくれ、とひざまずくのよ。ルルはそういう役どころをあなたに期待しているんじゃないの、ボブ」

「エリス、君はひどいことを言うようになったね」

ボブはどこからかのルルの視線を感じたのか、そそくさと消えていった。

「こんばんは、エリス。遠くから見ていたけど、素晴らしい衣装ね」と声をかけながらエレノアが寄ってきた。三つ編みにした髪の後ろに麦わら帽子がぶら下がり、何段かのひだを施した古い時代のスカートをはいている。とはいえ、都会の服装ではない。

「テッドはどうしたの、ロキシィ？」

「テッドは頼まれ仕事、例の銀器の方の仕上げで忙しいというのよ」

テッドは銀製の小壺や文房具などの器具に繊細な彫刻を施す彫刻師として知られていた。

「そこで私の相棒はほら、デヴィッドよ」という指さす向うに米国人実業家のデヴィッド・クラークソンがいた。「彼は米国西部の牧童、カウボーイと呼ぶんだけどね。私はその女房。何もしなくともよいから気が楽だわ」

デヴィッドはつばの広いテンガロン・ハットを被り、チェックのシャツを着て大きな拍車を付けたブーツをはいていた。腰のベルトから銃身の長いコルトを素早く抜くと、引き金のあたりに指をかけてくるくる器用に回して周囲の人たちを楽しませている。

「危ないわね」とお吟が言うとエレノアは「大丈夫、弾は入っていないわ。でもね、マスクをしているので、カウボーイというより銀行強盗みたいだね、と言ってやったの」とからから笑っている。そこにいままで気がつかなかった仮装人物が現れた。エレノアも、

「あれはハムレットのつもりね。今までどこにいたのかしら」と首を傾げている。

袖が膨らみ裾の広がった上着にタイツ姿で、銀髪のかつらに銀色のマスクをつけ、口ひげも白く染めている。腰には籠のような鍔の付いた古めかしい長剣《ラピエール》を提げ、腹の前あたりには左手に持つ対の短剣をぶら下げていた。

「あのラピエールは本物らしい。立派な造りね。それにしても、デーニッシュ・ハウスの誰かなんだろうけど、ちょっと見当がつかないわ」と言う。デーニッシュ・ハウスはチグローヴァヤ山の麓にあるデンマーク系の電信会社の社宅だ。

舞台ではカドリールやメヌエットなどダンス曲が次々に演奏され、舞台に近いスペースで日常にはないダンスを楽しむ参加者が、マスクの下の笑顔いっぱいに踊っていた。名前も職業も明かさない男女に誘われ、お吟もあちこち引っぱりまわされた。勧められるままにシャンペンのグラスも手にした。裾を広げていては移動に不便なので、抱え帯でまた打掛をからげた。すると、足袋の白さと踵を高くした草履の粋な足元も称賛された。舞台ではワルツが演奏され、

カップルが相手を変えずに踊れる曲だからその出会いに人気がある。曲が終わった後、明らかに夫婦とは思えない男女がホールのわきの小部屋のドアに消えていたが、だれも当然のように気に留めない。

お吟が打掛をからげたまま、最初にいた場所の付近にもどって立っていると「どう、エリス、楽しんでいる?」と声をかけてミシェルが寄ってきた。「私はコルセットがきつくて、楽しむどころじゃないわ」

「ヨシはどうしたの、ミシェル」

「さきほどそのあたりで見かけたわよ。あいつもなかなかの人気ものだわ」と言い、二人はちょっとばかり話していた。二人の立つ辺りには少し広いスペースができて、向うに仮装のハムレットがいるのをお吟は目の隅でとらえていた。

ミシェルが何かを思いついたのか、お吟の後ろの方に行こうとするのでお吟も体をひねってそちらに向きかけた。いきなりカスタネットが鳴り、お吟が振り向くとハムレットがラピエールを抜いて、それをまっすぐに突き出して突っ込んできた。お吟はよけようと体をかわしたが、バランスを崩してよろめいた。ラピエールはお吟の胸のわきの打掛を貫いた。お吟は打掛ごと右手で剣をつかんで体を支え、左手で帯のデリンジャーを探りながら「由松っ!」と叫んだ。

奇跡のように由松が人込みの間から飛び出してきた。ハムレットがようやく絡まった打掛からラピエールを引き抜くと、由松が仕込杖を抜いてその剣を叩き落した。すかさず肩口に突きを見舞い、相手は仰向けに倒れた。そのマスクの紐のあたりに由松は切っ先を入れて払った。

マスクとかつらが吹っ飛んで、茶色の髪の中年の男の顔が現れた。男は落ちた剣を拾ってよろめきながら逃げていった。周りの客で気がついたものは少なく、パフォーマンスの一つと受け取られたのか騒ぎにもならなかった。

「馬車の中でミシェルに教えたところなんだけどね、母さん」とお吟。

「どないやった、花魁の衣装の評判は？」と、家に帰った二人に真っ先に訊いてきたつねに言ったところだ。

「もう九年も前になるけど、母さんはレーピンの手下五人に辻馬車に乗っているところを襲われたことを覚えているでしょう？」

「ああ、覚えとる。ずいぶん前のことやったが、グリゴーリイがお前に贈った小さなピストルに助けられての。忘れへんわ」

「あの時の首領格だった男に今夜会ったのさ」

お吟はこの夜の出来事をつねに聞かせた。ミシェルがロシア語でつねに説明した。

「ハムレットになった男は会が始まってしばらくしてから現れたらしい。受付は招待客のリストにないのでいったんは断ろうとした。しかし、仮装が見事だったし、五ルーブルの会費も払うというので目をつぶって通したそうよ。そのハムレットが剣を握ったまま飛び出してきて、階段を駆け下りて逃げて行った。そのあと、ルルとボブの夫婦も途中で帰って行ったんだって」

3

「今年は一週間ほど花が遅れたんじゃないの、弥助」とお吟が声をかける。

「そうですたい、お嬢さん。先日山へへえってみて、そんげん感じしとりましたばい」と弥助が窓の下に赤と白の花を咲かせているカーネーションを手入れしながら答えた。

お吟は玄関わきの大きなノイバラの茂みのそばで花をつけたクルマユリに腰をかがめている。高さ三〇センチ余りの細い茎に二輪、濃い橙色の花びらに斑点を散らした可憐な姿を見せている。ウラジオストク近辺に自生するクルマユリは日本と同じものだ。中国北部、朝鮮のチョウセンクルマユリは花が直径八センチぐらいあり、草丈は約一メートルになる。お吟は糊のきいた白いひだ飾りを胸から肩に張り出させた化粧着兼用の部屋着《ラッパー》の腰を伸ばした。七月二十一日の昼下がりだった。ゾロトイ・ローグ湾は霧に包まれてなにも見えない。

庭の前の道路を辻馬車が走ってきて門の前に停まった。白っぽいパナマ帽を被った男が馬車を降りてきた。「お客さんだよ、弥助」と言われて、弥助は門のそばに小走りに行って、門の鉄格子のドアを開けて男を迎え入れた。お吟が誰だろうと目を凝らしていると、薄茶色の夏服を着た男はパナマ帽を取って笑顔を見せた。

「あら、コースチャ、コースチャなのね」とお吟は駆け寄った。

「エリス、元気な姿を見られてよかった」と言いながらお吟を抱きしめたのは、沈んだリュー

リクの最期の指揮官、コンスタンチン・イヴァーノフ大尉だった。お吟はコースチャの腕を取って玄関に向かいながら、

「あなたはいつウラジオストクにいらしたの？」

「先ほど駅に着いたところだよ。まっすぐここに来たんだ。土曜日だからきっと家にいるだろうと思った」

玄関に入ると、アンナが迎えてコースチャのバナマ帽を受け取った。

「あなた、コーヒーを召し上がるでしょう、コースチャ？」

「ああ、いいね。眠気覚ましになる。実は明日はウラジオストクだと思うと、ゆうべは汽車の中でなかなか眠れなかったんだ」

二人は向かい合って座り、お互いに相手を見ていた。

「少しやせたようね、コースチャ。怪我をしたと聞いたけど」

「あちこちだいぶやられたが、もうほとんど大丈夫だ。早く乗務にもどりたいのだが、特別扱いをされてまだこうしている。アレクサーンドル委員会で三等級の傷病待遇なのだ。この委員会は連合軍がナポレオンに痛い目に遭ったクルムの戦いの一周年の一八一四年、アレクサーンドル一世が制定したのが始まりの慈善組織さ。傷痍軍人や遺族を支援している。そんなわけで黒海に療養に行くという名目を作って、こうしてやってきたんだ」

コースチャは背広の内ポケットに手を入れて、白いハンカチに包んだものを取り出し、テーブルの上に広げた。金の鎖に付けられた十字架が現れる。赤と緑のエナメルで飾ったものだ。

「あ、ニコーラの十字架……」

「あなたはこれを知っているのだね、エリス？」

「最後に会った時、ニコーラは母から受け継いだものだ、と私に遺そうとしたのよ。私はその十字架はあなたを護るものよ、と言って止めた」

「私は怪我が治ったら、必ずあなたにこの十字架を渡そうと考えていた。そしてニコーラの最期の模様も話して聞かせようと。私は今回、それだけのためにウラジオストクに来たのだ」

お吟は十字架を見つめた。目が潤んできそうで唇を噛みしめた。

「有り難う、コースチャ。でも、ニコーラの最期だけじゃ足りないわ。町の人たちはリューリクがどうして沈んだのか、だれも知らないのよ。リューリクの最後も知りたいわ」

「私は帰国してから詳細な報告書を出しているが、それは私が直接見て知っているものに、抑留中に生き残りの士官などから聴取したものを加えて書いたものだ」

アンナがコーヒーを運んできた。コースチャは砂糖の塊をトングでつまんでコーヒーに入れた。

少しずつすすって味わっていたが、徐々に思い出したというように、

「忘れもしない。ウラジオストク巡洋艦隊の三隻はイエッセン提督の指揮下で一九〇四年七月三十日、西暦では八月十二日になるが、突然出港した。極東総督府のアレクセーエフ総督の『ウラジオストクに脱出を図るポート・アルトゥール(旅順)艦隊を迎えて支援せよ』という奉天《ムクデン》で出された命令によるものだ。しかし、電信事情などで、第一太平洋艦隊のスクルイドフ司令官が

これを受け取った二十九日には、旅順艦隊は黄海海戦で敗れて旅順にもどっていた。それを知らずにわれわれは指示通り釜山の緯線で旅順艦隊を待ち受けようと日本海を南下していったのだ。昼間は旅順艦隊と行き違わないよう横に広い間隔を取り、夜間は単縦陣で航行していった……」

「そして露暦で一日の午前四時三十分、当直の見張りが当直士官のシュタケルベルグ大尉に、見慣れぬ四隻の軍艦が現れたことを報告した。直ちにトゥルソフ艦長、フロドーフスキー副艦長、ミハイル・サーロフ上級航海士ら幹部が艦橋に上がり、夜明けの霧の中、双遠鏡で艦影は日本海軍だと見きわめた。第二艦隊司令長官上村彦之丞中将が率いる第二戦隊の装甲巡洋艦『出雲』『常磐』『吾妻』『磐手』だった。旗艦の『出雲』は一九〇〇年に就役した英国製の新鋭艦で、速射砲の性能一つとってもかなう相手じゃない。旗艦ロシーヤに四時五十四分、速力一〇ノットの旗が上がり、五時十分には一五ノットになり戦闘警報が発せられた。艦隊は対馬海峡方向に逃走を図ったが、その方向から第四戦隊の旗艦『浪速』がやってきて逃げ道を失い、海戦やむなしとなったのだ。副艦長が艦長を促して、一同が艦橋の下の戦闘司令室に移った。敵はわれわれの進路を抑え込むように回頭してきて、五時二十分、右舷から砲撃してきた。距離八四〇〇メートルになってわれわれも砲撃開始、お互いに総力あげて砲撃したがリューリクはしんがり艦なので砲火が集中してすぐフォアマストを折られた。甲板に火災も発生し、報告を受けたフロドーフスキー副艦長が司令室から飛び出して『甲板に火災発生!』と叫びながら現場に駆け付ける途中、飛来した砲弾で両脚をもぎ取られ、胸にも致命傷を負った……」

「ロシーヤ、グラマボイは北へ向かうことをあきらめて進路を変えたが、リューリクは直ちについてゆけず、五時三十五分、艦橋を破って飛び込んだ砲弾が炸裂、トゥルソフ艦長の顔の左部分、左肩、左胸に重傷を負わせた。おびただしい出血で、駆け付けたソルーハ軍医長が説得しても艦長は包帯所に下りるのを拒否した。枕と敷布団を頼み、この戦闘ポストで死ぬ覚悟だった。代わってゼニーロフ大尉が指揮を執った……」

「それから二十分ばかりして、左舷から艦尾の食料品庫に二発の砲弾を受けた。その三十分後、舵が利かなくなった。面舵になったままだ。吃水以下にこうむった破孔で方位盤を備えた舵室が浸水、舵機も破壊されていた。したがって舵の位置で機械的に操作することもできない。舵機損傷の信号旗を掲げたが、ロシーヤからは舵機を機械的に動かせという指示しか返ってこなかった。両艦は遅れたリューリクを収容して逃走しようと再三わが方に接近するが、その度に集中砲撃の餌食になり離れていった。ロシーヤは甲板で炸裂した砲弾で火災を起こし、煙突をやられてボイラーも故障していた。グラマボイでは艦長自身が負傷し、士官、水兵も多数の死傷者を出していた。六時四十七分、日本艦隊が二七ケーブル(五〇〇三・五九メートル)という絶好の距離でわが右舷に砲撃を加えてきたので、こちらも『磐手』の右舷上甲板を直撃してやった。相当な死傷者が出たと思ったが、結局、これがこの会戦での日本の人的被害の最大なものとなった。

七時三十分、ゼニーロフ大尉が頭に重傷を負い、頭蓋骨が割れた。私は砲列甲板から駆け上がり、ゼニーロフの耳元に大きな声で『俺が指揮を引き継ぐぞ』と知らせた。彼は右手で軍服のボタンを外し、首にかけた金の鎖を外そうとしていた。私はそれを引き出し、十字架を手にした。耳元に『これをエリスに届けるからな』と吹き込んだが、それを彼が聞けたかどうか。意識を失って包帯所に運ばれていった」

コースチャは黙った。お吟は軽く頭を下げるようにうなずいた。

「八時、ロシーヤ、グラマボイが六度目の救出を試みようとやってきた。上村の艦隊はそれを迎えて互いにぐるりと回りながら砲火を交えた。ロシーヤは一番後ろの煙突を失い、火災を起こした。イエッセン提督の判断で、もはやリューリクの救出をあきらめて北方に逃走し、上村の艦隊もこれを追っていった。九時十八分、僚艦は永遠に水平線に消えた。リューリクに対しては第四戦隊の旗艦『浪速』と『高千穂』がだいぶ前から待機していた。『浪速』は円を描くようにリューリクの四〇〇〇メートルにまで接近して砲撃、われわれも両舷にわずかに残る一五二ミリ副砲をすべて動員して応射した。九時二〇分、『高千穂』が代わって砲撃してきたが、その砲弾は司令室に横たわる艦長の足元で炸裂したように見えた。が、それは司令室に置いた弾薬箱の爆薬に敵の砲弾が炸裂したもので、その威力は艦長とそこにいた五人を即死させ、私とサーロフ医長は爆風で甲板まで飛ばされた。気がついてみると私は体中に傷を負っていた。いまやわが艦も使える砲はなく、艦首の衝角で体当たり戦法を取ろうと狙ったが、『浪速』は距離を取ってそれをさせず、六門ある魚雷発射管のうち破壊されなかった一門から『高千穂』へ魚雷を発射したが当たらなかった……」

「午前九時五十三分、リューリクは完全に沈黙した。私はケサリ・シリング少尉に艦底に仕掛ける爆薬への電線を調べさせたが、予想通りあちこちで切断され使えない。そこでイワン・イヴァノフ機関士長に命じてキングストン弁を開かせたのだ。上甲板にいた私にイヴァノフが駆け上がってきて『弁を開きました』と報告した。負傷者を救命帯、木片などあらゆる利用できるものに体を縛り付けて海中に投下、乗組員も次々に飛び込んだ。私は残っていた機関士長に早く行けと命じて自分も海に飛び込んだのだが、私は怪我をしていて、沈没する艦の渦に巻き込まれず生還できるとは思っていなかった。私はもちろん見ていないのだが、リューリクは最後にはほとんど艦尾から垂直になって沈んだ。十時四十分だった。木片に縛り付けられた負傷者はほとんど助からなかったが、リューリクが沈黙してからは砲撃をやめていた日本艦隊がボートを降ろして海上の水兵たちを収容してくれた。士官二二人のうち八人が死亡、水兵約八〇〇人のうち二〇〇人が死んだ。それからリューリクの至聖所《サンクチュアリ》にあった聖像画《イコン》は、七十歳の主計官ウラジミール・アニシーモフが胸に抱いて飛び込み救い出した。それは収容所に飾られてわれわれの支えになった」

「機関士長は溺死したのね。エレノアは奥さんをよく知っていて、若いからきっと立ち直ってくれると言っていた。でも艦長夫人はもう五十歳近くで、旅順の要塞にいる息子の消息もつかめないまま、娘さんとペテルブルグに引き揚げて行ったわ」

お吟は十字架を取って掌の上に載せた。

「この十字架があなたを護ってくれてよかったわ、コースチャ」

しばらく二人は沈黙していたが、お吟が「あなたはこれからどうするの？」と訊いた。

「義勇艦隊支店のチェレンチェフ支店長を訪ねてみようと思っている。アキム・マルコヴィチは体調が悪く支店長の役目を果たせないのではと聞いている。息子のレオン・アキーモヴィチにも会うつもりだ。あなたは聞いているかもしれないが、私の父、ピョートル・イワノフ中佐はかつてチェレンチェフ大佐のフェンシング仲間でいろいろ指導を受けていた。私は父から仕込まれたが、父親以上と噂されるレオンほどではないのが恥ずかしいよ」と言ってから、

「私はまた艦隊の乗務に復帰するが、この一、二年のうちにきっと極東勤務になるだろう。われわれは旅順を失ったから、ウラジオストクを母港とする軍艦に乗ってくる。そうすればまたあなたに会うことになるだろうな」

4

コースチャがウラジオストクを訪問してから一〇日ほどたった七月三十一日、お吟は弥助が手綱を取る軽二輪馬車《キャブリオレ》で〈ドム・スミス〉を訪ねた。この時期には珍しく霧のあまりかからない午後で、お吟が思った通りエレノアは家の後ろの花壇にいた。石段を上がったところに煉瓦造りの苦力用の宿舎があり、そばの花壇にいろいろな花を咲かせている。それを鉢に移して家に飾るのが好きなのだ。エレノアは年寄りの苦力を指図して、植え替えなどをやらせているようだ。

「この花壇は全部が花盛りなのね、ロキシィ」とお吟があたりを見回している。

「そうよ、エリス。私は花期の長い種類をいつも選んで植えているからね」

ビジョザクラ(ヴァーベナ)が赤、白、ピンクの花をつけている。ミシェルからヴェルヴェーヌというフランス名を教えてもらったことがあった。

「ヴァーベナは寒さに弱いから、毎年春に種をまいて育てているのよ。それはナスタチウムも同じ……」とエレノアが煉瓦の壁に作り付けた格子棚に寄せたキンレンカを指さす。キキョウが薄青い花を咲かせ始め、エゾスカシユリも何本か花を咲かせている。カワラナデシコは高さ四〇センチ余りの草丈で、三メートルほどの細長い畝にびっしり並んでいる。

「ねえ、ロキシィ。私はいつもここのグヴァズディーカを見て思うんだけど、私がよく行くペルヴァヤ・レチカ(一番川)に生える野生の花とずいぶん違うのね。野生は草丈がせいぜい二〇センチぐらいで、花弁の長さ、切れ込みの細かさや深さなどが違うのよ。栽培と野生の違いだけじゃないと思う」

「栽培はいろいろ手を加えるから、同じ種でも野生とは違ってくるのよ」

お吟は苦力としゃがみ込んで話している弥助を呼んで「お前、一番川のカワラナデシコと花壇のとの違いを言っていたね。エレノアに説明してやってよ」と言う。弥助は花をつまんで、その下の花を支える葉の数や形をエレノアに示すなどしている。

「カワラナデシコは日本では江戸時代から毎年大掛かりな花合わせが開かれるなど、人気がありましたから、変種は数えきれないほどあります。清国も同様でしょう」と苦力に訊いてみて、

「思った通りでした。グヴァズディーカは清国語ではホンチュウマイだそうです」

「ヤスケは苦力の言葉が得意なようね」とエレノアが感心して言うと、お吟がうなずいて、

「ヤスケは若い時はマンザのニンジン採りに加わって長く付き合っていたから」

三人は苦力を残して店に続く住居の前に移った。窓の前の棚にゼラニウムの鉢が並び、そのそばの花壇にペラルゴニウムが高い草丈を見せている。

「ヤスケによると、この二つは日本ではテンジクアオイという同じ名前だそうよ。私はゼラニウムしか知らないけど」とお吟が訊くとエレノアが、

「ペラルゴニウムは年に一度咲くだけだけど、ゼラニウムは温度と水が保たれれば年中花が咲くのよ。うちでは年中いつでもゼラニウムの鉢を飾っているわ」と答え、お吟を家の中に案内した。応接間と呼んでいる部屋だが、夫婦のところにはひっきりなしに客が訪れるので実質は居間になっている。籐の椅子に腰を落ち着けたところでエレノアが言いだした。

「エリス、あなたはレーピン家に関心があるから、だれにも知られていない内情を教えるわ。一週間ほど前のことだけど、ゲルマン・レーピンが自分のところの執事を射殺したというのよ」

「レーピン家の執事というのは聞いたことないわね」

「マカロフとかいったかしら。なんでもゲルマンが仕事をやらせていた何でも屋だったそうだけど、ゲルマンの服役中に家に入り込み、出所後もそのまま居座って執事然としていたらしい。その執事がルルに短剣のようなものを振り回して怪我をさせた。それでルルを助けるため撃ったのだ、と警察には説明したらしい」

「それを誰かほかの人も見ていたの？」

「見ていなかったようだけど」とエレノアは薄ら笑いで「ただ、そのマカロフは六月の初めから肩に怪我をして海軍病院に入院していた。退院するとルルに金を払えなどと言って脅かしていた。ルルはやるべき仕事もできないものに金が払えるか、と相手にしない。それはほかの召使も聞いていた。そんなもめごとの結果なのかね」

「ルルの怪我はどうなの?」

「入院したようだけど、軽いものらしい。それから今回合わせて分かったことだけど、三年ほど前、使用人の一人が外出先で背中を撃たれたとかで、やはり海軍病院に入院したことがあった。警察が事情を聴こうとしたが、重態で聴けないので待ってくれと言っているうち亡くなってしまい、何があったのか分からずじまい。病院にはどうしたわけかルルが付き添っていたそうよ」

「レーピン家は長男のヤコフの時もそうだけど、いつも海軍病院ね。何か特別のつながりがあるのかね。ルルはその男が警察に余計なことをしゃべらないよう死ぬまで張り番していたのかも」

「えっ、それは考えもしなかったけど。あなたは思いがけないことを言うのね。ともかく、レーピン家は謎が多いわ。カテリーネもお歳で、最近はお茶会にもあまり出てこないのよ」

「でも、ロキシィ。そのお茶会も、中心になっていたマリー・ダッタンがなぜか二年前に夫のアドルフを残してドイツに帰ってしまってから、皆さんも熱心でなくなったそうね」

「ミシェルがそう言っていた? マリーの妹のアンナ・コーネルが姉に代わってお茶会を牛耳

ろうとしているのが、会員の皆さんの敬遠の原因だと思う。マリーは事務能力といい、気配りといい最高の世話役だった。なかなか彼女に代わる人はいないわね」

第八章

揺藍のハルビン

I

「姐さん、前から言いそびれていたけど、ずっとあそこが鞍にこすれる感じで気色が悪いのよ」

と言うお吟に、麗花が笑いを含んだ声で答えた。

「うちも言おう言おうと思うとった。おうちは尻の骨にきちんと乗っていないとね。体がちいと前のめりになっとる。側鞍《ツェアン》(サイドサドル)に乗っていた時はあんなに背筋が伸びて、頭から尻まで真っすぐだったのに……」

お吟は寧世傑《ニンシージェ》の家の馬場で、麗花の乗馬の金太郎にまたがって乗っていた。はいているのはミシェルから借りたゴルフ用のスカートだ。馬場は寧が使う四輪箱馬車を取りまわしたり、修理をするためのスペースだからそれほど広くない。散らばっていた道具類を片付け、大きなものは中央に積み上げるなどしてぐるりと馬を乗り回すスペースを作っていた。

お吟は乗馬を初めからサイドサドルでミシェルに習っていた。両脚が馬の左側に下りているサイドサドルでは、専用の太い鞭を右手に持って馬の右腹に合図を送る。またがって乗る場合は両脚が使えるので楽なはずだが、初めて乗った前の日は金太郎も慣れない乗り手に混乱していた。やっとお吟も常歩《なみあし》で乗れるようになったばかりで、この日は速歩《はやあし》に挑戦しているところだ。

「速歩で乗れたら十分だと思うわ。満洲の野原を駈歩《かけあし》で走ったら気持ちがいいでしょうけど、これからの季節は道もぬかるみで馬車も難儀するそうだから」

「そのスカートじゃ不便じゃやけん、うちの窮屈で入らなくなった旗装《チーヂゥアン》一式をおうちにやるから持って行った方がよか。旗袍《チーパオ》から袴子《クーズ》、旗鞋《チーシエ》までおうちに寸法がピッタリやろ。哈爾浜《ハルビン》では旗袍を着ておればいち目置かれるとね」と麗花が言う。

お吟はペトロフ商会の大豆輸出の事業でハルビンに出張しようとしていた。

ペトロフ商会の満洲大豆の輸出事業は日露戦争後の混乱が落ち着いた前の年、一九〇六年から動き始めていた。大豆が収穫時期を迎える九月末、開戦前の一九〇三年に現地調査に出張したダニイール・エルドマンが、今度は安中組の元締安中清吉を伴ってハルビンを訪問し、穀物を扱うある大手の糧桟が集荷する大豆を輸出に振り向ける交渉を進めてきた。

一方、ウラジオストクからの輸出には、イングランド東部の港湾都市ハルに本社を置くハーディング社という貿易会社と提携することになった。同社は日露戦争後にウラジオストクに支店を設け、雑貨などを扱いながら大きな事業を模索しているところだった。たまたまアレクセイが支店長のジェームス・オルコットと知り合い、この春から急速に両社の提携がまとまりつつあった。

ハーディング社は大豆輸入をウラジオストク支店の中心事業と位置づけ、英国の本社でも国内の大豆の販路開拓に乗り出すことを決めたようだという。

安中清吉はこの三月にも単独でハルビンに行っている。昨年秋の訪問で現地駐在の社員を採用して仕事を指示してきているが、その後の経過を確かめに行ったのだ。お吟は帰ってきた清吉に会うため、ボロジンスカヤ通の安中組まで出かけて行った。通りの山側に空いた通路の上にアーチをかけ〈安中組門内〉という古ぼけた看板を付けたところは以前と変わらないが、組の事務所の建物は二年前に煉瓦造りの二階建てに建て直したばかりだ。その前に辻馬車を付けると、玄関から清吉が飛び出すように出てきてお吟を迎えた。

「すんまっしぇん、お吟さん。わしの方から商会に出向かねばならんのにご足労いただいて」

「いいのよ。早く元締の話を聞きたくて来たんだから」

三人ばかりの社員がいる事務室を抜けて、清吉は奥の自分の部屋にお吟を案内した。

清吉は今年四十五歳の働き盛り、二度のハルビン旅行で服装もあか抜けて沖仲仕の親分の雰囲気は薄れている。バンドカラーの白いシャツの上に薄茶色の背広を着ていた。髪は短く刈り上げ、薄い口ひげを生やした顔は日焼けしている。清吉は目の前のテーブルからパイプを取り上げくわえて吸ってみたが、すぐ灰皿に打ち付けて灰を捨てた。

「ハルビンは半年見ぬうちに町のかたちが変わっとりました。あか抜けた建物が次々とできとって、たいしたもんたい。もっともそれは後ろについとる露清銀行の金の力じゃろが」

「それで現地の仕事を任せた男はちゃんと働いていましたか？」

「へえ、佃京助《つくだきょうすけ》は仕事ばちゃんとやっとりましたばい。お吟さんのご心配には及びませんでした」

佃は清吉と同郷で今年四十歳になるが、若いうちに故郷を出て中国に渡った。中国各地をうろついていたと言い、のちに言う大陸浪人といった人種だったようだ。その後、上海からダーリニーに渡って住みつき、現地の日本人やロシア人に柔道を教えていたという。日露戦争でいったんは日本に帰ったが、戦後は大連と名づけられたダーリニーを通り越してハルビンまで来て、また柔道場でも開こうかと思案中だった。昨年九月、ダニイールとハルビンに出張した清吉がカフェーでしゃべっていると、御国言葉が懐かしいと声をかけてきたのが知り合うきっかけとなった。佃本人はもう故郷のお国訛りがほとんど消えてしまっていたが、代わりに北京語の清国語は現地人並みで、ロシア語や英語も相当話せるようだ。そこで清吉は佃をハルビン駐在の社員に任命して、いくつかの課題を与えて帰国した。そして今回、三月に清吉ひとりでハルビンに行ってその後の仕事の進捗ぶりを確かめてきたのだった。

「まず八区にペトロフ商会の大豆を収容する土地を確保する問題ですが、あそこは鉄道付属地で東清鉄道が管理しております。そこでその一角を交渉して商会の名義で抑えましたばい。松花江に近い場所ですが、残念ながら引込み線からだいぶ離れとります。麻袋に詰めた大豆は馬車など使って貨車まで持っていかねばならんということだす。実は引込み線に隣り合ったいい空地を見つけたんだが、先約があって仮抑えされとりましたけ。八区は次々に倉庫やら工場が建っとるけん、どこでも早く抑えておかんとな」

「肝心の大豆の荷集めのほうはどうなの？」

「わしらの土地は確保しても、今年はそこにすぐ大豆を積めるわけにはいきまへん。去年収穫した豆はこの三月までの地面が凍っている間に運ばれて、落ち着くところにへえってます。後は松花江を船で来る豆を買い付けるわけで、今年輸出が必要だという場合に備えて、ハルビンの大手糧桟と提携しております。ここが持っておる大豆はいろいろでな。安値で買い取ったもの、中小の糧桟から預かったもの。上海や神戸の先物相場に目を光らせて、麻袋に詰めて送るわけだす。高粱、包米《パアオミー》と呼ぶトウモロコシ、穀物は何でも扱っています。欧州に輸出するとなれば、半端な量でないけん、呉《ウー》というこの山東商人の糧桟は期待しとりました」

「馬賊の顧《グー》の手下には会ってきたの？」

「それが……」と清吉は頭をかいて「〈ミリオンカ〉の寧《ニン》親分に挨拶なしに行ったものだから、九月に会った劉輝《リュウフウェイ》の居場所が分からずじまいだったす」

「それじゃ、ペトロフ商会でどのくらい荷を集められるかは分からないということね。アレクセイは何とか今年中に英国に見本の大豆を送る気でいるのよ」

2

ペトロフ商会の大豆輸出は当初、ハーディング社に輸送と欧州での販売を担当してもらう予定だったが、つねは量が膨大になった場合、買い付ける商会の資金力に疑問を投げかけ、アレクセイは支店長のオルコットと話し合った結果、両社がペトロフ＆ハーディング・カンパニーという合弁会社を設立して当たることになった。いずれダーリニーに設ける支店は、この会社から人を派遣するかたちになるはずだ。

「ハーディング社のジムはこの夏の早いうちに大豆の見本をイギリスの本社に送りたいと言っている……」と、アレクセイが四月末の会議で言いだした。「まず四〇〇トン送りたいそうだ。中国や日本に輸出するのと違って、赤道を経由して時間をかけて輸送した場合の品質の問題を非常に重視している。ハルに揚げてから、販売先に大豆を見てもらい本年収穫の大豆の注文を受ける、となると時間はあまりない。それでマーシャにもいろいろ急がせているところだ」

「エリスといっしょに安中も入れて準備にかかっているわ。まずハルビンの佃京助に指示して、昨年収穫の大豆を確保させているところよ。それから、麻袋、口を縫う麻糸も二年前に自由港が復活したけどハーディング社に受けてもらって輸入し、ハルビンの糧桟に送った。麻袋は一度使ったものではなく、欧州まで送るとなると新品でなきゃ。インド産を手当てし、麻糸は大阪の小泉とかの上級品を入れた。これをハルビンへ送る貨物に安中組からマンザを一人付き添わせたの」と言ってつねはちょっと得意そうに「このマンザは安中のところで梱包を専門にしている男よ。ハルビンでは、麻袋の口を一度縫うか、往復で縫うか、それは仕向け地、買い手の希望やら値段によって違う。縫ったものをまた開いて調べたり手入れする場合は一度縫いになる。でも私はこのマンザに日本の千鳥縫いというやり方を教えて送り出した。これは袋の口を折って、そこに三角の模様になるように糸を引っかけるのよ。ズボンを裾上げしたときなどにやる縫い方ね。今までの縫い方は折って厚くなった麻袋に針を通すのが大変だが、糸をかがる千鳥縫いはなれれば速い。開ける時はナイフでさっと払っただけで糸が切れて口が開く」

「なるほど、ウラジオストクからのうちの商会の特性になる。これから競争になった時の武器になるわね」とミシェルが言う。

「そうだ。ジムの話では日本の大手商社の三晃《さんこう》商事がやはり今年中に欧州に大豆を送ろうとしているようだからな。ところで現地での苦力の確保はどうなんだね、エリス」

「ハルビンで提携して今回送ってもらう糧桟の呉慶永《ウーチンヨン》は、四〇〇トンぐらいの量ならいつでも手当てできると言っていますが、本格的に輸出するとなると商会としても考えないと」

「苦力の賃金は仕事によって細かく分かれているそうよ。麻袋に大豆を詰めて口を縫い、貨車に積み込む。ダーリニー向けの場合、一台の貨車に積むのは三五〇袋、重さで約一八〇〇プード。東清鉄道だから原則として単位はロシヤ式よ。約二九トンになる。風袋をロシヤ・ポンドで二・五フント、つまり一キロとみて一袋五・二プード、八五キログラム。これを決められた配列で貨車に積み込む。その前の麻袋への詰め込み、口縫い、三五〇袋を単位としたペトロフ商会のマークの刷込み、すべて袋あたり、一貨車あたりでいくらと苦力に払う賃金が決まってくるらしい」

それから、とつねは改まった口調でアレクセイにいう。

「それで、これは本人にも話したことだけど、今回のハルビンからの送り出しに合わせるかたちで、エリスにハルビンへ行ってもらおうと思うの。特に重要なのは、匪賊の顧《グー》が保証しているという大豆の集荷よ。それをもう少しはっきりさせ確かめてきてほしいのよ。日本の商社も輸出に乗り出す動きがあると聞くと、なお気になる。実は安中も苦力の手当ても含めてまたハルビンに行くつもりだけど、エリスに一緒に来てもらえれば心強いといっているわ」

「なるほど分かった、マーシャ。由松もつけてやれ。あいつは命令されなくとも行くだろうが」

「これは安中の話だけど、満洲には幅一〇サージェン(約二一・三メートル)の街道が通っていて官設の駅逓まであるけど、舗装も手入れもせず自然のままだから、春に地面が融けてから夏にかけてはぬかるみで馬車は役に立たない。馬に乗ってなら、なんとか通れるそう。それでエリスがハルビンから出てどこかに行く場合、あちらにはサイドサドルなどないから、またがって乗るしかないそうだわ」

「麗花に習おうと思っている」というお吟にミシェルが、

「私のゴルフ用のスカートをはいた方がいい。ひざ下までで短いからね。〈ドム・スミス〉のエレノアをはじめ、ここのご婦人方はみんなそれをはいてまたがって乗っている」

お吟はミシェルに借りたスカートを持って〈ミリオンカ〉の麗花を訪ねた。

「初めからまたがって乗ることを覚えればよかったのに」と麗花が言う。

「でも、あとで側鞍を覚えようとすると、なお難しいと思うけどね」

「またがって乗るのも、常歩と速歩では馬の肩と脚の動きが違ってくるよって難しか。ところで、ヨシはあの身体で馬に乗れるとね?」

「それをヨシに訊いたら『私は若いころ、裸馬に逆立ちして見世物小屋の中を回っていましたよ』と笑われてしまったわ。それで安中は、ハルビンにはペトロフ商会の私のような地位ある人物が一度顔を見せねばと言い出して、私が行くことになった」

「そうだろね。あいつはまだお前にほれちょるからね」

「まさか、そんな……」とお吟が言うと、麗花は「あいつはまだ独身のままやないか」とにやにやする。安中は日出楼時代のお吟に二度客になっていた。麗花に言わせると「たったの二度で、おうちの床振りによほどいい思いをしたのか」とかで、お吟を身請けする決心をして金を溜め安中組を立ち上げると日出楼に現れた。が、お吟はグリゴーリイに引き取られた後だった。

日本語で話している二人のそばで煙草を吸っていた寧が、

「エリスはハルビンで劉輝に会いたいそうだな?」と訊いた。

「ええ、安中が三月に会いそこなったので、大豆の集荷について六月にでももっと詰めた話をしたいのです。八站《パーヂァン》(八区)には今年の大豆を蓄えておく土地を確保しましたし、呉慶永という大手の糧桟が出荷の際は苦力の手配などやってくれます」

「日にちが決まれば劉輝には電信で知らせるよ」

「三日に着く予定でいますが、彼はハルビンに住んでいるんですか?」

「そうだ。八站の隣の中国人街、傅家店《フージャディエン》に何かの店を持っているはずだ。東清鉄道の付属地から外れているから、清国政府の行政区域になる。中国人にとってロシヤ支配の鉄道付属地に住んで商売するのは不安もあるのだよ。劉輝は傅家店の草分けだとして信用されている。もちろん、だれも匪賊の頭の手下とは知らない。頭もあそこに秘密の自宅を構えたようだな」

3

お吟は紅茶のカップを取り上げながら、列車の窓に目を移した。満洲の山野は深い密林《タイガ》がところどころ残っており、うねるような地形に咲き乱れる花が朝の光を浴びて輝いている。しかし、沿線はほとんどが畑だ。高粱と大豆畑の緑が飽きるほど続いて、その間に農家が黒い点に見える。

西暦の六月三日朝、ハルビンへの直通急行の一等食堂は客がお吟のほかにはひと組だけだ。ウエイトレス二人は手持ち無沙汰で、お吟のいわば箸の上げ下げまで見ている。お吟はレースのブラウスに軽い夏の旅行用スーツ姿で、グレーのジャケットの胸に赤い造花を飾っていた。そこへ安中清吉と中田由松が一等にそぐわない足取りで入ってきた。二人とも遅れたことを盛んに詫びる。ウエイトレスがやっと面白い客が現れたと紅茶を持ってやってきて、由松に興味しんしんでサービスをつくしていた。

「朝食はメニューが決まっているそうよ」

「なんですかね」と清吉がちょっと不安そうに訊いた。

「そばの実のカーシャ(粥)にチーズ入りのパンケーキ、卵料理、サラダ、それに当然フリェブ(パン）といったところね」
「それなら安心です。わしは三度目のハルビンですが、一等寝台は初めてなのですっかり寝坊してしまいました。食堂車も初めてです。二等、三等の客はみな弁当持ち込みですからね」

「外を見ると一面の大豆畑だな。これをどのくらいウラジオに持ってこれるかですね、お嬢さん」と由松が首を伸ばして窓の外を眺めていた。

ハルビン市に入る最初の鉄道駅は、旧哈爾浜《スタールィ・ハルビン》に停まるものだ。鉄道本線と松花江が交差する地を拠点に選んだ鉄道建設局は一八九八年三月、ウラジオストクから技師たちの馬車隊を派遣した。一行は焼鍋《シャオグゥオ》（焼酎醸造所）があって、その香りから香坊《シィアンファン》という地名もある集落に到着した。技師たちは五月の本隊到着に備えて、二十戸ばかりの集落すべてを買収し改造した。本隊が松花江経由でやってくると、この地区は年内のうちに銀行からレストランまで立地するハルビン誕生の市街地となった。

旧哈爾浜の北西側、駅に面した南崗《ナンガン》地区は教会をランドマークにしたロシア式の都市デザインで整備されて新市街《ノーヴィゴロド》と呼ばれ、さらに駅を越えた松花江沿岸までの道裡《ダオリー》と呼ばれた地区はグリッドパターンに街区割りされた商業地帯となって埠頭区《プリスタン》と名づけられた。線路を隔てた東側の八站《パーヂァン》（八区）とともに鉄道付属地として買収された面積は一三万六〇〇〇平方キロメートルで、付属地の名前にそぐわない広大なロシアのいわば植民地だった。

のちにハルビン中央駅と呼ばれた駅に着くと、佃が苦力三人を従えて迎えに来ていた。苦力がお吟のトランク二個と由松、清吉のトランクを列車内から運び出す。清吉が佃とプラットホームで手を握り合い、お吟を紹介した。

佃は身長が一八〇センチ近くあってずんぐりとしており、脚も少しがに股なのでフロックコートにボウタイを締めていてもあか抜けては見えない。濃い口ひげ、細い目の丸顔が体格に合わない愛嬌をたたえている。

「部長さん、遠路お出でいただき有り難うございます。これからハルビンのことはすべて私めにお任せください」と頭を下げた。

駅を出ると、並木だらけの街並みのあちこちに世紀初めのアールヌーヴォーを意識したような外観のビルが建ちつつあり、今はまだ幹も細い並木がうっそうと繁ればアジア有数の美しい都会になりそうだ。駅から南に延びる幅員二〇サージェン（四二・六メートル）の大通りの向うにロータリーがあって、東清鉄道の守護神、聖ニコライを祭る聖ニコライ会堂、通称中央寺院《サボール》が高い尖塔を見せていた。

駅のわきの駐輪場に二人乗りの四輪辻馬車が並んでいて、警官が群がる客を整理していた。佃は予約したという辻馬車二台と荷物や苦力を乗せる荷馬車にお吟たちを案内し、自分はお吟と並んで先頭の馬車に乗り込んだ。青いルパシカに別珍のヴェストを着こんだロシア人の馭者は、線路をまたいで埠頭区に下りる跨線橋に馬車を進めてゆく。

「部長さん、実は新市街に立派なホテルがあるんだすが、これからの仕事が埠頭区と八区界隈なもんで、少し格は落ちますが埠頭区のキタイスカヤ通のホテルを予約しとります」

「それでいいわよ。自動車をよく見かけるわね。ウラジオストクでは自動車は数えるほどよ」

とお吟がすれ違う車を振り向きながら言うと、

「フランス製の自動車がずいぶん入ってきとります。あれはみんな辻馬車のようにお客を乗せるタクスィーというもんだす。けど、鉄道局の技師が管理していて、走る速度が一時間に市内では一五露里(一六キロメートル)、郊外では二五露里以内と制限され、一九〇三年には運賃も決まりました。辻馬車の方が速かですけん、高い金を払って乗るのは見栄みたいなもんでね」

埠頭区はまだ土地に空きがあったが、二階、三階建ての煉瓦造りの建物はそれほど多くない。通りによっては丸太造りのロシアふうの平屋と油紙の障子窓の中国人の店がひしめいている。みなランタンや鈴をつけた紐飾りでお客の目を引こうとしている。昼間から賑やかな音楽が流れるレストランやキャバレーのような店が集中している通りもあった。ゆったりした白い長袍を着て煙管を手にした中国商人、軍服のロシア士官などが入り乱れ、ぬかるみを避けながら歩いていた。佃はそれぞれ名前のいわれのある通りを教えていって、

「ヤポンスカヤ通という日本人街もあるのですが……」

「どうせ妓楼ばかりでしょう」とお吟が言うと、

「へえ、そのとおりで。辻馬車に通りの名前を言うと軽蔑の目で見られます」

めざすホテルはこの地区の中心街と言われて並木が特に濃い通りにあり、煉瓦造りの三階建てだ。玄関の上に大きくロシア文字でオチェーリ(ホテル)と模様が浮き出し、その上にダオリーとあるのがホテルの名前らしい。佃はフロントのロシア人にロシア語で話し、三人は宿泊名簿にそれぞれロシア文字や英文字で名前を書いた。

「さて、皆さん、お疲れでしょうから少し部屋でお休みください」という佃にお吟が言う。

「そんなに疲れてなどいないよ。明日からの段取りを話し合おうじゃないの」

「それじゃ一時間後にここで。隣にカフェーがありますから」

「由松、このホテルの名前を〈ミリオンカ〉に電信しておくれ」

かろうじて壁に漆喰を塗った殺風景な部屋だった。ベッドが二つ並ぶツインの部屋で、横長の鏡を載せたキャビネット、安楽椅子と言った最小限の家具が並ぶ。浴室をのぞくとバスタブとシャワーが付いているがお湯はぬるく、バスタブに浸かったら風邪をひきそうだ。お吟はトランクを開け、下着を替えた。

四人が落ち着いたカフェーは込み合っていた。窓際の丸テーブルに案内されてコーヒーを注文し、運ばれたコーヒーの香りと味にみな満足している。

「ハルビンのコーフェはおいしいわね。毎日、ここでくつろぎたいけど、一週間後の帰りの列車までそれほど時間に余裕はないよ」とお吟が一同を見回し「まず私の希望を言うわ。行きたい場所、八区に借りたわれわれの大豆積込み地。会いたいのは、糧桟の呉慶永、そして東清鉄道の担当者、大連のことを考えれば南満洲鉄道の出先にも会う必要があるわね」

「八区には明日いちばんにお連れします。呉の会社は埠頭区ですが八区で会えるかも。それから東清鉄道は中国人の職員と仲良くなっとります。中国人は権限がほとんどなく、重要な決め事はロシヤ人が握っておりますが、いろいろ内部の詳細を聞き出すのに便利でね。大豆、高粱、粟は穀物第三種といって運賃が決まっていますが値引きも交渉次第、いずれお任せください。

満鉄と称する南満洲鉄道はハルビンには調査課の出先があって、そこの杉山という男がペトロフ商会にはつながりをつけたがっています」

打ち合わせが終わると「ここは山東商人が多いので、今夜はうまい山東料理の店にご案内しますよ」と佃が言う。

「山東料理は北京料理のもとになったのよ」

「部長さんはよくご存じだ。前祝いのつもりでおおいにやりましょう」

4

辻馬車の馭者の服装は区によってルパシカの色が決められているのだという。お吟たちが雇った埠頭区の二台の馬車の馭者は、赤いルパシカにヴェストを着こんで黒いキャップを被っていた。

これが旧哈爾浜になると黄色のルパシカになるのだ。灰色のサージのスカートに麻のブラウスを着て小さなトーク帽を被ったお吟は、また佃と並んで馬車に乗った。

西暦で六月四日、朝の九時、埠頭区の中心街にあたるキタイスカヤ通はすでに人通りが多い。馬車は通りを南に下がり、左折して舗装されたモストヴァーヤ通を東に進む。鉄道本線を越えるとその左側が八区で、約一二九〇平方キロメートルあるといわれる長方形の区画だ。馬車はさらに東に進んで、中国人街の傅家店との境にある未舗装の道へ左折し、一・七キロメートルほど先の松花江の方に下がって行った。

空きの目立つ土地に木造の倉庫らしいものが立ち、何かを製造しているらしい工場がある。引込み線に停まった貨車の周りで中国人が数人動いていた。

「なんか道が悪そうね」というお吟に佃もブーツを隠すスカートの長さに目をやりながら、

「ここはかつて湿地で、鉄砲好きがカモなんか撃っていたところだす。戦争の時、ロシヤ軍が軍需物資を受け入れる場所に困って、ここに引込み線をひいて揚げていたそうで」

引込み線に合わせて斜めの細長い土地を分割して利用している。「ほら、ここがわれわれの借りた地所です」と馬車を停めたところで、一行は馬車を下りた。向うに工場らしい建物や倉庫が並んでいるようで、手前のガラクタが放置されているスペースが東清鉄道から割り当てられた土地だ。泥が深そうで、お吟たちも中に踏み込むのはやめた。倉庫らしい建物が並ぶ間に引込み線が見えるのを指して安中が「引込み線はあるとないとで、だいぶ積込みの手間が違う。新しく本線から引けなくとも、いまあるあの線に枝線をつけてもらえないか考えとるわけで」と言うと佃も「それを東清鉄道に交渉したんだすが、何しろ実績がないし、ペトロフ商会もここでは知られていないので、今回部長さんに来ていただいて助かります」

呉の持っている大豆がまだ出荷されずに積んであるというので、見に行くことになった。引込み線沿いに割ぐり石などを入れて補強した道を行くと、木造の倉庫の手前に、小麦色の筒型の建物のような上に傘屋根が載っているのが四つほど見える。

「あれがそうですわ」と佃が指さしながら「まだ残ってますな。夏の雨の降る時季までにあらかた出荷するんですが、今のうちに麻袋に詰めて倉庫にしまわんとな。清国語でトゥンという積み方で、漢字では国構えの中に西洋の重さを数える屯という字を入れたやつで、日本人は屯積みと呼んでいますがね」

近寄るとそれは直径六メートルほどあり、壁は麦わらのようなものを編んだものだ。それを見上げていると、倉庫の方から藍色の単衣の長い上着、大衫子《ダーシャンズ》を着た男が苦力を連れてやってきた。

「おや、呉慶永ですよ。ちょうどよかった」と佃が言う。

辮髪は黒々としているが五十歳は過ぎているようだ。頬に細い口ひげが垂れた丸顔に眼鏡をかけ、扇子を手にしていた。お吟の服装を見てかロシア語で「お早うございます、奥様《マダーム》。こんなところまでよくおいで下さいました」と挨拶する。佃が「ペトロフ商会の部長さんをお連れしました」とお吟を紹介した。

「エリサヴェータ・ペトロヴァです。私は営業を担当しております」

「呉慶永と申します。こんなところではお話しできませんから、埠頭区の私の事務所においでになりませんか。ちょうどお昼時にもなりますし」というのにお吟は中国語で言った。

「実は私どもは昨日ハルビンに着いたばかりで、これからいろいろ事業に関係する方々に会ったり調べたりするつもりです。商会としてのしっかりした考えを持ったうえで改めて呉先生にお会いできないでしょうか。今日はまず大豆の保管の場所とやり方を知るためにここへ来ました。このトゥンの積み方を教えてくれませんか？」

　呉はにっこりして説明し始めたが、お吟には言葉の意味がよく分からない。佃が気づいて「呉先生、専門の清国語の言葉は部長には分からないので、私が日本語で説明します」と断って、お吟をトゥンのそばに連れて行った。

「屯積みは六〇〇〇プード積み、七二〇〇プード積みがありますが、これは少ない方で約九八トン、貨車三台分余りが積まれています。まず直径六メートルぐらいに円く丸太を並べて湿気よけの高粱の茎を重ねて蓆子《シーズ》、つまりアンペラですな、それを敷き詰めるとこの葦苫子《ウェイシャンズ》というアシを編み上げた長い筵のようなもの」と壁を叩きながら振り返って呉に訊いてみて「これは営口の近くの田庄台《ティエンヂゥアンタイ》の特産だそうです。長さが一五メートル以上あるやつをぐるぐる巻き上げながら中にばらの大豆を放り込んでゆく。ほら、爪楊枝のでかいような籤子《チィエンズ》で縫い合わせて豆がこぼれないようにしていますね。最後にはアンペラで覆い、傘型に葦苫子を載せて雨よけにする」

「大豆を出して麻袋に詰めるにはどうするの？」

「ここにはないが」と佃はあたりを見回して「木製の樋のようなものを使うのです。壁の四分の一ぐらいの高さのところに穴をあけて差し込む。樋に蓋が付いていて開ければ豆がざあざあ流れ出て麻袋に入ります。巻いた葦苫子は上からはぎ取ってゆき、最後には屋根も外して苦力が中に入ってシャベルで麻袋に詰めるということだすな」

5

その日の午後、お吟と佃は昨日のカフェーで東清鉄道の中国人に会っていた。清吉は由松を連れて苦力の確保について調べるため別行動となった。哈爾浜営業所の職員だという王鴻謙《ワンホンチィエン》は、お吟の見るところ三十五歳、薄茶色の背広に白いボウタイを締め、辮髪をバナマ帽の中に隠していた。コーヒーカップをテーブルに置いてお吟がロシア語で言う。

「ペトロフ商会は近く四〇〇トンの大豆を英国に送るのよ。東清鉄道で輸出大豆をウラジオストクに送ったことが今までありましたか」

「ウラジオストクの油坊のために送ることはありますが、輸出は初めてになります。もしその動きが続くなら、会社としても大いに期待されますね。これまでは輸出はもっぱらダーリニーからでした。それも上海や神戸に向けた荷です」

「これからはウラジオストクからの輸出に力を入れるべきじゃないの。ところで、今日ペトロフ商会がトゥンのために借りた土地を見てきましたが、引込み線から遠いのが困る」

「枝線が引けないかというお話はこちらの佃さんからうかがっていましたが、具体的な動きがなかったので返事ができないでおりました」

「うちの費用で枝線の工事をしてもいいのよ。その代わり枝線に入れた貨車一台当たりいくらの口銭をいただく」とお吟が冗談とも本気ともつかぬ言い方をする。王は苦笑して、

「どうでしょう、本日はうちの所長もおりますので、これからお会いになりませんか」

「営業所はどんな仕事をしているの。所長に権限があるのですか？」

「営業所は埠頭区、八区の旅客、貨物、倉庫業、税関手続き代行までやっていますが、もちろん所長に引込み線の権限はありません。でも、営業所の成績に資することですから喜んで本社に働きかけるでしょう」

営業所はカンメルチェスカヤ通の角に煉瓦造りのまだ新しいビルを構えていた。お吟と佃は応接間で三〇分ほど待たされた。王といっしょに現れたクジマ・アルダーノフという所長は、フロックコートを着た二メートル近い大男で、長い顔の下半分がひげにおおわれ、顔に似合わない円い小さな眼鏡をかけている。重厚な造りのテーブルを挟んでお互いに向かい合うと、王が双方をロシア語で紹介する。所長が訊いてきた。

「この王からいま引込み線の問題も含めて聞いたところです。部長さんの要請には誠意をもって対応するつもりですが、まずペトロフ商会の内容をきかせていただけませんか」

「現状についてはウラジオストクの御社の支店に照会すれば分かることですが、商会の起源を申し上げますと、亡くなった先代社長グリゴーリイが一八六八年に捕鯨帆船の根拠地として設立したのが始まりです。ちなみに捕鯨は現在も地元企業との合弁で続けております。沿海州の鮭などの加工、輸出も事業の一つですが、石炭の移入と販売に長い実績を誇っており、戦時には危険を冒してサハリンなどから石炭を運んで巡洋艦隊に供給しておりました……」

社員が中国茶を運んできた。所長はそれを勧め、テーブルの中央の箱を開けて葉巻を見せる。

客が吸わないと分かると、自分が一本取って口を切って火をつけた。

「今回の大豆輸出に関してはハルに本社を置くハーディング社と合弁会社を設立して取り組むことになっております。この会社は英国でも信用のある貿易会社なのでご照会されれば分かるはずです」

「なるほど。それで枝線の件は具体的にどのようなご希望です？」

「今回、四〇〇トンの見本を送れば、今秋収穫の大豆については一〇〇〇トン単位の注文があると確信しております。冬になる前に工事をしていただきたいのです」

「見本の送り具合など実績を見て考えましょう」

「ところで、今後は御社もウラジオストクからの輸出に傾注すべきだと考えますがいかがですか。南行路は長春から先は満鉄で、その先のダーリニーは今や大連と名前を変え、御社には利点がないのでは。われわれは当面、南満の大豆まで集荷して輸出する力はありませんが、ハルビンの南の例えば雙城堡《シュアンチォンバオ》、さらに蔡家溝《ツァイジャゴウ》のように有力な集積駅に集まる豆も北へハルビンまで送って輸出に回すことも検討しています。その場合、南行路のどこまでなら大連に送るよりは費用負担が軽いのか、その限界の駅がどこなのか、これから計算せねばというところです。御社でこのハルビンへの北行便の特別運賃を考えていただけないでしょうか。そうすれば御社もハルビン以南の大豆を満鉄に奪われずにすみます。それとハルビンからウラジオストクへ送る輸出穀物、第三種の大豆だけでなく第二種の大麦、燕麦、トウモロコシなどもこれから輸出を促進するための運賃の特例が考えられませんか。一プード当たり二〇カペイカぐらいでいかがですの？　われわれはおおいに助かる。御社にとっては貨物集荷の促進経費としてそれほど痛くはない……」

アルダーノフ所長はくわえた葉巻を噴き出すようにして「まったくお姿に似合わない虫のいい提案ですな」と笑いだした。

その日の夕方、お吟がホテルの部屋で休んでいると、由松が清吉とともに帰ってきたと呼びにきた。ロビーには佃もいて、四人でソファと安楽椅子に座って向かい合い、清吉の報告を聞いていた。苦力の確保については結局、呉慶永の事務所も訪ねたのだという。ハルビンはいま日露戦争直後の景気の落ち込みが回復して、人手はいくらあっても足りず、このため山東省などから中国人の労働者が押し寄せているという。

「苦力の数としてはあるということね」

「ええ、十月には帰ってしまう彼らをどう引き留めて使うか、だと呉は言っていました」としゃべっていた清吉が急に立ち上がった。「劉輝《リュウフウェイ》が来ましたよ」と言う。

ホテルの玄関から中国人が一人入ってきた。薄緑色の涼しそうな大衫子を着てカバンを提げている。清吉がそばに走り寄るようにして迎えると、お吟たちのところに連れてきた。

四十台の小太りの裕福な商人といった風貌だ。あまり日に焼けていない顔に口ひげも生やさず、笑みが絶えない口調で挨拶した。だれも匪賊の手下と気がつかないのは当然だ。

「ウラジオストクから電信をもらってまいりました」

「私がハルビンまで来た理由は分かるかしら」

「はい、そこで明日、顧学良に会っていただきます」

「え？　ハルビンにいるの？」

「明日の午後、傅家店に入ってまいります。もちろん、お忍びといった格好ですが。それでここへお迎えにあがってもよろしいですか？」

「いいわよ。待っているわ」とお吟が答えると、これで用はすんだというように立ち上がりかけたが「ところで、ペトロヴァ様は馬に乗れるでしょうか？」と思い出したように訊く。

「馬でどこかへ行こうというの？」

「さあ、顧が訊いておいてほしいというものですから」

「乗れるわよ。ふだんは側鞍《ツェアン》だけど。ハルビンに側鞍などないでしょうね」

「いえ、どうしてもとなれば探してきますが、馬の方が側鞍に慣れていないと苦痛でしょう。馬が可哀そうです」

6

五日朝、お吟はホテルのロビーに下りて由松と清吉を待っていた。二人は両替のためにホテルが推薦したに銭舗《ジェンプー》に行っていた。

北満では東清鉄道沿線を中心に羌帖《チィエンティエ》と呼ばれるロシア通貨が流通していた。日露戦争の敗戦後もその信用は衰えず、ビジネスなどでの支払いはロマノフ紙幣とロシア金貨、銀貨で行われ、銅銭も使われた。さらにスペインの墨銀（メキシコ銀貨）も信用厚く、また馬蹄銀や鍋型の銀塊があって目方を計って使われる。

省が発行する官帖と呼ぶ銀との兌換紙幣は吉林官帖局発行の吉林官帖が広く流通していたが、齊々哈爾《チチハル》に本社のある広信公司が発行する黒竜江省の龍江官帖は信用が薄く省内でしか使えなかった。しかも、銀相場の高騰で公定相場が変動し銀市での変換が額面通りにいかなくなっている。庶民が日常使うのは制銭と呼ぶ穴あき銭で銅の含有量が決められており、一枚一文で使われる。しかし、これを偽造した私銭が出回っており、政府は厳禁して取り締まるが、制銭自体の流通量が足りないので、私銭もごく普通に通用していた。

「お待たせしてすみまっしぇん」といいながら清吉、由松がもどってきてお吟の目の前に座った。由松は紙袋から両替したお金をテーブルに広げた。縦長の紙幣に〈吉林官帖〉と〈壹百吊《ディアオ》〉などと金額を印刷した官帖や銀貨、制銭などを数えて清吉に分け、手帳に金額をメモしていると、佃がやってきてカフェーに満鉄の職員を待たせていると言う。

杉山喜一郎と名乗った職員は、黒髪で日本語をしゃべるロシア商会のお吟を興味深そうに見つめながら「ペトロフ商会に関してはよく知っております。この度、大豆の輸出に関わると聞いて、ぜひ当社に輸送などご用命いただきたいと願っているところです」と軽く頭を下げた。フロックコートを着て口ひげを丁寧に整えた三十代の男だ。

「調査部調査課とはどんなお仕事なの?」

「南満洲鉄道はご承知のように昨年、大連にできたばかりの半官半民の特別な会社です。私はそれ以前からハルビン周辺をうろついていたもので、設立と同時にただ一人の駐在員に採用され、今年の調査部発足と同時に所属が決まって部下も持てるようになりました。調査という仕事は総裁の後藤新平の年来の考えのようで、何しろ日本はロシヤを理解不足のまま戦争に突入したわけで、それを反省材料に満洲だけでなくロシヤ、蒙古まで政治や経済から文化や民俗に至るまで広く知ろうという心構えでおります」

「そうですか。われわれもまだ大連からの輸出はもくろんでいないのです。大連からとなると、荷降ろしと倉庫への保管、通関などで支店を設けねばなりませんしね」

「そうした仕事の大部分はわれわれ満鉄が代行できるものです。ごく安い手数料でね」

「一九〇三年にうちの社員が大連まで出張して調べてまいったのですが、満鉄ができたことで大連までの運賃など諸掛りがどう変わったか分からない。満鉄の運賃が東清鉄道より安くなれば別ですが、両社の境目の長春では余分な費用がかかりそう。その辺の比較資料が欲しいわ」

「分かりました。調べて資料にして佃様にお渡ししましょう。佃様とは何か境遇に似たものを感じて、親しくお付き合いさせていただいております」

六月五日午後、劉輝が辻馬車二台でお吟たちを迎えに来て傅家店に連れていった。埠頭区よりも細かく区割りされた完全に中国人の町で、鉄道付属地とは違って清国政府の行政下にある。

バラック小屋のような民家が多く、それでも軒先にものを並べて売ったり、中で客が飲食しているのが見える。きちんと塀を回した中国家屋は、日露戦争の際に前線に物資を供給する仕事にかかわって儲けた者や、新興の埠頭区でいち早く商売を成功させた清国人のものだ。煉瓦造りのビルはほとんど見かけない。傅家甸《フージャディエン》と名前を変え、広場を中心に関帝廟、芝居小屋、妓楼などが集中してにぎわう一角が出現するのは数年先のことだった。

　広い木造の家にいろいろな商品を並べたのが劉輝の店で、日用品、雑貨から機械類まで何でもそろえている。隣の居酒屋は妻の弟が経営しているという。劉輝は四人をその居酒屋に案内した。奥に特別室のような感じの造りのしっかりした六畳間ほどの広さの部屋があった。大きな円卓を前に立ち上がったのが、北満で最も勢力を持つ匪賊の顧学良だ。薄物の長袍を着た顧は、口ひげを生やした角ばった顔で、辮髪のために剃り上げた頭の形はあまりよくない。

「顧学良先生《シイエンシオン》、お初にお目にかかります。エリサヴェータ・ペトロヴァです」

「ペトロヴァ女士《ニュシー》、先生はいらんよ。ハルビンまでよく来られた」

「顧学良、私を寧世傑のようにエリスと呼んで」

「その寧世傑はどうしているかな、エリス。聞いているだろうが、おれたちは松花江をくだった三姓《サンシン》の近くで生まれ育ったのだ」

「寧はあなたによろしくと申しておりました」と言って、お吟は連れてきた三人を紹介した。顧は胸から上しか円卓から見えない背丈の由松を「私の秘書で護衛です」と紹介したのに興味を持ったようだ。持っているのは仕込杖だと見たに違いない。部屋の隅に黙って座っていた男を手まねきして「おれの護衛はこいつ、干延樹《ガンイエンシュ》だ」と紹介した。干は笑うことのない顔の大きな男で、見るからに匪賊そのものだ。辮髪の頭を白い布で鉢巻きのように縛っている。灰色の上着に細身の袴子をはいて、肩には革紐で小銃の銃床部分を切ったような形の薄茶色のケースを提げていた。

「ところで、顧学良。私がハルビンに来た理由が分かるでしょ」と茶と菓子が運ばれたところでお吟が切りだした。

「大豆の出荷については安心してくれ。寧の手下の関少奇《グアンシャオチィ》とあちこち回って、これはという地主、こいつらはおれの通行手形を持って大豆を運び、糧桟に売っている連中だが、今度はおれのいう糧桟に売ることになるぞと声をかけてある」

「埠頭区のペカールナヤ通にある呉慶永《ウーチンヨン》という糧桟と組んだわ。うちの商会ではこの夏に英国に四〇〇トンの大豆を送る。そして明年初めには本年産の豆を千トン単位で次々に送ることになる」

「呉慶永は名前を知っている。まともな商売をやって信用もある商人だ」

「それで、北満の地主はすべてあなたの通行手形で呉のトゥンに送るわけにはいかないの？」

「そうもいかないのだ、エリス。おれは手下どもを養わんといけないからな」と解説めいた話になる。

「北満の大豆とおれたち匪賊の関係を説明しよう。おれの通行手形なしで出荷している地主、農家の方が当然、数が多いのだよ。彼らは九月末から十月初めに収穫した大豆をたくさんある中小の糧桟に売る。松花江が凍るまではジャンクに載せて、十一月から三月まで地面が凍ると荷馬車で送る。一頭曳きなら一二〇〇斤(七二〇キログラム)、四頭では四五〇〇斤(二七〇〇キログラム)ほど積む。親父が馬を引いて、家族も全員乗る。家にいて薪代をかけるより家族全員がいっしょの方がいいのさ。こうした馬車が連なってゆくのだが、こいつは匪賊の獲物だ」と、顧はにんまりとしたが「しかし、地方官憲が認可した鏢局《ピィヤオジュ》という保険業者がおってな。例えば小銃十丁ぐらいの護衛の保険隊《バオシィエンドゥイ》をつけてくれる。保険隊は匪賊が弱ければ撃ち合って撃退してくれるだろう。しかし、これはかなわぬと見れば客からもらった金の一部、銃などを差し出して勘弁してもらう。まあ、初めから匪賊と話をつけている場合も多いのだがね。おれの手下はいざ号令をかければ一〇〇人、二〇〇人と戦争ができるくらい集まるよ。が、それだけの人間をおれが常時食わせているわけじゃない。彼らはふだん正業についていて、冬から春の季節には通行手形なしの荷馬車隊を襲って稼ぐのだ」

「分かったわ。でも、送る大豆が足りなくなれば、その連中をあなたの通行手形の仲間に繰り入れることはできるね」

「もちろんだ。そうして出荷量を塩梅できるが、それはそちらの希望で劉輝が手配する。そっちの窓口は佃になるわけだな」

佃と劉輝が連絡の取り方など具体的な方法を話し合っている。由松が干の持つ銃床型の入れ物を指して「あれはピストルか何かなのですか?」と訊いた。顧は振り向いて干にそれを持ってこさせた。床尾についた蓋を開けると、長さ三〇センチほどある大型の自動拳銃を取り出した。

黒光りした銃身に丸みを帯びた茶色の銃把がついて、引金の前に長方形の弾倉らしいものを備えた変わった形だ。

「これは一〇年ほど前にドイツのマウザー社が売り出した一〇連発ピストルだが、おれたちには人気の武器になっている。箱の中に手槍《ショウチィアン》（ピストル）が入っているので盒子炮《フーズパオ》と呼んでいるのだが」と由松に手渡した。

由松は興味深そうにいじっていたが「これならお嬢さんでも引金に指が届きますよ」と、隣のお吟に握らせた。お吟は左手を弾倉の下に添えて部屋の隅を狙いながら「なるほど、少し重いけど重心の釣り合いが取れて私でも使えそう」と言いながら顧に返した。顧は銃床の前床部分をピストルの銃把の後ろについた溝にはめ込み由松に渡した。由松は銃床を肩に当ててみて「なるほど、工夫を凝らしていますな。これでどのくらい遠方を狙えますか」と訊いた。

「二〇〇メートルといわれているが、われわれの商売では十分な距離だな」と銃を干に返して、

「日露戦争の時に匪賊はロシヤ、日本の双方に雇われた。おれたちはどっちにもそんな義理合はなかったのだが、単に新しい銃が欲しかったのだ。ロシヤについたおれたちにはモシン・ナガン銃があてがわれたが、やたら長くて使いにくかった。日本についた仲間には、同じ五連発だが三〇年式小銃の銃身を短くした騎兵銃が支給された。おれはそれが気に入って使っているよ」

「顧学良、あなたは私が馬に乗れるかと訊かせていたけど、何なのよ」

「それが今日の大事な話だ、エリス。ハルビンから哈爾浜街道をおよそ六〇露里（約六四キロメー

トル）いったところの蜚克圖《フェイクウトゥ》に康宗元《カンゾンユェン》という糧桟など手広くやっている男がいて、こいつは三姓の方まで右岸一帯の大豆を抑えているという。おれは欧州に輸出する計画があるから頼むよと春の段階で声をかけておいた。ところがその後、ウラジオストクの商会といっても当てにならない、うちは大連から上海に移出してくれるこれまでのハルビンの糧桟を大事にしたい、などと渋っているという。そこで商会の幹部がハルビンにくるから会わせようと約束した。冬と違って今の時季の街道は道が悪いから一泊二日の旅になる。行ってくれるかね」

「分かった。私と由松で行く」とお吟が答えた。

第九章

満洲の丘の上で

I

六月六日朝、劉輝が辻馬車でホテルまでお吟と由松を迎えにきた。「おはよう」と声をかけながら乗り込むお吟は、青磁色に吉祥文字を刺繍で散らした旗袍と袴子に普通より踵の低い旗鞋をはいていた。腰鎖で右前に小さな革のバッグをつけている。紐で背中にかけたのはミシェルから借りた麦稈真田編みのゴルフハットだ。仕込杖を手にした由松はハンチング帽を被り、薄いズック生地のハンティングコートを着ていた。ゆったりとした仕立てで、左脇に吊ったスミス&ウエッスンのレヴォルバーは目立たない。

傅家店の一角に成功者の中国人たちの住宅がかたまっており、馬車は竜の文様を飾った門のなかに蹄を鳴らして滑り込んだ。「ここが顧学良の家なの?」とお吟が小声で訊くと劉輝が黙ってうなずいた。広い前庭に馬が五頭つながれ、その向うに中国式の大きな邸宅がある。お吟たちの到着を見て、モーゼル銃のケースを肩から下げた干延樹が家の玄関に入ってゆく。

お吟たちが馬車から降りて、劉輝に教えられたそれぞれの馬を吟味していると、三〇年式騎兵銃を手にした顧が出てきた。顧は白いバンドカラーのシャツに薄茶の軽そうなジャケットを着てパナマ帽をかぶり、上半身は紳士の服装だ。顧はお吟の衣装をながめて納得の表情で「さあ、すぐ出発だ」と声をかけた。干がお吟と由松の手荷物を受け取り、荷を積んだ馬に重ねた。

由松は飛びつくように馬に乗った。西洋種でなく在来種の馬だが、鐙には足が届かない。鞍の左前に顧の馬と同じように長い革袋が付いていたので、由松はそこへ仕込杖を収めた。

哈爾浜街道に出るのは中心街を南東に行く道だが、顧は用心のため市街を避ける道を行くのだという。傅家店を出るとすぐ東に向かう。段丘の下を川が流れ、その岸にドロノキが並ぶのを見ながらなおも行くと、道は高粱の畑の間をたどって半円を描くように遠回りしているようだ。顧とお吟が馬を並べ、その後ろから由松と荷を載せた馬をひく干が従っていた。

街道に出ると、幅二〇メートルもある道のぬかるみが深くなった。重さのある荷馬車が通れないのは当然だ。それでも時速一三キロになる速歩を交えながらたどってゆくうち、あたりの景色はだんだん単調で広く変化に乏しくなった。緩い起伏を見せる土地に、高粱がまだ緑の鮮やかな茎と葉を連ね、大豆畑がうねるように広がっている。何かの目印なのか、わざわざ残されたような繁みが見える。申し合わせたようにどの農家も斜めにつぶれ、その間隔が耕作地の面積なのかもしれなかった。

空には珍しく雲が広がり、風が微かに吹いてあまり暑さは感じない。

「あれはみな高粱なんでしょ？」とお吟が単調さに我慢できなかったように声を出した。

「そうだ。高粱畑がところどころ大きく空いているだろう？　おれたちは山を下りて移動する時、高粱の間を抜けてゆくんで、見張れるようにしているつもりなんだ」と顧が高笑いした。

「だれも通らないわね」

「当たり前だ。いまの時季、この悪路をもの好きに旅行などしない。通るとすれば、街道に設けられた官設の駅站（駅逓）をたどって公文書を運ぶ役人ぐらいのもんだ」

小さな川に橋が架かっていた。ここで休んで馬に水を飲ませるのだという。橋のたもとから川に下りられるように石を積んであった。由松が手伝って、干が一頭ずつ馬を水辺におろして水を飲ませた。泥のない橋桁の上で四人はひと休みした。干が荷の中から茶を入れた水筒を出し、包子《バオズ》を重ねた入れ物を回して取らせている。包子は小麦粉を練って薄い皮を作り、肉や葱、ニラなどを包んで焼いたものだ。

お吟が二つ目に手を伸ばして「これ、おいしいわね」と言うと顧が「これは劉輝の居酒屋で今朝焼いたものだ。劉輝に言っておくよ。喜ぶだろう」

男たちは街道の端に立って小用を足していたが、女のお吟はそうもいかない。街道わきの繁みを見て、お吟が由松に声をかけた。由松が干に頼んで、荷を覆った広い布を借りた。由松が布を両手で繁みの前にカーテンのように広げ、お吟がその前にしゃがんで尻をまくる。由松は見ないように横を向いていた。

昼近くになって顧が先方に見える大きな農家を指して「あそこで休んでゆくからな」とお吟をいたわるように言った。街道から北側に十メートルほど、石を敷き詰めた道があり、その先に背の高い柴を束ねたものを垣根にぐるりと回した屋敷があった。広く開けた入口にあるのは日本の神社の鳥居と同じ形をした満洲族の門だ。四人はそこに馬を入れた。

門を入ると左側、つまり西側に馬小屋があり、反対の東側の小屋に荷馬車を入れていた。目の前にあるのは庇のついた短い塀で、門から入った時、庭や母屋の戸口が見通せないよう衝立の役目をする影壁《インピー》だ。屋敷の中央に四角な大きな庭、院子《ユアンズ》があり、脱穀などの農作業、さらに家族の行事が行われる。庭の両側の建物、廂房《シィアンファン》のうち西側は三つほど戸口のついた細長い家で、親族か使用人の住まいのようだ。東側の廂房は開いた戸口から大きな鍋台《グオタイ》が見えて、炊事場と付属の物置だった。

正面の母屋、正房《ヂォンファン》は間口が広く、切妻屋根を載せた日干し煉瓦造りで、壁の厚さは防寒のため三〇センチ以上あるはずだ。干が入口から入っていったかと思うと、小柄な男が飛び出してきた。両側に七〇センチほどのスリットが入った袍子《パウズ》と称する室内着を着ている。円錐型の帽子を被った頭を忙しく振りながら「顧学良先生、よくお出で下さいました。突然のことでびっくりしました」と挨拶した。

「趙元志《ヂャオユエンヂー》、しばらくだったな。達者でおったか」

趙はちょっと慌てた様子で、ちょっとお待ちを、と家の中に走り込んでいった。部屋を片付けさせるためで、一行は一〇分ほど待たされた。

部屋は広く正面に炕があって、フェルトを敷いた上に衣櫃《イーグウェイ》（衣類びつ）が載っている。東側にドアをつけた部屋は夫の居室で、西側にあるのが妻の居室だ。その居室と炕の間が空いていて両側にそれぞれ扉があり、奥にも部屋があるようだ。炕の前に急にしつらえたらしい机と椅子が並び、四人はそこに座った。趙の妻が使用人らしい年配の女性に茶を運ばせてきた。

「趙元志、突然来たのだから構わんでいいぞ。おれたちはこれから蜚克圖まで行くんだ」

「いえいえ、軽いお食事を用意させてください。私どももこれからいただくところでした」と趙は右側の奥に消えた。

「ここの主人は地主なの？」お吟が訊くと、

「そうだ。清国政府は旗人に一戸当たりだいたい五〇晌《シャン》（約三七八平方キロメートル）の土地を給与した。農業以外の営業を禁ずる条件でな。小作人にはどんどん漢族が入ってきたが、彼らの勤勉の度合いは桁違いだからな。満族は次々に名前だけの小作人になる。政府が漢族の土地所有を認めると、もう歯止めが利かなくなった。不在地主で遊び暮らしていた旗人は没落して、この先々代は土地の半分を失い、先代がまたその半分をなくして、今のこの家に移ってきたのだ」

供された昼食は小米《シャオミィ》（粟）の粥《チョウ》で、ぐたぐたに炊いて菜っ葉のようなものを入れ、染付の鉢に盛ってめいめいの前に置かれた。さらに豆腐を突きくずして白菜と油でいためた豆腐白菜《ドウフーバイツァイ》が中央の大皿に盛られてある。お吟は散り蓮華で粥をすくって口に運んだ。頬にふっとした笑みが浮かぶ。お世辞にもうまいものではない。他の三人はもっと正直な表情を見せた。お吟は豆腐白菜を小皿に取り、こちらはお代わりして食べた。見守る趙に顧が照れ隠しのように声をかけた。

「おい、お前は大豆を蜚克圖の康宗元のところに売っているんだったな？」

「へえ、うちの農家の連中は通行手形をもらって運んでおります」

食後の茶を飲むと、お吟が趙の妻に厠所《ツェスオ》の場所を訊いた。妻の案内でお吟は左側の扉を開けて奥の部屋に入ると、そこは土間で農作業の道具などが置いてある。外へ出る戸を開けると、建物の西側に女性用の便所があった。男性用は反対の東側にあって、その向うに側門《ツェアメン》が開いていた。裏は菜園で、自家用の野菜を作っているようだ。

2

午後四時ごろ、一行は川を渡った。馬に水を飲ませた川より大きな川だ。橋の上で馬を休ませながら顧が「これが蜚克圖川《フェイクウトゥ》だ。もうすぐだぞ」と言ってから「フェクトというのはな、満洲語で間隙《ジィエンシー》という意味だ。このあたりは昔、何かの境目だったんだろうよ」

そこから間もなく、先方に家がかたまった蜚克圖の集落が見えた。その手前に高い土塀が回る広い一角があり、それが康宗元の焼鍋《シャオグオ》などの工場だった。土塀は広い土地を囲って、内部には従業員の住居も含めちょっとした集落のようになっていた。土塀の角に屋根のついた望楼のような建物が建っており、外を向いた壁に銃眼が開いていて匪賊の襲撃に備えている。干が門に近づくと、左側の門番が詰める門房《メンファン》から銃を持った男二人が現れた。干に言われて一人が奥の事務所に走ってゆき、しばらくすると一行は門内に通された。

木造平屋だが屋根の高い建物が、ほとんど間を置かずに並ぶ。そのうちのどれなのか機械が稼働しているような音がして、灰色の上下を着た従業員が忙しそうに出入りするのも見える。

事務所は比較的新しい洋風の煉瓦造りだが、玄関のドアの周りは中国特有の模様で飾られていた。その玄関から辮髪にお椀帽をのせ、消炭色のルパシカを着た男が出てきて、

「顧学良先生、今日お出でになると伺い、お待ちしていました。蜚克圖へようこそ」と見上げた。顧は「康宗元《カンソンユエン》、しばらくぶりだな」と声をかけながら馬を降りた。門番二人が馬を玄関前につなぎ、四人は事務所に入った。紫檀の重厚なテーブルに康は顧、お吟、由松をいざない、干はドアのそばに立っている。顧はお吟を「ペトロフ商会の娘さんで営業担当の科長《クエヂャン》のエリサヴェータ・ギン・ペトロヴァだ」と紹介した。

「康宗元先生、私はペトロヴァと申します。ふだんはスカートなのですが、馬に乗らねばならないのでこんな衣装になってしまいました」と中国語で言うと、康は相好を崩し、

「ペトロヴァ女士《ニュシー》、大変高貴な装い、立派な漢語に敬意を表します」と言って運ばれてきた茶と菓子を勧めた。お吟は由松を自分の秘書《ミィシュ》だと紹介し、道中の道の悪さを話題にした。顧は「趙元志のところで昼飯を食った。彼を知っているだろう?」

「はい、古い旗人の地主だそうで。大豆を糧桟の私どもに売ってくれています」とうなずいてから「こんなところで話してもおくつろぎになれないでしょう。今夜はわが家でゆっくりしてください。うちの厨子《チュズ》が料理の腕を振るいますから、食事をしながらいろいろ話しましょう」

康は敷地内に塀を回した自分の屋敷を持っていた。お吟が案内されたのは洋式ホテルのツインルームで、浴室は熱いお湯が出た。感心していると、顧と由松が入ってきて「こっちの部屋は上等だな」とあたりを見回している。

「干はどこにいるの？」とお吟が顧に訊いた。

「おれたちとは離れた部屋なので、干も困っているだろう。それで由松《ヨウソン》、食事の時もその脇の下のものは持っていてほしいな」

「分かったかい、由松。お前が干の代わりになる」とお吟が日本語で念を押し、

「ところで康の糧桟に入る大豆はみな顧学良の通行手形で出荷されてくるの？」

「必ずしもそうではない。だいたいにして、ここからハルビンへの大量の輸送は康が大手を振ってやっている。康の弟も三姓の大きな糧桟で、松花江の波止場から船で大豆をハルビンに送っている。その波止場までの大豆はほとんど保険隊付きで、大豆を売った帰りもそうだ。おれたちの仲間の稼ぎ場になっている。これを機会に松花江右岸はすべておれの通行手形で出荷させるとなると、その稼ぎは仲間にも分けてやらんとな」

「康はそれを了承するかしら。ハルビンの売り先も変わるわけだし」

「おれがこうして乗り込んだのに、いやとは言わんよ」

康の家の餐庁《ツァンティン》（食堂）は北京あたりの高級料理店のような部屋だった。お吟が見慣れた〈ミリオンカ〉の店がみすぼらしく見える部屋の造りと家具で、お吟ら三人は大きな紫檀のテーブルに迎えられた。顧は長袍に着替えていたが、康も薄い絹の長袍を着ている。五十歳前後のようだ。細い優美な口ひげが頬から垂れて、穏やかな人柄のように見えた。

部屋の壁際には中国のいろいろな美術品が飾られ、その種類の多さは古美術店のようだ。お

吟は感嘆の表情で見まわしていたが、そうした品々の間に日本の人形が交じっていた。華やかな着物を着た娘が、薄紫の花が連なる木の枝を肩に踊っている新しい人形で「何の花だろう」とお吟は首を傾げた。

お吟が味わったことのない北京料理が次々に若い女性の手で運ばれ、康は自ら客に料理を取り分けるのに忙しい。酒は紹興酒、茅台酒《マオタイ》、白酒《バイジゥ》が供され、お吟も紹興酒を少し飲んでみた。

「康宗元先生、ここにはいろいろな工場があるようですが、どんなものを造っているのですか」

「顧学良先生はすべてご存知でしょうが」と前置きして「なんといっても中心は焼鍋で蒸留器を二組備えており、一日五回の蒸留作業を行っております。冬は焼酎の需要が急増するので、夏の間に少しでも余分に造っておかねばと精を出しています。それから油坊《ヨウファン》も人手が必要ですな。粉房《フェンファン》では緑豆で春雨《フェンティアオ》を作っております。以前は磨房《モーファン》も稼働させていましたが、ハルビンに大きな製粉所ができたので閉鎖しました。ほかに染房《ランファン》(染物屋)もやっております」

「油坊はどのくらいの規模ですか?」

「このあたりの人たちの日用の油を賄う程度ですな。大豆はハルビンへの出荷が何より大事ですから」

「その大豆についてですが、ペトロフ商会では今年から欧州への輸出を考えています。英国の貿易会社との合弁事業で、今回四〇〇トンの見本を送れば、来年春には何千トンもが海を渡るでしょう。いかがでしょう?」

「ペトロヴァ女士、それは結構なお話で。成功を祈りますよ」

「ハルビンでの東清鉄道への積込みなどは糧桟の呉慶永が引き受けるので、これからはそこへ売ってください。呉慶永をご存知ですか？」

「ええ、名前だけは知っております」

「本土へ送るより欧州向けは値段も出ますから、あなたにも松花江右岸の地主、農家にもたいへん儲かるお話なんですよ」とお吟が言うと、顧も笑いながら、

「康宗元、こんないい話をお前に持ってきたのは初めてのことだな。喜んでくれ」

「まことに結構なお話だと思います」と康は熱のない言葉を繰り返した。

「ところで、三姓の糧桟も含めて右岸であなた方兄弟が扱っている大豆は年間どのぐらいの量になりますか」とお吟が訊くと、康は顧をちょっと気にしながら頭の中で計算している。

「そうですね、平年並みの収穫だとすれば、西洋の数え方で一万二〇〇〇トンぐらいになりましょうか」

「よし、康宗元、その一万二〇〇〇トンで決めたぞ」と顧が卓を叩いた。

3

「あの小米粥《シャオミィヂョウ》はもうご免だな」と顧が言った。はるか行く手に趙元志《ヂャオユエンヂー》の屋敷の柴垣が見えている。康宗元の家では朝食を急がせて七日午前九時前に出発していた。今日も空には雲が広がっ

て暑さも気にならず、日除けに用意したお吟の帽子は背中に掛けたままだ。前日よりは道のぬかるみが深くないので、一行は速歩を交えながら街道を順調にやってきた。顧は足許に目をやって「朝早く泥の深くない時に通ったやつらがいるようだな」と言っていた。

「もう昼を過ぎているんでしょう。趙元志も昼食は終わったろうから、小米粥はなくなっているわよ」とお吟が笑いながら顧を慰めている。

石を敷いた硬い道を四人は蹄を鳴らしながら門へ向かった。門を入って影壁からのぞくと、家の戸口を開けて趙の妻が立って迎えているのが見えた。四人は馬を降りてそれぞれ馬をつなぎ戸口に向かった。お吟を待っている気配の由松に「先に行ってて、由松。私は裏の厠所に回ってから入るから」と告げた。戸口にいた趙の妻がだれかに引き込まれたように家の中に消えた。それを追うように顧を先頭に三人が家に入ってゆく。お吟が戸口のそばを通って家の左手に回ろうとしていると、家の中から甲高い男の笑い声が聞こえた。趙の笑いではない。聞いたことのない笑い声だ。お吟は閉め切れていない戸の隙間から中をのぞいた。

こちらを向いた男が右手に持ったモーゼル銃をゆっくり円を描くように振り回していた。これが笑い声の主らしい。「顧学良よ。お前とこうして会うとはなあ。愉快《ユークアイ》、愉快《ユークアイ》！」と言った。

お吟は足音を忍ばせて家の左手から、昨日便所に出た戸を開けて中に入った。まず目に入ったのは土間に座り込んでいる七、八人の男女だ。後ろ手に縛られている趙元志がこちらを向いた。その前の方に男が一人立っていて「誰だ、お前は……」と目を剥く。

「お客さんだよ」と言いながらお吟は駆け寄るようにして、男がそばに横たえた日本の騎兵銃に手を伸ばす前に腰につけた革のバッグから出したデリンジャーを男の喉元に突き付けた。

「おとなしくしなよ。さあ、ゆっくり向うを向くんだよ」と言って、男の辮髪の間から首筋にデリンジャーの銃口を押し付けた。「冷たいだろ？　けど変な真似をすると、熱いものが飛び出してくるよ。さあ、そこの扉を開けてゆっくり中に入るのよ」

お吟が男の背中に張り付くようにして二人が部屋に入ると、部屋中の視線が集まった。

「みんな動くんじゃない。動くとこいつを殺すよ」とお吟が言い、モーゼルを持った男が振り向くのを「お前、真っすぐ前を見てろ」と叱りつけた。

炕(オンドル)の前に二人の男が騎兵銃を構えて立っていた。顧はモーゼルを持った男の前方に立ちその隣に由松、干が並ぶ。そのそばにいる騎兵銃の男は、お吟が入ってこないので外を見に行ってもどったところらしい。仕込杖が部屋の真ん中に放り出されてある。趙の妻は部屋の隅におびえたようにうずくまっていた。

お吟は男の左腕をつかんでモーゼルの男のそばに並ばせた。と同時に、男の膝裏を思い切りけりつけて男が膝をついて前に倒れると、デリンジャーの銃口をモーゼルの主の首筋に押し付けた。左手の親指で撃鉄《ハンマー》をカチリと音を立てて起こし、そのまま銃を両手でつかんで言う。

「さあ、ゆっくりしゃがんでその手槍《ショウチィアン》を下に置いて」

男がそうすると「みんな銃を捨てて手をあげるのよ」と命じた。干が隣にいた男の騎兵銃をひったくり、お吟の真似をして男の膝の後ろをけって倒し、前の二人に「銃を捨てろ」と命じた。由松が仕込杖を拾って抜くと、目の前の男の首にかかった干のモーゼル・ケースの革紐を剣先で引っかけ、後ろに回して顧に渡す。それから炕の上にあった自分のスミス&ウエッスンを取り上げた。剣先をモーゼルの男の心臓に突き付けて「もういいですよ、お嬢さん」と言った。お吟は顧の隣に並んだ。

「これでよしだ。陳語堂《チェンユータン》よ。おれもお前と会えるとは思わなかったぞ。愉快、愉快と言いたいところだが、そんな気分ではない。おれたちは昨日、ハルビンを出る時も、行き帰りの道中も知った顔に会わなかった。おれが手下どもを連れずに哈爾浜街道を往復していることを知っていたのは、二ヵ所、二人しかいない」

「趙は裏で縛り上げられているわ」とお吟が言うと顧は「ちょっと待ってろよ」と後ろの部屋への扉に消えたが、五分足らずでもどってきた。

「こいつらは昼ちょっと前、趙が昼飯を食おうというときにやって来た。いっしょに小米粥を食ったそうだ。気の毒にな。そして食後に家にいる全員を縛り上げた」と言い、由松が仕込杖の剣先でチクチク刺すのを、顔をゆがめて我慢している陳語堂に「お前におれのことを教えたのは、残った一人だな。そいつはおれを殺すように言ったのか」とからから笑っている。

顧は全員を外の庭に集めた。陳の手下四人に言う。

「お前らはこれからその男のところに陳を連れて帰るんだ。お前らの馬はどこだ」

「側門のところにつないであるのが見えたよ」とお吟が教えた。

「そうか。お前ら、馬を引いてこい。干、ついて行け」

顔色も失って震えていた四人が干に騎兵銃を突き付けられながら、半信半疑の顔つきで側門から自分たちの馬五頭を引っ張ってきた。

「いいか、蜚克圖にもどったら、顧学良は生きています、命は助けてやる、代わりに顧が喜ぶことを考えて、詫びを入れに来いと言っていました、と伝えるんだ」と言った。呆然としている四人に「おい、分かったか」と念を押す。四人がうなずくと、顧は一歩前に出て陳の眉間にモーゼルの弾を撃ち込んだ。銃声がどんよりした空に吸い込まれ、陳は吹っ飛ぶように仰向けに倒れた。

「連れてゆけと言ったろ。馬に乗せてやれ」と怒鳴られ、歯の根も合わぬ震え方の四人が陳に取りついた。後頭部に大きく開いた射出孔から脳漿がはみ出している。布で頭を包んで出血を止め、四人がかりで陳の馬に引き上げて縛りつけるのを、顧たちが見守っていた。


「今朝、康宗元にゆうべの話、念を押したの」と馬上のお吟が顧に言った。「そうしたら、康が言うのよ。私どもは長年お付き合いのある顧学良様とのお約束は守らせていただきます、だって」

「なんだ、それは……」と顧が笑う。肩には陳の持っていたモーゼル銃のケースがかかっている。

「おれが死んだら約束は反故になるということかね」

「そんな意味だったのかと、さっきから考えていたのよ。その時は気にもとめなかったけど」

「そうはいかない。おれが死んでも仲間がバラバラになるなんてことはない。陳語堂の仲間とは違う」

「そうなの？　だれが首領になるのよ」

「劉輝が後を継いでくれるさ。あの土塀の中におる男どもは皆殺しだわな」

「あの劉輝が？　いつも笑みを絶やさない温厚な劉輝が？　彼は側鞍《ツェアン》に慣れない馬に側鞍を載せたら可哀そうだ、なんて優しいことを言っていたわ」

「劉輝は昔からあんな顔だよ。馬のことは知らんが人間について言えば、あいつは笑みを絶やさずに喉を切り裂いたり、土手っ腹に弾をぶち込んだりしていたぞ」

「そう。どっちにしても顧学良。出荷にはあなたがにらみを利かせて、輸出が滞りなく進むようにしてほしいわ。でも一万二〇〇〇トンはずいぶん少な過ぎやしない？」

「トン数はどうにでもなるさ。が、にらみを利かすと言えば、おれがいま心配していることがある。農家が出荷する前に大豆に水をかけて目方をごまかすことだ」

「えっ、そんなことあるの？」

「これまでもあった。糧桟の信用にかかわることだが、国内への移出だからすぐ露見した。しかし、外国に輸出するなら分かりやしないなどと心得違いをするものが出ないとも限らない。大豆はきちんと乾燥してあれば、円倉《イエンツァン》(簡易倉庫)ならもちろん、トゥン積みでも冬は低温で湿気がないから支障はない。ところが、一度濡らした大豆は、凍結したのが春になって融けるともう商品にならない」

「一度そんな大豆を出してしまったら、ペトロフ商会の信用がた落ちよ。通行手形で運ばれる大豆には顧学良が目を光らせている、という脅しを広めるしかない。頼むわよ」

　ハルビンに近づいたころ、顧が言い出した。

「今夜は劉輝に埠頭区の店を設営させて、皆さんにご馳走しようと思っている。それで、このまま旧哈爾浜を通ってお前と由松をホテルまで送ろう。夕方に迎えにくるからな」

お吟は由松に並んで顧の意向を伝えた。すると由松が顔色を変えて言う。

「お嬢さん、それはやめた方がいいですよ。モーゼル・ピストルのケースを肩にした男たちが、満洲族の女を連れて馬で通ったら、間違いなくそれは馬賊そのものです。旧哈爾浜からの大通りのどこかで必ず巡査に誰何《すいか》されるでしょう。ハルビンに来たばかりですが、巡査たちの動きを見ていてウラジオのいい加減な巡査とは全然違うな、と感じました……」

お吟が顧に由松の忠告を伝えると「なるほど、由松の言う通りだ、エリス。お前の小的秘書《シアオディイミイシュ》はたいしたもんだな」

お吟たちは旧哈爾浜の市街が見える前から東へ大回りする道を行く。傅家店につながる昨日通った道だ。まだこれから伸びる高粱が連なる畑の間の道をゆっくり過ぎると、だんだんぬかるみもあまり深くなくなって傅家店まであと少しだ。段丘のそばを流れる川岸にドロノキが並木のように並んでいる。白い綿毛をつけた小さな種が弾き飛ぶ季節で、昨日はそれほどでもなかったのに、今日はまるで道路に雪が降り積もったようになっていた。日本では泥柳の柳絮《りゅうじょ》は季語にもなる風情だが、ここでは壮観で季節が変わったようだ。お吟も「ああ、ウラジオストクの雪が懐かしいわ」と馬の蹄が踏む足許に目をやっている。

顧がちらりと後ろを振り返ってから、お吟のそばに馬を寄せてきた。

「なあ、エリス……」と話しかけるのに顔をあげると「お前、おれの女房にならんか」と言った。

「なに言ってるの、顧学良。あなたは奥さんがいるんでしょう？」

「うん、だから少奶奶《シャオナイナイ》(若奥様)だ」と、第二夫人の意味もある言葉を口にする。

お吟は笑い出して「あなたの奥さんはだいぶ厳しいのね。頭が上がらずいっしょでは気が休まらないんでしょ？」

顧は黙って苦笑している。

「私は町の生活に慣れた女よ。山塞の退屈な生活はご免だわ。それに、あなたは私を見誤っているかもね。私が今の奥さん以上かもしれないのに」

「うん、そうだなぁ」と顧はあっさりしたものだ。

4

蜑克圖から帰った翌日の六月八日、お吟たち四人は埠頭区にある呉慶永の事務所を訪れていた。呉の事務所はペカールナヤ通に古くからあるパン屋の隣に二年前に建った煉瓦造りの二階建てだ。玄関のファサードに流行のアールヌーヴォーの装飾を取り入れていたが、内部は伝統的な中国式だった。お吟、由松、清吉、佃京助の四人は彫刻を施した花梨《かりん》のテーブルで、薄物の長袍を着た呉と向き合っていた。お吟が呉に言う。

「昨日、蜑克圖と三姓からくる大豆の責任を持つ傅家店の劉輝らと話してきました。今年の十月からまず三姓で大豆を積んだジャンクが埠頭区の波止場で荷揚げします。道路が凍る時期になると蚌克圖から八站（八区）へ送られます。西洋式の数え方で言うと少なくとも一万二〇〇〇トンとみてください」

「そうですか。松花江右岸の大豆はこれまでほとんど埠頭区の別の糧桟の扱いだったので、これから欧州の輸出に自信を持って取り組めます」

「ハル港に輸出する四〇〇トンの見通しはどうですか」

「その件はペトロフ商会から問い合わせがあり、七月初めにはウラジオストクの東清鉄道倉庫に入るよう送ると返事をしたところです」

呉は清吉に「千鳥縫いの技術を持った苦力を派遣していただき有り難うございます」と礼を言って「いまその千鳥縫いをほかの苦力に習得させているところです。取引基準では、風袋とも で一四二斤（八五キログラム）の麻袋に対して、口縫い方法は袋口を二つ折りにして二重の麻糸で二〇針以上を縫うことになっていますが、千鳥縫いは一重の糸でも二四針以上縫えばよし、ということです。東清鉄道や倉庫業者にもウラジオストクからの輸出だけと認めてもらいました」

この後、呉と清吉、佃がこまごまとした手順を打ち合わせた。終わると呉が言う。

「今夜は席を設けますので、ぜひお揃いでお出で下さい」

その日の午後、満鉄の杉山喜一郎がやってきて、お吟たちはホテルの隣のカフェーで会っていた。杉山はこの日もフロックコートに白いボウタイを結んだきちんとした身なりで、

「部長さんは馬でご出張されていたとかで、大変お疲れのところ申し訳ありません」

「いいのよ。なにしろ月曜のウラジオ行き急行に乗らねばならないので、休んでいる暇などないわ」とコーヒーを口にする。

「実は佃様にお渡しすると約束した資料が、思ったより早くまとまりましたのでお持ちしました」

「有り難う。ウラジオへのお土産ができたわ」

杉山はタイプで打って綴った紙を閉じたものをお吟に渡した。お吟はそれを開いて目を通している。

「ご覧になればわかる通り、ハルビンから大豆をウラジオストクから輸出する東行路、それから大連から輸出する南行路、それぞれ大豆一〇〇斤（六〇キログラム）をＦＯＢ（本船渡し条件）で送る場合の諸掛りがどうなるかを弾き出してみました。御社が想定する大豆の荷集めの拠点駅、これをハルビンから西は一番遠くの安達《アンダー》から宋、満溝《マンゴウ》、廟台子《ミィヤオタイズー》。それからハルビンの南へ遠くは陶頼昭《タオライヂャオ》、さらに蔡家溝《ツァイジャゴウ》、雙城堡《シュウアンヂォンバオ》などと近い駅を予想荷集め量とともにあげております。表にしてございますが……」

「ええ、いま見ているところよ。東行路の場合、運賃は東清鉄道とウラジオへ入るのにちょっとウスリー鉄道を使うわね。南行路は東清から満鉄へ、やはり長春で積替え費がかかる。共通するのは通関の諸費用、輸出税、積込み費、倉敷料、船内人夫費、麻袋手入れ費といったところね。東行路で別にかかるのは、清国・ロシヤ国境の綏芬河《ボグラニチナヤ》での輸出税と通関費、南行路ではさっき言った長春での諸掛り。それで結論はどうなのよ」

「それは最後に書いてございますが、ウラジオストクから輸出する場合、大連から輸出する場合と比べて安いか、高いかと比べたものです。西の安達から送る場合は確かにウラジオストク行きが有利ですが、南行路の各駅からは軒並み高くつくことが分かったのです」

「うちの商会はハルビン以南の大豆も扱いたいから、それは困るわね。南行路は大連に支店を設けた後に取りかかろうと思っているのよ。南行路は御社に代行の手数料を払わねばならない。でも、ウラジオストクでは合弁した貿易会社がすべて港内の仕事はやってくれるもの」

九日の日曜日、ホテルでゆっくり休んでいたお吟のところに佃がやってきた。ロビーに下りてみると「部長さん、お休みのところすみません。実は東清鉄道の王鴻謙からなのですが、今夜ぜひ皆さんに一席設けたいのですが、というのです」

「え、また山東料理かい……」とお吟は絶句する。

「たしかにハルビンでは連日山東料理でしたね。でも、十五種類の小吃《シャオチー》（垂れ）で食べる朝天鍋《ザオティエングオ》は初めての経験でしたし、豚一頭のすべての部位を違った料理法で食べつくすのは、長い大陸生活でそれぞれの料理は知っておりましたが、一度に並べられると圧倒されました。部長さんはウラジオの〈ミリオンカ〉ですでに味わっておられたそうですが」

「山東料理以外なら喜んで、と返事しておいてよ」

その夜、迎えの馬車がホテルに着いて、お吟ら四人は薄暗くなった街を心地よい風に吹かれながら走って行った。市場に近いバザールナヤ通の中にある大きなレストランだった。中に入ると正面にステージがあり、吹奏楽団が電気の照明にブラスを金色に光らせながら演奏していた。この頃、ハルビンの電気はまだ小さな電力会社三つが供給するだけで、契約は電球一灯当たり月額いくら、というシステムだから高くつく。この店でも、天井から下がるシャンデリアも壁の照明もランプで、テーブルにはロウソクの燭台が置かれている。

大きな丸テーブルで、辮髪にタキシード姿の王鴻謙が待っていた。胸の開いたブラウスに青い短いジャケットを羽織り、同じ色のスカートをはいたお吟のために椅子を引いて座らせた。王は一同が席に着くと、本来なら所長のクジマ・アルダーノフがご接待すべきものだが、所長は日曜日には仕事めいたことに一切かかわらないので悪しからず、と挨拶した。

「ここはハルビンで最もフランス料理に定評がある店なので、きっとご満足いただけるとお招き申し上げました」と言う。テーブルにはワインがクーラーで冷やされており、お吟もウエイターが注ぐ白ワインにほっとした表情を見せる。

「実はハルビンに参ってからはずっと山東料理をいただく機会が多くて。もちろん料理はおいしいのですが、飲み物は茅台酒や紹興酒ばかりで、ワインが恋しくなっていたところでした」

王は目を丸くして「茅台酒はハルビンではほとんど手に入りませんよ。私はもう何年も飲んでいません」と驚いている。次の日はウラジオストクへ帰るというので、由松も清吉も肩の荷が下りた表情だ。テーブルではロシア語と中国語がごっちゃになって飛び交っていた。

大豆の輸出に話題が触れた時、お吟が王に、

「ペトロフ商会では当面大豆は東清鉄道でウラジオストクへ運ぶつもりでおります。大連からの輸出は現地に支店を設けるなどして、体制が整ってからのことになります。それでウラジオ

ストクに向かう東行路と、大連へ行く南行路について、各方面の協力を得て運賃ばかりでなく積込み、荷繰り料、苦力の労務費、関税、輸出税などにいたるまで、あらゆる経費を洗い出して各鉄道駅を比較する機会がありました……」と始めた。

「ハルビン以西の安達などからはやはり東行路で通して送った方が有利です。問題はハルビン以南の集荷駅です。この地域は大豆栽培の先進地でもあり、例えば雙城堡、陶頼昭など、年間数万トンと東行路の牡丹江《ムーダンジィアン》、海林《ハイリン》などに匹敵する出荷量を持っていますから、ぜひ私どもはこの方面の大豆も扱いたいのです。ところが、この地域はやはり大連に送るのが断然有利だという。東清鉄道にとってはこれらが大連行きになると、長春が近いですから満鉄に積み替えられて何の稼ぎにもなりません。それよりハルビンに送らせて、綏芬河までの長い距離を東清鉄道が運んだ方が儲かりはしませんか。先日、所長さんにお会いした時、ハルビンまでの北行便について運賃軽減などを考えてほしいと申し上げましたが、再度お願いしますわ」

「なるほど、ペトロフ商会の要望として明日、アルダーノフに必ず伝えます」

じっとステージの吹奏楽団の演奏に耳を傾けていたお吟が「いま演奏している曲ですが、この店に入って聴くのが三度目ですね。お客の求めがあったのでしょうが、とても美しいワルツですね。私が初めて聴く曲です。でも、華やかなのになにか陰があるように感じるのが不思議です」と言い出した。王はすぐ「ああ、ハルビンで今年になって大流行しているイリヤ・シャトロフという人の曲です。なんでもこの人は奉天会戦の折、軍楽隊の一員となって参戦したそうで去年、吹奏楽として作曲したのを今年発表したばかりです。それが軍楽隊を通じてハルビンまで伝わり、今では町の吹奏楽団でも必ず演奏する人気です。もとの題は『満洲の丘の上のモクシャ連隊』というそうですが、今はロシヤ語で『ナ・ソープカフ・マンヂューリー（満洲の丘の上で）』として知られています」

「きっと倒れた兵士のための鎮魂曲なのね。道理で……」

5

ウラジオストクに帰ったお吟が、商会内の仕事の段取りがつくと真っ先に訪れたのが〈ミリオンカ〉だった。六月十五日、お吟は寧世傑と麗花に向かい合っていた。

「姐さん、旗装一式をいただいて助かったわ。ぬかるみの哈爾浜街道を蛪克圖というところまで馬に乗って泊りがけの旅をしたのよ」

「おう、蛪克圖か。懐かしい土地の名を聞くな」と寧が言う。お吟は中身の濃かった出張の興奮がまだ冷めないかのように、会った人物のエピソードを交えてあれこれ語った。

「大豆の集荷について、顧学良の助けを借りることを考えた私が正しかったようだな。あいつに任せれば、輸出大豆の確保はうまくゆくだろう。欧州の市場はでかいから輸出は延びる。大豆の奪い合いになるだろう。顧のような匪賊が集荷経路を抑えてくれるのは強みだな」

「いま満洲では興安嶺の麓にまで漢族が入り込んで、大豆の作付けのために開拓し始めているそうよ」

「生産量に心配はないというのか。何事も限界というものがあるぞ、エリス」

「顧のような匪賊という商売は満洲の独特のものだわ。いつまで続くのでしょう」

寧は麗花が吸いつけた煙管を取って笑いながら「匪賊はずっと満洲から消えないよ、例えばの話だが、なんとか匪賊を退治しようとしても、捕まえようがない。だいたいにして、季節によって匪賊に早変わりをする農民だっている。地方政府などは匪賊を帰順させると称して、軍隊に繰り入れる。しかし、まともな給料を払うわけではないから、兵隊は略奪に走るしか食う道はない。匪賊も兵隊も農民や商人にとっては同じようなものだ。違うのは匪賊が略奪する相手をお客だと考えて生活の立つよう手加減するのに対して、兵隊は根こそぎやる。乱暴の度合いもひどい。兵隊の方が怖がられ憎まれるのさ。それに嫌気がさして、また匪賊にもどってしまうのも多い」

「顧の手下にもずいぶん兵隊だったのがいるそうよ。それでは政府が変わっても匪賊はなくならないのかしら」

「兵隊にまともな給料を払って軍律を厳しくすれば、の話だな」と言ってから、

「ところで、訊きたいと思っていたが、顧のやつはどうだったんだ、エリス。つまりだ、お前に対してだが……」と言い淀む。お吟はすぐ察して「顧はね。私に少奶奶にならんか、と言ってきたわ」と答える。

「えっ、妾《チイエ》にどうだ、と言ったのか?」

「そうよ。傅家店にはきつい奥さんがいるらしいから、隠れ家の山塞にでも囲おうというのね。ご免だわ、と言ったらあっさり引き下がった」

「やつは変わらんな。子供の時から、女の子に片っ端から手を出そうとして手痛くはねつけられていた。大きくなってもそうだ。しかし、それで落ち込むこともなく平気なところが、あいつの変わらないところだな」

寧は麗花と顔を見合わせて笑っている。


七月一日の家族の会議でアレクセイが報告した。

「見本としての四〇〇トンを九月末日まで英国のハル港に送ることを、買い手の英国商社ノールド社の代理人、葉聯甲《イーリイエンジャ》と仮契約した。上海にいるこの代理人は、大豆を積むために近く上海から回航されるウエストミンスター・シティ号に乗ってくるので、大豆の実物を確かめてもらって正式契約する。船はスエズを通れるそうだから、希望峰を回る必要はなくなった」

「でも、赤道を通るのは同じだから、品質を保って送れるかが問題ね」とお吟が言った。

「そうだ。安中組の元締とも話したが、彼も神戸や上海へ送った例なども参考に、どう違うのかいろいろ研究しているようだな」

「それで肝心の大豆の値段の方はどうなったの、アリョーシャ」とつねが訊くとアレクセイは、

「マーシャとエリスの希望額をもとに、ジムと二人であれこれ交渉したのだが、ＣＩＦ（運賃保険料込み条件）でトン当たり三〇ルーブルでの契約になった。総額一万二〇〇〇ルーブルになる。

四〇ルーブルという額をぶつけたのだが、何しろ見本だからな。これで評価されれば五〇ルーブルに持っていけるだろう。先方も欧州での評価次第でそのくらいになるだろうと認めていたよ」と言ったが、ちょっと顔をしかめて「それから契約トン数だが、英国の貿易会社の英国への輸出だからと、英トンになった。欧州への輸出を考えているわれわれは当然メトリックトンで考えていたんだがね」

「そうすると実際の袋数が増えることになるわね」とお吟が顔色を変えた。

「そうだ。だいたい六トン、麻袋で七〇袋、出荷の段階で増やしてくれないと困る。ハルビンに言ってやってくれ。英国だけの単位では欧州で商売がやりにくいな」

貨物船ウエストミンスター・シティ号は十七日に入港した。ゾロトイ・ローグ湾西岸のいちばん南にあるエゲルシェリド埠頭は東清鉄道の専用で、延長三四〇メートルの岸壁に四隻が係留できる。船は上海から茶などを運んできており、これから積荷に大豆を加えて英国へ出港する。

入港した日は東清鉄道の専属の荷役会社、ブリネル商会の仲仕によって石炭が積込まれた。しかし翌日、船倉に麻袋を計数兼用で高く積む〈抛付け《はい》〉は経験がないので、安中組が苦力に教えながらやることになった。この日の昼近く、商会にもどったアレクセイが、

「葉聯甲も大豆の品質には納得した。ジム・オルコットと二人でペトロフ・アンド・ハーディング社の名前でノールド社と正式に契約を交わしてきたところだ。朝早くから積込みが始まっているからエリスも見てきた方がいいぞ。私の馬車を待たせてあるから乗ってゆけばいい」と言うので、エリスはヴァシリーが手綱をとる軽二輪馬車《キャブリオレ》に乗って埠頭に向かった。

湾の西岸に並ぶ商業埠頭、義勇艦隊埠頭を過ぎてゆくと、その先のエゲルシェリド埠頭に接岸した貨物船でクレーンが動いているのが見える。岸壁近くに麻袋が並ぶのを見ながら馬車を停めさせた。高い襟の白いブラウスに薄青いスカートをはいて、大輪の薔薇の造花を飾ったつば広の帽子が華やかに目立つお吟は、ヴァシリーの腕を借りて馬車を降りると、向うに立って船を見ている杖を持つ対照的な背丈の二人に近づいた。

まず由松が気づいて「お嬢さん、ご苦労さんです」と走り寄ってきた。ハーディング社の支店長ジム・オルコットも振り向いて「こんにちは、エリス。いま待望の積込みが順調に進んでいるところだよ。P&H社の栄えある門出だ」と英語で言う。ジムは口ひげを丁寧に手入れした四十代の紳士で、グレイのスーツに軽い中折帽を被り、籐のステッキをついている。

岸壁一帯は大豆の茶色の麻袋で埋めつくされていた。袋の折口には千鳥掛けされた三角形の麻糸の模様が並んでいる。苦力が麻袋を背負って運ぶと、甲板から伸びたクレーンが吊り上げ、船倉に下ろしているのが見えた。段取りに慣れたのか、だれも口をきかず黙々と作業している。

「どんな手順なの?」とお吟が訊くと由松は「クレーンには一度に八袋載せて揚げる。甲板には立会監督として売り手のP&H社の社員と買い手代理人の葉聯甲、それに検査員は検量方二人、包装品質方一人、記帳方一人が待機している。クレーンが麻袋を甲板にある計量の台秤に載せた瞬間、計量方と監督が数字を読み取り、荷こぼれを検査する。包装品質方が麻袋の新、旧、修理品の別を見極める。さらに麻袋の一つに長さ三〇センチの刺しを突っ込んで大豆の見本を採取し、発熱、黴などの変質を確かめ、見本はいっしょに送るため袋に入れておく。このすべてを記帳方が記録するんだ。これをあっという間にやらなきゃない。Ex-SHIP(仕向港着船渡し)だからどうせハル港では、岸壁に下ろす前に船上で一袋ずつやるのだが、送り出すわれわれも品質管理の目安として積出し段階で一袋だけ見本を取るわけです。私は先ほど甲板で見てきましたが……」と言ってジムに英語で甲板に上がれますか、と訊いている。

「残念だが、エリス。その美しい姿と衣装では、検査員も気になって混乱してしまうよ。記帳方が数字を間違えたら大変だ」とジムが冗談ではなくまじめに言っていた。

そこへタラップを降りて安中組元締の清吉がやってきた。組の印半纏を着た清吉はお吟に頭を下げて、ジムに何か報告し始めた。しかし、清吉のロシア語のレベルではなかなか面倒で、結局は由松が英語で通訳して技術的な問題のやり取りがしばらく続いた。終わってから清吉がお吟のそばに来て、

「どうも失礼しました。底部船倉の二号船倉を確保してもらったのですが、穀物袋積み上げには特別のやり方があるもんで、うちの仲仕に苦力を指導させるのに手間取っていましたばい。袋が船倉の鉄板に触れないよう換気水平枠という横木が組んであるもんだすが、船が揺れれば鉄板から出ておる金具でかぎ裂き、荷こぼれ品が出る恐れがあるし、鉄板の発汗で腐敗が心配されとる。そこで横木だけでなく垂直木を別に取り付けるよう交渉していました。長い航海だもんで、上海送りとは違った問題が出るもんだと思うとります」

「出港はいつになるの?」

「当方は明後日出港で構わんが、船の方の都合もあるけん。スエズ運河通過に問題なければ、

契約の到着日に間に合いますがな」

お吟は岸壁を埋めた麻袋を眺めながら「ウラジオは満洲と違って雨が降るからね。今回、雨よけのアンペラの費用が思ったよりかかったけど、来年に千トン単位で出す場合、平積みの敷地が増えると大変だわ。苦力が運ぶ距離だって無駄な手間だし」と言った。

「へえ、量が増えれば日本では埖《あずち》と呼んどる家の寄棟屋根のように梯形に積むやり方を取りますわ。そうすれば掛けるアンペラも少なくすみますばい。埖は普通は三万プード、四九〇トン積みですが、もっと小さなもので充分でしょう。それでもこの作埖《さくだ》のやり方をこれから苦力に教え込まねばならんですがな」

6

八月十五日、お吟は商会から降りて〈カフェー・スヴェトラーナ〉に顔を出した。一九〇五年十一月、ウラジオストクの中心部を灰塵にした暴動でこのカフェーも焼けてしまったが、その後、ほぼ前のかたちで造りなおして営業を続けている。お吟はいつものように奥のテーブルに陣取り、紅茶を飲みながら常連客を眺めていた。

「しばらくぶり、エリス。ハルビン出張の後はだいぶ忙しかったようね？」とスヴェトラーナがそばに座った。二人はしばらくぶりの世間話に熱中していたが、ふとお吟が「ところでロベルトのところは最近どうなの？」と訊いた。

　ハルビンから帰ってまずお吟が聞いたのは、ゲルマン・レーピンの死去だった。しばらく海軍病院に入院していたのだという。商会とその銀行の経営はまた妻のカテリーネがゲルマンの入獄中と同様、実権を握るようになっていた。それとともに十年以上も前、お吟と付き合いがあった息子のロベルトは女学校で音楽を教えるようになり、ほとんど商会の経営には関係していないのだと聞いていた。

「ボブは相変わらず音楽三昧よ。ゲルマンが亡くなったらカテリーネはすっかり若返って生き生きしているらしい」とスヴェトラーナが皮肉っぽく言ったが、急に声をひそめて「エリス、あなたは以前、ルルはどうしているのか聞いていたけど、私も二年前の彼女の怪我はそんなにひどくなかったはずなのに、と不思議に思っていたわ。ところが、二年前、ルルが使用人に刃物で襲われて怪我し、その使用人をゲルマンが撃ち殺した事件だけど、最近聞いた噂ではなんでもルルは顔をひどく切られて、外出も控えるようになって家にこもっているらしいのよ」

「というと、ボブもルルの面倒を見るのが大変なのね」

「それがどうも夫婦の間がうまくいっていないようだけど、ボブは誠意をもって尽くしているらしい。カテリーネも家庭内のことでは頭が痛いと思う」

　お吟は坂を上って商会に帰る途中、〈ドム・スミス〉にエレノア・プレイを訪ねてみた。窓の下の棚に鉢植えの花が咲き乱れるそばに籐製のリクライニングチェアを持ち出して、エレノアが本を読んでいる。エレノアは開いた本を小さなテーブルの上に伏せて立ち上がった。

「こんにちは、エリス。相変わらずお豆の仕事で忙しいの？」

「今ちょっと一段落したところよ」と言いながら、本の背表紙をのぞきこんだ。

「ああ、ドフトエフスキーか。私にはとてもロシヤ語が難しくて読めないわ」

「ちょっと中に入って、エリス。あなたに見せるものがあるのよ」

二人はテッドとエレノアの居間に入り、お吟は籐椅子に腰を落ち着ける。エレノアが捧げ持つようにして白い生地を持ってきてテーブルの上に載せた。輝くように真っ白な絹に控えめに白い刺繍を施したブラウス用の生地だ。

「これは素晴らしい生地ね、ロキシィ。こんなの見たことない」

「日本のものよ。実はね、先週の金曜日、川上夫人が東京からハルビンに行く途中だと寄って、お土産に持ってきてくれた……」

ウラジオストク領事だった川上俊彦《としつね》はこの二月にハルビン総領事に発令され、三月に新市街《ノヴィゴロド》に開設された総領事館に赴任していた。一九〇〇年に俊彦と結婚した妻の常盤《ときわ》が、昨年からエレノアと付き合いがあったことはお吟も聞いていた。

「そう、このほかにもヴェルヴェットをカットした飾り額もいただいたわ。四、五回ほど会っただけの私に、どうしてこんなに気を遣ってくれるのか分からないけど、十日の土曜日、日本領事館までお礼に伺ったのよ。あの土砂降りの日よ。ペキンスカヤ通の交通がふさがっていて、私はずぶ濡れになって馬車から領事館に走って行った」と思い出して肩をすくめた。

「日本では、ちょっとした付き合いでも贈り物をするのは当然なのよ。川上夫人は結婚するとすぐ当時の貿易事務官だった夫とウラジオストクに暮らしていた。川上事務官は日露戦争開戦前、在留邦人の日本引き揚げの指揮を執っていたわ。夫人は軍務知事や港湾局長、鎮守府司令官の奥さん方、東洋学院の院長夫人らと親しかったらしい」

「そうね。英語がとても上手で英国、米国の文学に詳しかったから司令官の奥さんとは特に親しかった。それにまるで童話の本から出てきたように小さくて可愛かったからね。私とはロジャーを通じての付き合いだったのよ」

「ああ、ホテルの火事の時、あなたがロジャーの面倒をみたからね、ロキシィ」とお吟が思い出す。一九〇五年十一月の暴動の日、ロジャー・グリーンは新任の米国領事として赴任し、ゾロトイローグ・ホテルにチェックインした。しかしその夜、ホテルは焼失、行き場を失ってエレノアに助けられたのだった。

「そうよ。昨年の十月、川上夫妻が〈ドム・スミス〉にやってきたのが最初ね。彼女は娘のドロシーの花嫁道具一式にとても興味を持ったようだわ。十二月には彼女が五歳と三歳の二人の息子を連れて遊びにいらしたたし、暮の三十日は夫妻と一等書記官に私の友人が〈ドム・スミス〉に集まり、多国籍の宴会を開いた。でもその二十日ほど前、再建された歌劇場でチャイコフスキーの『エフゲニー・オネーギン』の公演があって、ロジャーが桟敷のボックスを手配してくれ、私はロジャーと川上夫妻とで観劇した。すると、観客がまるで初めて日本の女を見たとでもいうように、彼女ばかりを見つめていたわ。たしかにこの町では彼女はただ一人の上級階級《ハイ・カースト》の日本女性ですものね……」とエレノアはそこだけ、インドのカースト制を表す英語を交え「川上夫人は日本人の居留民との付き合いはほとんどなかったのよ。ウラジオストクの日本人は、まともな会社などの経営者はわずかだし、みんな彼女とは階級《カースト》の違う職人や労務者だからね。妓楼の経営者がお金をたくさん持って居留民会では一つの勢力となっている。まともな商売をやっていても、過去を洗えば妓楼と関係あったり、資金を援助してもらったりしたものがいる。彼女はそれを嫌っていた」

「でもね、ロキシィ」とお吟が言う。「ここでは旅券を持たない女に警察は娼妓の営業を認めない。そこで妓楼主は密航してきた女たちを領事館へ連れてゆく。すると二十一歳未満なのに娼妓で稼ぐため密航してきたことを知りながら、旅券が下りてくるのよ。彼女の旦那様の名前でね」

「たしかにそうね」とエレノアが笑って「あなたには差しさわりのある話だけど、シベリアの開拓でもっとも功績のあったのはコサックでなく日本の売春婦だ、とよく言われるわ」

「女たちではない。妓楼の業者よ。女たちは連れてこられただけ。日本の貧しい農村や漁村から食い扶持を減らすため、稼いで親兄弟に仕送りをするためにね。十年以上も前のことだけど、妓楼に詳しいヨシの話を聞いた市立病院のブラウン医師が、売春宿経営に関して日本人は世界一の仕組みを作り上げた、と言っていたわ」

「おお、それは褒めたわけではないわね、エリス？」

「まさか。不名誉な話として言ったのだと思うけどね」

第十章

函館ノスタルギーヤ

I

一九〇七年十一月からペトロフ&ハーディング社の欧州への大豆輸出が始まった。英国のハル港だけでなくドイツのハンブルグ港への輸出も始まり、翌一九〇八年の春になるとトン数では英国向けをしのぐ量が送られるようになった。

欧州への輸出が伸びてきたのは、油脂加工業、畜産業が盛んになってきたことによる。ドイツでは輸入された大豆の四割がマーガリンに加工され、石鹸用、食用油用がこれに続いた。当時、油脂加工にはインド、エジプトなどからの綿実が輸入されたが、大豆は搾油の後の豆粕が飼料に回された。しかも、飼料で食べさせた家畜の糞を肥料に回すという効率のよいサイクルが確立されつつあった。飼料、肥料としての大豆粕は、早くから日本の三晃商事が満洲の営口から日本や中国本土に送っていたが、欧州への輸出は失敗した。満洲での搾油が旧式なため含有水分が多く、赤道を通るうちに腐敗してしまったからだった。

三月初めの家族会議でアレクセイが報告した。

「大豆の輸出単価がついにトン当たり五〇ルーブルの値をつけたぞ。大連から輸出している日本の三晃商事の強気の値付けに引っ張られたようだ。ただ、英トンでの取引は欧州でも依然として変わらない」

受渡し港での検査の煩雑さから一口六〇〇〇袋単位で行われ、これは五〇三・一二英トン、五一万一一七〇キログラムになる。麻袋からは一袋ずつサンプルが抽出され、発熱、湿気による黴などの変質が調べられ原因が追究されるようになった。船舶側でも天候のよい時はできるだけハッチを開けて船倉の湿気を防ぐなどした。それらが数値化されて、荷受人側の引き取り拒否、値引きの基準ができつつあった。

こうして、ウラジオストクから輸出される一九〇八年産の大豆は二〇万トンと予想され、うちP&H社は一五万トンになると今後の船腹予定などから見込んでいた。大連、営口からも三晃商事を中心に約二〇万トンの輸出が予想されていた。

東清鉄道では、ウラジオストクの貨物駅に茶のための貯蔵倉庫は備えていたが、穀物についてはトタン屋根のほとんど吹きさらしの倉庫しか備えておらず、そこから船に搬出する手間を考えると、岸壁に日本式の埰《あずち》を築く方が効率的だ。埰を覆ったアンペラで雪や雨をしのぎ、次々に埠頭に接岸した貨物船へ麻袋を積み込むのが日常の風景となった。コレイスカヤ・スロボトカ(新韓村)からは早朝になると一〇〇〇人を越える苦力たちが、ぞろぞろとエゲルシェリド埠頭を目指して歩いていた。ペトロフ&ハーディング社は業務拡大で社員が増やされ、ハルビンに担当者が置かれた。大連に出先を設けることもできたが、南満の大豆はほとんど三晃商事などに抑えられているため、大連からの輸出は当面できそうもなかった。

大豆輸出はハルビンにも変化をもたらした。日露戦争中、ハルビンには数十万人ともいわれるロシア兵が集結し、東清鉄道はこれらの兵士を収容するため、あらゆる施設や列車まで動員した。木造のバラック小屋にストーブを置き、三段の蚕棚のような寝床に兵士が詰め込まれた。軍需品以外はすべて現地調達だったから、ハルビンにはロシア、清国の食料品や日用品の工場が立地し、兵士相手の種々の業者が集まった。しかし、戦後は一挙に不況に陥り、豪華さを誇った大型ホテルも閉鎖され、業者の倒産が相次いだ。

このため東清鉄道にとって、大豆の輸出は救いの神だった。彼らは当然、ウラジオストクからの輸出を支援した。そしてお吟がハルビンで要請した特別運賃のシステムがお吟の期待よりも拡大されて採用された。満洲里から綏芬河まで、輸出用の大豆、高粱、粟の一プード（一六・三八キログラム）当たりの割引運賃が各駅の距離によって〇・一カペイカ刻みで設定された。これによると満洲里から三二・二カペイカ、ハルビンからは一八・五カペイカになる。さらにお吟が最も強く求めたハルビン以南の各駅についても、長春の隣駅の寛城子を一九・二カペイカという破格の運賃を設定、逆に南行して満鉄に荷を移し大連から輸出する大豆に高率の運賃を課した。

これに反発したのが、ハルビン以南駅から南行路を取ろうとした農民たちだ。彼らは東清鉄道を使わず、馬車隊で長春を目指した。一頭立てで一二〇〇斤（七二〇キログラム）、四頭立てで四五〇〇斤（二七〇〇キログラム）を積んだ馬車隊が一日五〇清里（約二八・八キロメートル）のペースで鏢局《ピイャオジュ》業者の保険隊の護衛を受けながら何日もかけて長春を往復した。

顧学良は長春から売上げを持って帰る馬車隊を見逃さなかった。顧はハルビンからの列車で途中の陶頼昭駅で降り、待ち構えた二十人の手下に合流して指揮を執った。保険隊は三十人のライフル部隊だったが、長く連なる馬車隊を守り切れなかった。顧とその手下たちはモーゼル銃を乱射しながら馬を走らせ、人は傷つけず脅しとして荷馬車の馬を五頭倒した。農民たちにとって馬は金に換えられぬ大切な財産だ。すぐに保険隊は降伏し、話し合いの結果、以後は農民たちには顧の通行手形を与えることになる。それは保険隊を雇うより安くつくため、保険隊は仕事を失うことになった。

2

一九〇八年のペトロフ商会は吉事ばかりではなかった。七月四日、函館に駐在しているアレクセイの弟、セルゲイが心臓の病気で急死したのだ。アレクセイがミシェルと日本人社員の小《お》原完次《ばらかんじ》を連れて函館に駆け付けた。十三日、帰ってきたアレクセイ夫婦が社長室につね、お吟を呼んだ。

「セリョージャは函館山の陰にあるロシヤ人墓地に葬られたよ」とまず報告した。

「ソフィーシカはどうしてる?」とお吟は真っ先にセルゲイの妻、ソーフィアのことを訊く。

「それなんだよ、エリス」とアレクセイはミシェルと顔を見合わせながら「われわれは彼女と三人の子供をウラジオストクに引き取るつもりでいた。しかし、ソフィーシカは末の女の子を連れて故郷のサハリンに帰るというんだ」

今度はお吟とつねが顔を見合わせた。ソーフィアはサハリン西海岸マウカのアイノの娘だ。セルゲイとの結婚で洗礼を受けソーフィア・ハツ・ペトロヴァとしてロシア国籍を取得している。

「それで彼女が言うには、父親の……」と、とっさに名前が出てこないのをミシェルが「エンルンコマイヌよ」と補う。「うん、その父親がだいぶ弱っているので、帰って面倒をみなければというのだ。ただ、東京にいる十八歳と十六歳の息子の学費や生活費を心配していた。十歳の長女は函館の小学校に通わせているが、サハリンでも普通の日本人の学校に入れたいと言っている」

「今度行って初めて聞いたことだけど」とミシェルが言う。「ソーフィアのもとの名前のハツというのは、サハリンのアイノの言葉でクロユリのことらしいわ」

「帰るのはいいけど、ソフィーヤはロシヤ国籍よ。いまは日本領になったサハリン、樺太と呼んでいるけど大丈夫かね」とつねが心配した。

「それは大丈夫だと思う、マーマ。日露戦争後は日本とロシヤは仲良くやっているような気がするわ」とお吟が言えば、アレクセイも「そうだ。去年は日露協約なるものも結んだくらいだからな。それじゃ、この件はソフィーシカの気持ちを尊重するか。しかし、東京にいる息子たちも含めて、生活の成り立つようしてやらねばな。それはマーシャに任せるぞ。そこで肝心の函館支店の問題だが」とアレクセイはパイプを取り上げ、マッチを擦って念入りに火をつけてくわえた。

「いまおるイケウチ一人では支店の仕事をこなせないので、今回函館に行っていろいろやってくれたオバラを支店勤務に配属しようと思うんだ」

「それはいいと思う。オバラ・カンジは本人も奥さんも函館出身で、戦争のときは函館に引き揚げた。それ以来、奥さんが函館に帰りたがっていると聞いた」とつねが賛成した。

「イケウチ・サブロウスケはちゃんとやっているかしら」とお吟が口を挟んだ。「函館勤務から本社にそろそろもどさなきゃと思っているけど」

「そうだな。セリョージャが外に出ることが多いので、支店内のことは任されていた。考えておこう」

それから一か月もたたない八月の初め、デスクについているお吟のところに社員の一人が「部長、財務担当がお呼びですよ」と言ってきた。お吟がつねの部屋に入ると、そこには社長のアレクセイもいて、さらにミシェルがと七月の会合と同じ顔ぶれだ。お吟は何があったのだ、という不審の表情で座った。アレクセイが体をひと揺すりして姿勢を改め、

「実は函館支店のイケウチの不正が分かったのだ。今度配属したオバラが経理を調べていて見つけた。先日行ったとき、遊び好きだという噂をきいたが、会社から横領した金で遊んでいたようだ。八年前、エリスが函館に行った際、前の支店長の不正を発見して解雇したことがあったな」

「そのころ、函館に出張しては支店長のお供をして芸者遊びをしていたのがイケウチよ。その

癖が治っていなかったのね」

「そのようだな。このイケウチも当然解雇することになるが、そうなるとオバラ一人ではやっていけない。支店長としてペトロフ商会の漁業関係の事業を統括するものが必要だ」と言って、アレクセイはつねと目を合わせ「そこでマーシャとも相談したのだが、エリス、お前に函館に行ってほしいのだ」

お吟は思わず日本語でえっという声を出した。

函館支店は春になると、出稼ぎ労務者を沿海州の漁場へ、さらに戦後はセルゲイの持っていた漁場を日本に接収されたが、労務者だけは安中組の力を借りてサハリンに送り出していた。かつてはウラジオストクに外国企業の本社が置けなかったため、函館支店が安中組の本店を名乗っていた。沿海州では日本の漁場が作る新巻き鮭を輸入して本州に送っている。捕鯨業はアレクセイの父のグリゴーリイの昔の捕鯨仲間だったドグラス・ノイマンとの共同経営で、ノルウエー式の近代捕鯨船イリーナ二世号が操業しており、捕獲したミンククジラを北海道の天塩《てしお》、厚岸《あっけし》で解体し、長崎などに肉を送っている。セルゲイは自ら捕鯨船に乗り組むこともあって、支店内の経理に目が届かなかったようだ。

「それでは函館支店の仕事はオバラと私でやるということですか?」

「いや、ヨシと三人でということになる」とつねが言う。「セルゲイの仕事ぶりを見ていると、船に乗って沿海州沿岸を回るなど、男手でないと困る場合があるからね」

「私は船に乗るのは構いませんよ。馬にも乗ったしね」

「お前のおかげで大豆の事業は軌道に乗って、商会本体にも利益をもたらしている。函館でオバラを育て、あとの心配がなくなればまたウラジオストクにもどることになるさ」とアレクセイ。

「それで、いつから行くことになりますか？」

「いまお前が持っている仕事を整理し引き継いで、九月には赴任してほしいのだ」

「ヨシには話していないのですね」

「もちろん、まだだ」

「私から話します」


「由松、お昼だからお蕎麦食べにいこうか」とお吟が由松に声をかけた。

お吟は立ち襟の白いブラウスに灰色のサージのスカートをはいて、仕込み杖を持った由松と商会からキタイスカヤ街の坂を上ってゆく。微かに足を引きずるように見える由松に、「お前、いま体はどうなの。どこも悪いところはないのかい」と声をかけた。

「年は取っても、ふだんから鍛えていますからね。心配ご無用ですよ、お嬢さん」

一九〇五年の暴動では日本人の店や会社はほとんど被害に遭わず〈更科《さらしな》〉も開店当時のままだ。

二人は暖簾を分けて中に入った。昼時で店内には在留邦人の男の客たちがほぼテーブルを占領している。二人は折よく空いた席を見つけて座り、いつものようにざる蕎麦を注文した。食べ終わって、お吟が蕎麦湯を啜りながら壁の古い品書に見るともなく目をやっていると、由松が、

「お嬢さん、今日はどうしたんです、何かあったんですか。私に話でもあるのですか？」

お吟は函館行きの話を告げた。支店の実情も説明した。

「いいじゃないですか。私は会社の仕事ならどこへでも行きます。お嬢さんといっしょならなおのこと、喜んで行きます。お嬢さんにとっても函館は生まれ故郷ですものね」

「あ、生まれ故郷か……」とお吟はつぶやいた。

アレクセイから函館へ、と言われた時、お吟の脳裏に浮かんだのはあの函館山の山麓にある高龍寺の両親の墓だった。〈田鎖家之墓〉と墓石に彫られ、裏には〈田鎖長之助〉と〈田鎖とし〉という両親の名が刻まれてある。一八七一年の大火の夜、その両親は殺され、四歳の長女ふゆは火事場をさ迷っていて由松に拾われたのだった。

「函館には二度行って、いろんな人と知り合った。きっとこれからの仕事に役立つだろうね」

グリゴーリイの捕鯨船仲間だったガイ・クーリッジは亡くなったが、サハリンから帰った息子のウイリアムが執事の葛城兵馬《ひょうま》を従えて貿易会社を経営しているはずだ。ウイリアムはグリゴーリイが亡くなった年の秋、ウラジオストクに弔問に来ており、お吟が墓に案内した。安中組本店を預かる清吉の片腕、高松銀次は、出稼ぎ労務者の人集めで商会とは協力関係にある。沿海州の鮭を扱っている田辺萬吉の〈カネ萬〉とは、帳簿でみるとまだ取引している。老舗レストランの五嶋軒の若山惣太郎社長はホテル経営も計画しているらしい。

お吟の頬にふっと笑みが浮かんだ。函館水上警察署の警部、加納新一郎とは八年前に旧交を温め、協同館で一夜を共にした。すると、由松が思い出したように言った。

「そう言えばお嬢さん、水上署の加納警部はいま次席に昇格しているそうですよ」

3

「顧学良は陶頼昭駅に近い五家站《ウージャヤヂャン》の街道で荷馬車隊を襲ってたいした稼ぎをしたらしいぞ、エリス」と、寧世傑がお吟に教えた。

「あら、私も聞いたわ。ハルビンにいる佃京助が報告書の追伸に書いてきたのよ」

「このごろは北満で派手に撃ち合うこともなくなった。顧の力が強くなって、話し合いで収まるものだから、戦闘好きの顧としてはつまらんのだろうな」

お吟は函館行きの件を真っ先に麗花に知らせた。麗花にとっては衝撃だったようだが寧は、

「支店の仕事が円滑にいけば二、三年でウラジオストクに帰ってくるのだな」と言う。

「もちろん、私もそのつもりでいるわ。姐さんも心配いらないわ」

〈ドム・スミス〉のエレノアに函館行きのことを話すと、

「残念だわ。花の好きな友人がいなくなるのは寂しい」と驚いている。

「私も残念だけど、会社の事情でどうしようもない。長い間、フランス語を教えていただいて有り難う。でも私はいつかまたウラジオストクにもどってくる。あなたはずっとこの町に住みたいと言っていたわね、ロキシィ」

「そうよ。私にはここがもう故郷だと思っている」

「あなたは毎日のように米国の身内の人たちや友人に手紙を書いていた。アドレス帳に函館の

私を加えて、町の様子を知らせてほしいわ」

エレノアの目が輝いて「もちろん、喜んで手紙を書くわよ、エリス。ニューイングランドに手紙を書いても、この町のことを知らない相手だからいろいろ説明に苦労していた。あなたになら注釈不要で分かってくれる。ただしフランス語よ」と言っていた。

「君も今や商会の仕事ひと筋だな、エリス。男並みに働いている……」とレオン・チェレンチェフが言った。お吟は義勇艦隊汽船会社支店に付属するモスコー組合《アルチエリ》のレオンに挨拶に来ていた。レオンは細身の強靭な体つきは昔と変わりはないが、切れ長の細い目の鋭さがもう消えて、ゆったりとパイプをくゆらしている。優しい口調で、

「日本まで行くとなると男以上だ。女性としての自分を捨てたようだな」

「私もこの十一月には四十一歳になります。女であることにこだわっていられません。大豆の輸出事業に道筋をつけたので、自分の生まれた港で新しい仕事に取り組みます。ターニャにお別れの挨拶ができないのが残念だわ」とレオンの妻のタチアナの名前を口にした。

「妻も君が函館に行くと聞いてびっくりしていた。いつかまたここに帰るんだと教えたら安堵したようだがね」


八月二十五日の昼近く、お吟は在留邦人が水交社と呼んでいる海軍将校倶楽部のサロンに座って、あの沈没したリューリクの最期の指揮官、コンスタンチン・イヴァーノフを待っていた。コースチャはこの四月、中佐に昇進するとともに新しく編成された太平洋潜水艇小艦隊の司令

としてウラジオストクに来ていた。着任した時にお吟を訪ねてきて会っており、いずれまた食事でもと約束していた。突然いなくなっては失礼と考え、あえて呼び出すかたちになったのだ。コースチャは潜水艇に乗り組んでいるわけではなく、小艦隊の指揮支援艦に乗っている。

白い上下の軍服に軍帽を被って短剣を下げたコースチャが副官を従えて入ってきた。立ち上がったお吟に声をかけ、食堂のホールへいっしょに入ってゆく。従業員たちが緊張するのが分かる。食事をしていた客の士官たちも、卓上から手を離して通り過ぎる二人を見送っていた。お吟は前回会った時で懲りているので、この日は身なりに気をつけたつもりだ。サテンの白いブラウスに薄い水色のボレロふうの上衣とスカート、白いバラを飾った帽子にはチュール・レースの太い網目のヴェールをつけ、かたちだけ顔を隠している。

窓際のテーブルは格子の衝立で仕切られてある。二人は海を横に見ながら席に着いた。コースチャは二年前、ニコライ・ゼニーロフ大尉がお吟に託した金の十字架を持ってウラジオストクにやって来た時より、またいっそう貫録を増した感じだ。口ひげがもっと太くなり、日に焼けた顔がいかつくなった。金色の肩章を載せた白い軍服は、両胸に大きなポケットを見せて金ボタンを五つ光らせたシンプルなものだ。

コースチャはリューリクでの英雄的な功績に対して皇帝から勲章を授かり、その後、練習艦ハバロフスクの先任士官を務め、この年には次のような評価を受けていた。

「軍務に対する一身の犠牲もいとわず、上司にはおもねることなく、部下には懇切で注意深く管理している。社会では教養あると紳士として尊敬を受けている。アルコールへの耽溺は認められない。政治にかかわらず、信仰篤い家庭人である。よって軍務に最も望ましい士官と認める」

この評価の直後、昇進してウラジオストクにやってきたのだった。

お吟はヴェールをはねあげて顔を見せ「お呼びたてしてすみません、コースチャ」と軽く頭を下げた。

「お別れの挨拶だというが、エリス、君はどこへ行くんだね」

「すぐ近くの函館です。ペトロフ商会の支店があって、商会の漁業関係の事業を統括しています。兄のセルゲイが担当していたのですが、七月に急死してしまい、私が代わりに行くことになったのです。いずれはもどってくる予定ですが、あなたはいつ転属になるか分かりませんので、ご挨拶しておかねばと思ったのです」

テーブルには前菜とシェリーのグラスが運ばれ、フランス料理のコースのようだった。

「ほう、函館か……」とコースチャは何かを思い出すような表情になったが、

「前に会った時、君は満洲の大豆を輸出する話をしていたが、エゲルシェリド埠頭で麻袋を貨物船に積み込んでいるのを見た。あれがそうかね」と訊く。

「ええ、私が昨年六月にハルビンで、その話を決めてきたのです。今年の暮れにはまたたくさんの大豆が欧州に輸出されるでしょう。ところで、あなたは函館に来られることがあるでしょうか」

「いま日本はロシヤにとって友好国だとはいえ、潜水艦隊を率いてゆくことはあるまいな」と言い、日露戦争の一九〇四年当時を思い出しながら、

「あの年の七月、われわれのウラジオストク艦隊は津軽海峡を抜けて東京近くまで南下し、日

本の商船なんかを沈めていた。帰りも函館のそばを通ったよ。函館港には日本海軍の海防艦や水雷艇が駐留していたが、戦力が違うから先方から手出しはしない。われわれも港を砲撃して、さらに海峡を出てから日本海軍に遭遇でもしたらと考えると、砲弾は節約した方がよい。知らんふりして通り過ぎたよ。函館は美しい港のようだな」

「函館はもともと私の生まれたところなのです。ウラジオストクとよく似た地形の港で、坂のある街並みもそっくりです。ですから私はどちらの港も町も大好きだわ」

「そうだ。ニコーラはあれがエリスの生まれた町だと見つめていたよ」

「ニコーラの十字架を届けていただいて感謝しています。いまも肌身離さず持っております」

とお吟はブラウスの胸に手を当てた。


赴任を前にしてお吟の身辺が慌ただしくなった。二十七日、会社でアレクセイがお吟に、「フランツがいま家に着いた。エリスはどこだと真っ先に訊いていたそうだ」と笑って教えた。アレクセイの息子のフランツは、一九〇一年に英国に留学した。大学を卒業してウラジオストクに帰ってくるというので、アレクセイ夫婦は楽しみに待っていたのだ。この日の汽車で着くことは朝の食卓で話題になっていた。

「エリス、お前、今日はもう家に帰れ。フランツも家に家族が誰もいないのでは寂しかろう」

「まさか、フランツはもう二十三歳よ」と言ったが、お吟は辻馬車を拾ってプーシキンスカヤ通のペトロフ邸に走らせた。霧の季節が終わり、やっと青空が見えるようになった日の午後だ。

リネンのブラウスに紺色のスカートをはいたお吟が、玄関に入りハットピンを抜いて帽子を脱いでいると、居間と食堂の間で召使らと話していたらしいフランツが振り返った。

「お帰り、フランツ。よく帰って来たね」とお吟が声をかけると、母親似の亜麻色の髪を光らせ、駆け寄るようにして「エリス、エリス……」と言いながらお吟を抱きしめた。首筋にキスを浴びせながら「ああ、エリス。やっぱりこの匂い、エリスだ」というのを突き放すようにして、お吟がソファに腰を下ろした。フランツも向かい合って座る。ベージュ色の夏服を着て、がっちりした体格になっていたが、顔はこましゃくれた子供時代の面影を残したまま英国へ旅立った十六歳のころとあまり変わらない。

フランツと二歳下の妹のアリーサは子供のころ、お吟がいつも遊び相手になっていた。しかし、女の子のアリーサよりフランツの方がお吟にまとわりついて、お吟のことを何でも知りたがった。決闘の後に殺されたアントンに寄せるお吟の愛情が、兄に対する以上のものであることを幼いころにもう見抜いていた。お吟はパリに留学しているアリーサについて、

「フランツ、パリのアーリャはどうしている。あなたたちは会うことはなかったの？」

「いや、年に四、五回はお互いに行ったり来たりしていたよ。アーリャは絵の勉強をしている。女で画家になるのはなかなか難しいが、才能があるから成功するとぼくは信じているんだ」

「あなたは経済学を勉強してきたそうだけど、パーパを助けてお金儲けができそうかい？」

「経済学は金儲けの学問じゃないんだけどな。ところで駅に迎えにきたヴァシリーに聞いたけど、エリスは函館に行ってしまうんだって？　ぼくが帰ってきたのになぜ函館だ」

「いろいろ会社の仕事の都合というものがあるのよ。セリョージャが亡くなったことで、ペトロフ商会も大変なのよ。仕事になれたらあなたも分かってくると思うけど……」

「なれたらというけど、ぼくはまだウラジオストクに腰を落ち着けることを決めたわけじゃないんだ」と言ってお吟をじっと見つめながら「ぼくはエリスがこんなになって……」と両手をわきに広げてビヤ樽型の体型を示し「顔を部厚く塗りたくっているのではと心配したけど、昔のままの美貌を保っていたのでうれしいよ」

「そんなことよりパーパの心配をして頂戴。アリョーシャはいまやこんなんだから」と両腕を広げて「あなたも油断するとパーパと同じになるわよ」

「そんなパーパには会いたくないなあ。ところで、エリス、レーピン家のロベルトとは結局、アントン叔父の死んだ一件以来別れたままなの？」

「なにを言うの、フランツ。ほんと、いやな子ねえ」とお吟は腹を立てたが、その二日後、偶然にロベルトと会ってしまったのだ。

お吟は昼過ぎ、会社からスヴェトランスカヤ通に下りて〈カフェ・スヴェトラーナ〉にやってきた。ホールに入って奥へ行きかけると、数人の男たちが談笑しているテーブルがあり、その中にロベルトがいた。バイオリンのケースを抱えている男もおり、どうやら音楽仲間のようだった。お吟は軽く頭を下げて通り過ぎたが、紅茶を飲んでいるところにロベルトがやってきた。

「ここ、いいかい？」と断りながら前に座った。「相変わらず君は変わらないなあ、エリス」

というロベルトは、みすぼらしいながら顎ひげを蓄え、少し猫背気味で年を取った感じだ。

お吟が黙っていると「知っているだろうけど、父のゲルマンが亡くなったよ」と言う。

「ええ、会社の仕事でハルビンに行っていた時だったわ」と言っただけなので、ロベルトは独り言のように始めた。

「スヴェトラーンカから君が函館に行ってしまうことを聞いたばかりだよ……。ルルが君を敵視していたことは分かっていた。ぼくは単純に女性の嫉妬だと無視していたが、単なる感情だけではないことはあの仮面舞踏会の夜まで知らなかった。彼女は君が執事のマカロフに刺されるところをぼくに見せようとしたのだ。ルルがマカロフに切られたのは自業自得だと思っている」

「今はその奥さんの面倒をいろいろ見ているそうね」

「そう、すべてはぼくの至らなさから始まったのだからね。君のことで、決断することができず、うやむやにしたままだったのがいけなかった」

十五年前の一八九三年、お吟とロベルトの交際を父親のゲルマン・レーピンは反対していたが、それはお吟の前歴のせいだけだと思われていた。しかし、その年の八月、ロベルトがお吟を不意に父親に対面させたことで理由が明らかになった。日出楼の女将は一八八三年、娼妓の規定の十六歳になるのを待ち切れずにお吟をセダンカのある別荘に送り込んだ。振袖姿のお吟を迎え、裾を開いてお吟が下着をつけていないのを見て狂喜していた男がゲルマンだったことを、顔を合わせたこの時初めて知ったのだった。以来、お吟はロベルトを遠ざけてきた。

「あなたが決断したところで、私が決断するとは限らないわよ、ロベルト」とお吟は首を振って言った。

4

お吟と由松が函館に出発する日の三日前の九月一日、ペトロフ家に馬に乗った麗花が訪れた。お吟は門のそばに愛馬の金太郎に乗った麗花がやってきたのを見て迎えに出た。麗花はスリットのあるゆったりした緑色の旗袍から袴子をのぞかせて、純銀の枠に絡めた髪に赤い珊瑚の飾りを揺らしている。

「姐さん、どうしたの、わざわざ家まで来て……」

「おうちがもう行ってしもうかと思うと残念で、お昼でもいっしょしようかとやってきたとね」

「それなら私も馬でゆく。ちょっと待っていて」とお吟は家に入り、メイドのアンナに裏の厩舎にいる誰かに馬の用意をさせるよう言いつけた。そして二階に上がると、あわただしく乗馬服に着替えた。お気に入りの濃いワインカラーのジャケットと巻きスカートをつけ、平らな黒いカンカン帽をハットピンでとめると、階下に下りて家の裏に出た。自分の馬のチェーザレにサイドサドルをつけさせて乗ったお吟が、弥助に先導され裏から出てきて門を開けさせ麗花に並んだ。

「チェーザレにお別れに乗れてよかった。姐さん、誘ってくれてありがとう」

「おうちはやはり側鞍《ツェアン》に乗っておるのがさまになっとる。安心して見ておれるの。そのスカートの色もよか。はじめて見たばい」

「これも天野洋服店の仕立てよ。私も気に入っているわ」
チュルキン半島のイタリア公園までというお吟の提案で、二人はスヴェトランスカヤ通をゾロトイ・ローグ湾の奥の方に向かう。速歩で軽く馬を走らせてゆく女二人を、沿道の水兵たちが口笛を吹いたり野次ったりして見送っていた。湾の奥から南、さらに西に向かって半島への緩い上り坂を行くと、あたりの緑が濃くなった。

木立の間から湾の向うのウラジオストク市街が見える。この風景を初めて見たのは一八九三年、チェリョームハ（エゾノウワミズザクラ）の咲く季節、ロベルト・レーピンの軽二輪馬車《キャブリオレ》に乗って連れられてきた時だった。まだ公園が整備される前のことだ。一九〇三年にはニコライ・ゼニーロフ大尉と馬でやってきて、イタリア公園のレストランで食事をした。海上に白く光るリューリクを見て、お吟が乗ってみたいと言い出したのだった。それらの時と比べると、ウラジオストクは市街地が拡大し、三階、四階建ての建物が増え、色どりも多彩になった。変わらないのは、薄緑色の玉ねぎ型クーポルを尖塔に載せたウスペンスキー教会がまず目に入ることだ。

二人はイタリア公園内にあるレストランの車寄せに馬をとめた。お吟はサイドサドル用の台を使って馬を降りる。それぞれの馬をつないで、店内に入った。三、四組の客が食事をしており、女性だけの楽団が室内楽を演奏している。向かい合って座ると麗花は「おうちの出立を祝って大いに飲もうかの」と言ってシャンペンを注文した。二人はそれぞれ二品か三品の料理を注文する。「姐さん、私の函館行きをあまり大げさに考えなくともよいのよ。いずれまた帰ってくるんだからね」

「分かっとる。分かっとるばってん、ひょっとしたらもう会えないのではという気がしての」

「なにを縁起でもない」とお吟が笑ってグラスを傾ける。

「おうちとも長い付き合いやった」

「そうね。姐さんには可愛がってもらったわ」

お吟は十二歳で経営者の桝谷徳之助によって日出楼で下働きにさせられ、娼妓たちの体を洗う金盥の水を替えたり、外出できない女たちの買い物の使いをしたりして懸命に働き「お吟ちい」と呼ばれてみんなに愛されていた。お吟は規則で決められた十六歳になる直前にゲルマン・レーピンに水揚げされ、娼妓となった。女将のたけがゲルマンから高額の水揚げ料をせしめたのだ。お吟が娼妓になって間もなく、お吟より五つ年上の高田ハナが寧世傑《ニンシジェ》に身請けされて、いわゆる〈仕切られ女〉の寧高麗花《ニンガオレイホア》と名前を変えた。

二人はそれをきっかけに日出楼当時のことをあれこれ話題にした。娼妓時代のことをあけすけに話し合う相手などほかにはいない。お吟をウラジオいちばんの娼妓に育てるのだと、客を取っている最中の部屋に入れ、心構えを教えてくれたチカ姐さんをはじめ、みんな若くして日本墓地に葬られ、今や墓標も朽ち果てている。あと健在なのは、店は違うがやはり〈ミリオンカ〉の顔役の一人に仕切られた楊小梅《ヤンシャオメイ》ぐらいのものだ。

大いに飲もう、と言った麗花はもともと酒には弱いので、お吟だけがウエイターの注ぐままに好きなシャンペンのグラスを空けていた。

「小梅姐さんには挨拶しそこなったわ。どうしているんだろう」

楊必武《ヤンビーウゥ》と小梅の夫婦は、中国人が住めないスヴェトランスカヤ通に日本人の小梅の名前で家を借りていたが、あの暴動の際に焼け出された。その後、コレイスカヤ・スロボトカ（新韓村）に仮住まいしていた。

「小梅姐さんはいずれ〈ミリオンカ〉に落ち着くようになるとね。スヴェトランスカヤに住むのはもうなかなか難しか」と言ったが、お吟を見つめながら「おうちもいい男には添い遂げられず、年を取ってしもうたの」とシャンペンをなめるように口にする。

「私にかかわった男は幸せになれない。みんな私が娼妓だったせいよ」

「それはうちらについて回る尻尾のようなものや。おうちとて〈仕切られ女〉たい」

「でも私は後悔などしていない。つらいこと苦しいことはたくさんあったけど、浦潮お吟として必死に生きたことで今の私がある。私だけの誇りある四年間だと思うとる」

店の勘定は麗花が払った。お吟はサイドサドル用の太い鞭を右手に、巻きスカートを左手で抑えながら先に立って店を出た。店の隣の九柱戯場からピンに球が当たる乾いた音が響いている。二人は馬をつないだ車寄せにやってきた。二頭の馬のそばにくると、金太郎とチェーザレが鼻ずらを寄せ合っている。二人は顔を見合わせて笑った。お吟がふらっとよろめいた。両手がふさがっていてバランスを崩すのを麗花が抱きとめた。「おうち、飲み過ぎたとね」と言ったが、そのままお吟を抱きしめた。二人はじっとしていたが麗花が小声で「お吟ちい」とささやいた。

5

九月十七日、お吟と由松は函館に向かう青函連絡船、比羅夫丸《ひらふ》の一等船室に付属した社交室にくつろいでコーヒーを飲んでいた。三月に帝国鉄道局が運行を始めた日本初めての蒸気タービン船に、乗り物好きのお吟が乗ってみたいと言い出したのだ。二人は四日、ウラジオストクで商会の社員をはじめとした見送り客に送られて敦賀へ渡った。敦賀から東京に出ると、鯨肉を扱ってくれそうな業者に売り込みの打診をしていた。厚岸で解体した場合の鯨肉は東京に送りたかったが、東京では鯨肉がほとんど売れなかったからだ。その後、二人は列車で青森に向かった。

実は一八九一年十月、お吟と由松はこの逆のコースで青森から東京に行っている。国有化される前の日本鉄道会社は九月に青森—盛岡間を開通させ、青森から上野まで約二十七時間で行けるようになった。お吟が汽車というものに乗ってみたい、と言い出したのだ。心配したアレクセイが由松を付き添わせ、二人はウラジオストク港から沿海州の塩鮭を運ぶ〈カネ萬〉のチャーター船に便乗して函館に渡った。そして船で青森に渡り、初めての汽車の旅を楽しんだ。その後、二人は船で長崎に回り、避寒を兼ねて里帰りしていたつねと合流した。翌年三月、ウラジオストクの港の氷が落ちるのを待って三人で帰るという優雅な旅だった。

函館に滞在している間、お吟は函館水上警察署の助けもあって、自らの出自を知ることになる。両親は一八七一年の函館の大火の夜、父親の弟に殺され、四歳のお吟は火事場で由松に助けられた。弟は逮捕され、お吟は商会の支店として現在使われている両親の店を取りもどした。その時、お吟は両親と自分の名前を初めて知ったのだった。

北海道と青森の間には、いろいろな船会社が航路を競っていたが、日本鉄道では一九〇五年、英国ドーヴァー海峡で実績のある蒸気タービン船を採用しての渡船建造を決め、これは翌年の国有化法で発足した帝国鉄道局に引き継がれて、最大速力一八ノット、一五〇〇総トン数クラスという発注条件で海峡渡船二隻を英国の造船会社と契約した。その結果、一四八〇総トン、全長八九メートル、最大速力一八ノット、旅客定員三二八人の比羅夫丸が一九〇七年十二月に横浜に回航され各種検査の末、翌年二月に青森に到着した。

こうして三月から比羅夫丸が函館―青森間を片道四時間で一往復する運航が始まった。四月には同型の姉妹船、田村丸が加わって二隻、二往復の体制となり、深夜に出港する便は五時間運航だった。

お吟たちはこの日、青森一〇時発、函館一四時着の第一便に乗っていた。船の中央部を覆うオーニング・デッキ（覆い甲板）の上の甲板室は、煙突の前の部分が一等区画だ。定員二二人の客室は紳士用、婦人用が別になっている。二人は窓にカモメ模様のステンドグラスを飾った一等食堂で昼食をすませて、共用の社交室に落ち着いてボーイに運ばせたコーヒーを飲んでいた。

お吟は黒いヴェルヴェットで縁取った灰色のスーツ姿で、黒い小さなトーク帽を被っていた。長いスカートの裾から編上げのブーツがのぞいている。由松はフロックコートを着て、山高帽を被り、仕込杖をソファに寄せて新聞を読んでいた。海峡の真ん中に出たのか船の揺れが少し気になる。由松も新聞を置いて「揺れますね」と窓の外に目をやった。外には陸の見えない海と青い空が広がる。お吟はカップを慎重にソーサーに置きながら言った。

「言うのを忘れていたけど、お前、函館ではもう仕込杖はいらないよ」

由松は不満そうに「まだ当分持っています。お嬢さんもバッグのデリンジャーは放さないでしょうが」とお吟のそばのハンドバッグに目をやっている。

お吟はどうしようもないといった表情で体を起こし、由松の読んでいた新聞に手を伸ばした。由松が手渡してくれた函館毎日新聞を開いて、眉を寄せながらしばらく読んでいた。顔をあげて、黙って見守っていた由松に「麗花姐さんが一所懸命漢字を勉強しているのに付き合って漢字を覚えたけど、姐さんの勉強は清国語の読み書きだからね。日本語とだいぶ違う。私は小さいころ、弟の友之助といっしょに習った読み書き算盤が始まりだった」と言う。

「新聞は全然読めませんか、お嬢さん？」

「噂話のような記事は何とか分かるけど、政治などのことを書いてある記事がね。漢字が二つつながった言葉は知らない字が多い。振り仮名付きでも、意味が分からない言葉がある」

「そうですか。私も心配でした。アレクセイ社長はそういうことは分かっていなかった。日本語をしゃべれば一人前に仕事ができると思っていたんでしょうな」

「麗花姐さんを見習ってこれから勉強するよ」と新聞をまた開いてみていた。

やがて船の揺れが収まって、比羅夫丸は函館の外港に入ってきたらしい。お吟が時計を確かめながら立ち上がった。

「私は海から見る函館の町が好きなのよ」

「船はいま函館駅裏の沖に着くから、町を見るなら右舷の方からがいいですよ」

「うん、わかってるわ」と言いながら、お吟は甲板室の両舷にある屋根付きの游歩廊の右舷側に回った。もう目の前に函館山が見えた。

このころ、青森も函館も汽船を岸壁に直接着けることはできず、港内に停泊した船から艀船《はしけ》や通船で桟橋を往復し客や貨物を運んでいた。函館では古くから現在の末広町にあたる東浜町に桟橋が設けられ、各汽船が利用していた。しかし、一九〇四年七月に現在よりずっと北の海岸町にあった函館駅が若松町の現在地に移転、開業して函館—小樽間の鉄道開通を迎え、十一月には駅裏の海岸に小桟橋と荷揚げ場が設けられて日本郵船などの連絡船に使われた。比羅夫丸はこの小桟橋の数百メートル沖に錨泊して、港町でストンボッ(スチームボート)と俗称される小蒸気や艀船を往復させている。ただ、ここは函館区の当時の中心部から離れていたため、東浜町の旧桟橋も以前通り使われた。

お吟は東京からビル・クーリッジに電信を送ってあるので、執事の葛城が自家用の一五トン小蒸気ぼすとん丸でお吟たちを迎えにくるはずだった。

お吟は黙って函館の町を眺めていた。左の視界ぎりぎりにウラジオストクのウスペンスキー教会と同じ正教のハリストス正教会が、八角錐の尖塔に玉ねぎ型クーポルを載せた白亜の聖堂を見せている。陸地のはるか向こうに駒ケ岳の噴煙が白く見えた。目を坂道の街並みをたどって岸壁の方に向けると、二階建ての旅館が連なって、馬車鉄道が走る光景は八年前とそれほど違わない。煉瓦建て三階、四階のビルが次々に建てられるようになったスヴェトランスカヤ通とは大違いだ。岸壁を右の方にたどると、お吟の生まれた家、今のペトロフ商会支店があるはずだ。

お吟は函館山の山裾に並ぶ寺院や役所を数えるように眺めたうえ、台町の高いところにあるはずの高龍寺を探したが、一帯は深い緑の中に隠れてお吟の視力では壮大な山門も判別がつかなかった。それでも、じっと目を凝らしているうちに、自分がこれからこの町に住むことが現実とも夢ともつかぬように感じられてくる。

ふと気がつくと、由松が双眼鏡を目に当てている。それを黙ってお吟に手渡した。お吟はもう一度あの高龍寺のあたりの緑を探すと、ちょうどそこにピントが合わせられており、大樹の陰の山門が見えた。その奥の山裾に〈田鎖長之助〉〈田鎖とし〉の墓があるはずだ。

じっと見つめながら、

「おとっつぁん、おっかさん、ふゆは帰って参りました」と唇だけを動かしてみた。が、父も母もその面影の記憶はやはり、あまりにもおぼろげで、またもやただ悲しみだけがこみあげてくるのだった。

あとがき

『ウラジオストクから来た女—函館水上警察』(東京創元社　二〇一〇年)のヒロインが、自らの出自を確かめようと函館にやってきたのは一八九一年のことだった。私はその特異なキャラクターに関心を持って、ウラジオストクにもどった後の彼女を『〈ミリオンカ〉の女　うらじおすとく花暦』(寿郎社　二〇一八年)で描いた。そして、さらに本作で一九〇八年までヒロインの姿を追い求めてきたのである。

前作で私はウラジオストクのスラム街の雰囲気を持つ〈ミリオンカ〉を紹介し、それがきっかけなのか、現地ではミリオンカ巡りの観光コースまで生まれた。今回は〈仕切られる〉という現代の日本人が知らない言葉をカミング・アウトさせたつもりだ。これは当時の大陸で、娼妓が中国人やロシア人に身請け、廓言葉で言えば仕切明けされて妻や妾に囲われることを指す。

明治、大正期のウラジオストクはロシア人に加えてドイツ、スイス、米国やデンマークなど北欧系、さらにアジアは清国、日本、朝鮮の人々が混在する多民族都市だった。なかでも多数を占めていたのが清国人で、主に山東半島出身の彼らは妻や家族を連れてくることはほとんどなかった。家族ぐるみで移住してくる朝鮮人とは対照的で、それは日本の朝鮮植民地支配の犠牲者でもあるのだが、朝鮮人たちはロシア国籍を得るには改宗もいとわず農民として定着した。

清国人は一般的に娼妓であっても女性には親切で、金払いもよかったといわれる。彼らは貸座敷（妓楼）に通ううち情が移り、苦役から逃れようとする娼妓と息が合って身請けすることになる。その数は〈仕切られ女〉たちの互助組織に関する文献の記述が正しければ、何百人という単位になるはずである。ロシア人による身請けはあまり多くなく、本作のヒロインのように娘として迎えられるのは皆無だったに違いない。

〈ドム・スミス〉のエレノアは一八九四年から一九三〇年の滞在中、ウラジオストクで見たもの、経験したことを毎日のように手紙で故郷のニューイングランドの身内や上海の義姉に書き送っており、リアルタイムで書かれた手紙は歴史資料といえるくらい貴重なものである。日露戦争中は在留邦人が貿易事務館も含めて日本に引き揚げているので、当時を伝える日本語の資料はない。エレノアの手紙とロシア側の資料であの戦争を大陸側から照射しようという執筆の一つの狙いはある程度達せられたと思っている。

さて、ハルビン出身、あるいはここで教育を受けたという日本の作家、芸術家などの有名人は多いし、その作品も魅力的である。わずかな滞在に触発されて詩集をものした詩人も一人だけではない。が、いずれもそれはハルビンが東洋で一番美しい都市と謳われた大正、昭和初期のことであった。私は作家、評論家の故内村剛介氏の北大勤務時代、ハルビンのロシア文化への懐かしさについて聞かされたが、それは自分のシベリア抑留体験からくるソ連への嫌悪と裏腹な単純ならざる心境のように思われた。砂上楼閣ともいうべき満洲国に最盛期を迎えたハルビンだけに、作家たちの語る郷愁も複雑な影を帯びていたように感じられる。

私は明治期、日露戦争を背景に始まるロシア・スタイルの都市形成に魅力を感じながら書いていたが、そのころ、日本人で真っ先に精彩を放っていたのが例によって妓楼業者だったのは残念なことである。

前作に引き続いて、執筆にあたっては多くの方々の助けをお借りした。お名前をあげて深く感謝の気持ちをお伝えしたい。

ウラジオストク在住の映像作家、ウラジミール・カルタシェフ氏には巡洋艦リューリクの日露戦争における戦闘経過、乗り組んでいた士官たちの経歴などの資料を提供していただいた。エレノア・プレイの遺した約三千通の手紙と古写真を研究されているワシントン州立大学のビルギッタ・インゲマンソン教授には、著書に書かれていないエレノアの交友関係などについての問い合わせに答えていただいた。翻訳家の岡田和也、エカチェリーナご夫妻にはロシア語の、また三俣和忠司様には中国語の言葉のニュアンスの違いなどについてご教示いただいた。また、添付されたウラジオストク市街図は、亀谷隆氏が前作のために作成されたものに修正を加えて使わせていただいたものである。

高城　高

二〇一九年十二月

高城 高（こうじょう・こう）

一九三五年、北海道函館市生まれ。本名・乳井洋一。東北大学文学部在学中の一九五五年、日本ハードボイルドの嚆矢とされる『宝石』懸賞入選作「X橋付近」でデビュー。卒業して北海道新聞社入社後も十数年間、『宝石』誌などにハードボイルド作品を発表した。二〇〇六年、「X橋付近　高城高ハードボイルド傑作選」で復活を遂げ、〇八年〈高城高全集〉を刊行。その後の作品に時代警察小説〈函館水上警察〉シリーズ、バブル期の札幌ススキノを描いた「夜明け遠き街よ」など〈孤高の黒服・黒頭悠介〉シリーズがある。一八年、本作の前編となる「〈ミリオンカ〉の女　うらじおすとく花暦」を刊行した。

仕切られた女
ウラジオストク花暦《はなごよみ》

発行……二〇二〇年二月十六日　初版第一刷

著者……高城 高
発行者……藤田卓也
発行所……藤田印刷エクセレントブックス
〒〇八五-〇〇四二　北海道釧路市若草町三番一号
電話〇一五四-二二-四一六五　ファクシミリ〇一五四-二二-二五四六
印刷・製本……藤田印刷 株式会社

ISBN978-4-86538-106-1